Abendsonne. Die Wiedererwählte der Jahreszeiten

© Marcus Lieske

Jennifer Wolf lebt mit ihrem Mann und ihrer Tochter in einem kleinen Dorf zwischen Bonn und Köln. Aufgewachsen ist sie bei ihren Großeltern und es war auch ihre Großmutter, die die Liebe zu Büchern in ihr weckte. Aus Platzmangel wurden nämlich alle Bücher in ihrem Kinderzimmer aufbewahrt und so war es unvermeidbar, dass sie irgendwann mal in eins hineinschaute. Als Jugendliche ärgerte sie sich immer häufiger über den Inhalt einiger Bücher, was mit der Zeit zu dem Entschluss führte, einfach eigene Geschichten zu schreiben.

Jennifer Wolf

Abendsonne

Die Wiedererwählte der Jahreszeiten

CARLSEN

Von Jennifer Wolf außerdem als E-Book bei Im.press erschienen:

Morgentau. Die Auserwählte der Jahreszeiten (1. Buch)

Nachtblüte. Die Erbin der Jahreszeiten (3. Buch)

Tagwind. Der Bewahrer der Jahreszeiten (4. Buch)

Götterkind. Die Tochter der Jahreszeiten

Die Sanguis-Trilogie, Band 1: In sanguine veritas – Die Wahrheit liegt im Blut

Die Sanguis-Trilogie, Band 2: Vivere militare est – Leben heißt zu kämpfen

Die Sanguis-Trilogie, Band 3: Omnia vincit amor – Liebe besiegt alles

Fortes fortuna adiuvat – Den Mutigen hilft das Glück

Feuerherz

Häkelenten tanzen nicht. Ein Chat-Roman

Just Friends

Summer Boys <3

MIX
Papier aus verantwortungsvollen Quellen
FSC® C083411
www.fsc.org

Ein *Im.press*-Titel im Carlsen Verlag
November 2016

Umschlaggestaltung: formlabor
Corporate Design Taschenbuch: bell étage
ISBN 978-3-551-31596-0
Printed in Germany

www.impress-books.de
Alle Bücher im Internet: www.carlsen.de

Für Katja Fuß, die selbst dann noch kämpft,
wenn keine Kraft mehr da ist

AUS DEN AUFZEICHNUNGEN DER HÜTERINNEN

Maya Jasmine Morgentau
Im Jahre der Göttin 1002
Alte Zeitrechnung 3115

Geliebte Schwestern,

wie ihr aus den kommenden Berichten erfahren werdet, bin ich zusammen mit dem Halbgott Nevis aus Gaias Reich geflohen. Ich habe mich aus Wut und Enttäuschung dazu verleiten lassen, den Falschen zu wählen. Zum Glück war mein Erwählter, Jesien – der Herbst –, verständnisvoll und half Nevis und mir bei der Flucht. Ich möchte mir nun die Zeit nehmen, um für die nachfolgenden geweihten Generationen und ihre Auserwählten eine kurze Beschreibung der Jahreszeiten niederzuschreiben. Jeder von Gaias Söhnen ist auf seine Art besonders. Bitte verzeiht mir, wenn ich mich kurzfasse. Nevis liegt mit hohem Fieber im Bett und ich weiß nicht, wie viel Zeit uns noch gemeinsam bleibt. Eisiger Nebel aus der verbotenen Zone liegt über Hemera. Es kann nicht mehr lange dauern, bis man mir meine Liebe, mein Leben wegnimmt.

Aviv, der Frühling, ist Gaias ältester Sohn, trotzdem haftet ihm etwas Jungenhaftes an. Seine grasgrünen Augen wirken verspielt und schüchtern. Aviv ist zurückhaltend, aber sehr liebenswert. Er hat brünettes Haar und trägt beim ersten Treffen die Farbe seiner

Jahreszeit: Grün. In seiner Welt leistet ihm ein Tiergeist Gesellschaft, ein Eichhörnchen namens Nutty. Der Kleine ist ein Goldschatz. Genau wie Aviv.

Sol, der Sommer, ist ein Bild von einem Mann. Er liebt es, seine sonnengebräunten Muskeln zu zeigen, und trägt die Farbe Gelb. Sols Augen sind blau wie das Meer, in dem sein Tiergeist Seth, ein Delfin, schwimmt. Anders als sein älterer Bruder ist Sol sehr selbstsicher, was man jedoch nicht mit Arroganz verwechseln darf. Die Jahreszeiten stehen unter großem Druck, weshalb man ihnen eine gewisse Reizbarkeit nachsehen muss. Keiner von ihnen möchte alleine sein.

Jesien, der Herbst, für den ich mich entschieden habe, hat rotes Haar und haselnussbraune Augen. Das Gerücht, dass der Gott des Herbstes dem Wein nicht abgeneigt ist, kann ich bestätigen. Es scheint jedoch, als hätte der Alkohol kaum Wirkung auf ihn. Jesien ist liebevoll und voller Verständnis. Ein Freund fürs Leben. Jemand, den man leicht ins Herz schließt. Ich wünsche mir sehnlichst, dass er noch einmal Liebe findet. Jesiens Tiergeist ist eine Eule namens Sowa.

Nevis. Es fällt mir schwer, ihn zu beschreiben. Wenn ich darüber nachdenke, dass ich ihn hier für eine andere Frau anpreisen muss, wird mir übel. Sein Haar ist weiß und seine Augen haben die Farbe von Eiskristallen, ein unglaublich helles Blau, welches je nach Stimmung flüssig oder eingefroren zu sein scheint. Er ist kein einfacher Charakter. Die lange Einsamkeit hat ihre Spuren an ihm hinterlassen, er hat sich in sich zurückgezogen und wirkt verbittert. Er weist Liebe zurück, obwohl er sie so dringend bräuchte. Sein Tiergeist war eine weiße Wölfin namens Iria. Auf unserer Flucht hat sie ihr Leben gelassen. Nevis ist zärtlich, still und liebt süßes Essen. Er ist der Richtige für all jene, deren Seelen nach Ruhe hungern.

Hiermit schließe ich meinen Bericht unter Tränen. Jeder von ihnen verdient es, geliebt zu werden. Die Wahl ist nicht einfach und ich wünschte, alles wäre anders. Ich wünschte, keiner von ihnen müsste je wieder eine Liebe verlieren.

Maya Jasmine Morgentau

PROLOG

Insa ordnet nervös ihren langen brünetten Zopf, den sie geflochten über ihre Schulter gelegt hat. Hat sie an alles gedacht? Die Gesänge, die Blumen? Wenn sie auch nur ein Detail verpatzt, wird man ihrem Alter die Schuld geben. Noch nie hat es eine so junge Oberin unter den Hüterinnen gegeben. Ihre Mutter, die letzte Anführerin des Ordens, war letztes Jahr viel zu früh verstorben und so kam es, dass die Ordensschwestern Insa, trotz ihres Alters, zur Nachfolgerin ihrer Mutter gewählt hatten.

Mit einer Mischung aus Nervosität und Sehnsucht blickt sie zum Himmel. Jeden Moment wird die Göttin Gaia auf der Erde erscheinen und eine ihrer jüngeren Schwestern für ihre Söhne Frühling, Sommer, Herbst und Winter erwählen.

»Wir sollten mit den Gesängen beginnen«, murmelt Hesindre und ergreift Insas Hand. Erst durch die Berührung bemerkt sie, wie eisig und feucht ihre Hände sind. Insa nickt und der Kreis aus Hüterinnen beginnt zu singen.

Die jungen Schwestern, die sich zur Wahl stellen müssen, sehen sich nervös an. In die Kutten des Ordens gehüllt stehen sie in der Mitte der Lichtung. Ihre Augen spiegeln die Angst, die ihre Seelen aufwühlt, wider. Insa selbst ist nur ein Jahr älter, beinahe hätte sie sich ebenfalls zur Wahl stellen müssen. Doch ihre Aufgabe war es, den Empfang für die Göttin zu organisieren, und in ihrem Überschwang hat sie den Ablauf ein wenig verändert. Vor ein paar Tagen hielt sie es noch für eine gute Idee, nicht nur für die Göttin zu singen, sondern auch zu tanzen. Jetzt weiß sie nicht mehr, wie sie nur so leichtsinnig hatte sein können. Doch nun gibt es kein Zurück mehr.

Der Gesang der Schwestern wird lauter und Hesindres Hand verlässt ihre. Langsam hebt Insa ihre Arme und beginnt sich um sich selbst zu drehen. Gesungene Worte zu Ehren Gaias verlassen ihren Mund gekonnt und routiniert, ihre nackten Füße finden den Weg durchs Gras, doch ihr Kopf ist voller Fragen. Werden ihre Schwestern weitertanzen, wenn die Göttin erscheint? Werden sie vor Erstaunen versteinern? Wird Gaia gefallen, was sie sieht? Insa hat alles auf eine Karte gesetzt, das wird ihr jetzt bewusst.

Ein Lichtstrahl erscheint und ein Ausruf des Erstaunens geht durch die Reihen der jungen Schwestern in der Mitte der Lichtung. Insa schließt die Augen und konzentriert sich auf ihren Tanz, während ihr das Herz bis zum Hals schlägt. Als sie sie wieder öffnet, ruht ein Paar Augen auf ihr, das sie zuvor noch nie gesehen hat. Alle Farben des Regenbogens schillern in der überirdischen Iris. Die Augen gehören zu einer kleinen zierlichen Frau. Gaia. Zur Mutter aller Dinge. Ihre Göttin.

»Wunderschön!« Gaia klatscht in die Hände, als der Gesang und der Tanz zum Ende kommen. Insa tritt tapfer vor. Die Göttin ist so wunderschön, ihr Gesicht so sanft und jung.

»Sei gegrüßt, Mutter aller Dinge«, erklingt Insas Stimme vielleicht etwas zu laut. Wütend über sich selbst ballt sie eine Faust hinter ihrem Rücken, als sie vor Gaia in die Knie geht.

»Hast du dir das ausgedacht?«, fragt die Göttin und legt eine Hand unter Insas Kinn. Ängstlich sieht die junge Oberin zu Gaia auf. Ihr Gesicht ist voller Freude.

»Ja«, sagt Insa und erhebt sich langsam.

»Eine wunderbare Überraschung.« Gaias Gesichtsausdruck wird plötzlich ernst. »Ich habe auch eine für euch. Ich bin mir allerdings nicht sicher, ob sie euch gefallen wird.«

TEIL 1

1. DIE ZUKUNFT IST UNGEWISS

Die Abendsonne scheint mir ins Gesicht. Ich schließe meine Augen und genieße einen Moment lang die warmen Strahlen auf meiner Haut und den Duft des Lavendelfelds um mich herum. Mein Korb ist voll und meine Arbeit getan. Ich werde noch vor dem Abendbrot nach Hemera gehen, um den Lavendel dort gegen Wurst und Käse zu tauschen. Ein paar Rollen Stoff könnten wir auch noch gebrauchen. In wenigen Tagen wird meine große Schwester Liliana heiraten und den Haushalt unserer Eltern verlassen und Mutter schimpft schon seit Wochen mit mir, dass ich mir endlich ein Kleid für den Anlass nähen soll. Ich erhebe mich aus dem amethystfarbenen Blütenmeer und blicke zum Haus. Mutter hat einen Pflaumenkuchen zum Abkühlen auf die Fensterbank gestellt, den die Nachbarskatze Elli auf der kleinen Holzbank davor genau im Auge behält. Ich lächele und hänge mir den Korb über den Unterarm. Mein langer blonder Zopf hängt mir über die freie Schulter bis zur Taille hinab. Ich muss mir dringend die Haare schneiden lassen, denn sie haben fast die gleiche Länge wie die einer Hüterin. Das wird in Hemera nicht gerne gesehen. Ich betrachte einen Moment lang das matte Blond meiner Haare. Ihnen fehlt jeglicher goldener Schimmer. Vater meint, dass es aussieht, als hätte der Mond mein Haar silbern geküsst. Ich seufze und folge der kleinen Erdfurche unter meinen Füßen, die mir den Weg aus dem Lavendelfeld weist. Ich trete gerade heraus, als meine Mutter auf mich zugelaufen kommt. Ihre Schürze ist voller Mehl, genau wie ihre rosigen Wangen. Das Blond ihrer Haare leuchtet im Gegensatz zu meinem golden in der Sonne.

»Dahlia!« Mutter ist ganz außer Puste. »Ich habe eine Nachricht von der Apothekerin bekommen. Könntest du ihr etwas Lavendel vorbeibringen? Ich habe ihr schon gesagt, dass du gerade frischen pflückst.«

»Natürlich.« Die Apotheke liegt ohnehin auf meinem Weg.

»Bring doch bitte die Seife zu Lisandra, wenn du zum Metzger gehst. Ach ja, und die Rosenseife für Umma.« Mutter drückt mir beides in die Hand. »Möge die Göttin mit dir sein, Kind.«

»Und mit dir, Mutter.« Ich nicke ihr zu und mache mich auf den Weg. Der Pfad in die Stadt schlängelt sich vorbei an Feldern und den vereinzelten Häusern unserer Nachbarn. Hier, außerhalb Hemeras, arbeiten wir alle in der Landwirtschaft. Wobei wir immer die Felder um unsere Häuser herum bestellen, egal was darauf wächst. Wenn wir gerade kein Obst oder Gemüse anbauen, stellt Mutter immer Seifen aus den Blumen her, die wir dort ziehen. Am beliebtesten ist aber die Rosenseife aus ihrem kleinen eigenen Anbau. Die Rosen meiner Mutter sind die schönsten in ganz Hemera und sie duften himmlisch. Gaia hat Mutter mit einem besonderen Talent gesegnet, was Blumen und insbesondere Rosen angeht.

Lisandra, die Frau des Metzgers, hat vor zwei Tagen ihr erstes Baby bekommen, weshalb Mutter ihr eine ganz spezielle Seife für das Neugeborene gesiedet hat.

Hin und wieder kann ich noch Menschen auf den Feldern entdecken. Ich winke ihnen zu und rufe einen Gruß, wenn sie nah genug am Weg sind. Zu Fuß dauert es eine gute halbe Stunde, bis ich die Stadt erreiche. Ich hätte reiten können, aber an so einem schönen Sommernachmittag laufe ich sehr gerne. So habe ich Zeit, um nachzudenken. Besonders über meine eigenartigen Träume, die mich seit meiner Kindheit immer wieder heimsuchen. In den letzten Monaten sind sie intensiver geworden. Ich sehe nichts, doch meine anderen Sinne sind hellwach. Der Duft von frisch gefallenem Laub liegt in der Luft und eine warme männliche Stimme ruft meinen Namen. Im Traum heiße ich allerdings nicht Dahlia, sondern Melinda. Ich höre Blätter rascheln, und wenn ich aufwache, habe ich den Geschmack von süßen Äpfeln im Mund. Der Traum übt eine unglaubliche Faszination auf mich aus, doch er hinterlässt auch ein beklemmendes Gefühl der Leere in mir, wenn er vorbei ist. Letzte Nacht war es besonders schlimm. Ich weiß nicht mehr genau, worum es ging, aber ich spüre immer noch das intensive Gefühl von Verlust. Es hallt in mir nach und trübt meine Laune immer noch ein wenig.

»'n Abend, Dahlia«, höre ich eine dunkle Stimme meinen Namen rufen. Ich sehe auf und erblicke meinen Cousin Benji, der auf einer braunen Stute reitet. »Schon was von den Hüterinnen gehört? Ich war die ganze Zeit unterwegs und konnte die Nachrichten nicht verfolgen.«

»Hallo Benji, nein, leider nicht.« Heute Abend wird die neue Auserwählte bestimmt. Sie wird nächstes Jahr von der Göttin abgeholt und darf sich in Gaias Reich einen ihrer Söhne aussuchen.

»Das Warten macht mich wahnsinnig«, gesteht er und ich sehe ihn voller Mitgefühl an. Er hat sein Herz an eine Hüterin verloren. Sollte sie erwählt werden, wird er sie für immer verlieren. Aber auch wenn sie hierbleibt, wird er wahrscheinlich trotzdem ein Leben als einsamer Mann führen, der die Söhne großzieht, die die Hüterin nicht behalten darf, denn im Orden sind nur Frauen erlaubt. Vielleicht hat er aber auch Glück und die Hüterin entscheidet sich für ein Leben mit ihm. Dies tun allerdings nur die wenigsten. Wenn ich eine Hüterin wäre, würde ich mit Sicherheit auch im Orden bleiben. Nah bei der Göttin, wo ich all ihre Geheimnisse erkunden könnte. Aber ich bin nun mal eine Tochter Hemeras.

»Möge die Göttin mit dir sein«, sage ich und ergreife kurz seine Hand an den Zügeln. Die braune Stute schnaubt gemütlich und ich klopfe ihren Hals.

»Soll ich dich in die Stadt bringen?« Benji sieht mich nicht an, als er so abrupt das Thema wechselt.

»Nein, ich laufe gerne. Danke.«

»Gut. Ich werde jetzt zu deinem Vater reiten. Wenn Zahra erwählt wird, würde ich gerne auf seinem Hof arbeiten.«

Ich sehe ihn verdutzt an. »Und was ist mit dem Eisenhandel deines Vaters?«

»Wozu?« Benji seufzt. »Ohne eine Frau und Kinder brauche ich keinen eigenen Betrieb.«

Ich ziehe die Stirn kraus. »Benji, ich weiß nicht, was ich dazu sagen soll. Meinst du nicht, dass du irgendwann eine andere findest? Du bist der älteste Sohn von Jeremie. Es ist dein Recht, den Laden zu übernehmen.«

»Soll Iason das ruhig tun.« Mein Cousin sieht mich an. »Ich denke ohnehin, dass er das gerne würde.«

Ich nicke. »Und du hattest schon immer Freude daran, mit Vater auf dem Feld zu sein.« Benji hat uns oft in der Hochsaison ausgeholfen, wofür wir ihm sehr dankbar sind. Meine Eltern haben zwei Mädchen, was für einen Landwirt nicht besonders günstig ist, und jetzt wird Liliana bald das Haus verlassen. Die Göttin weiß, wir können Benjis Hilfe sehr gut gebrauchen.

»Ich hoffe, ich störe dich im Haus deiner Eltern nicht.« Mein Cousin lächelt sanft.

»Niemals, Benji. Und wer weiß, vielleicht findest du ja doch ein Mädchen, mit dem du das Land meines Vaters bewirtschaften magst.«

»Und du? Liliana wird ja mit ihrem Usef gehen.«

»Wenn es nach mir ginge, würde ich mir einen Grenzer suchen und mit ihm ins Grenzgebiet ziehen«, schwärme ich. Das Grenzgebiet rund um Hemera hat mich schon immer fasziniert und ich frage mich seit meiner Kindheit, wie es dort wohl aussieht. Die Grenzer dürfen leider nicht darüber sprechen.

»Du warst schon immer eine kleine Forscherin«, gluckst Benji. »Du solltest dich im Labor bewerben.«

Ich lasse den Gedanken durch meinen Kopf wandern. Ja, vielleicht tue ich das wirklich. *Melinda,* durchfährt mich die Stimme aus meinem Traum wieder. Ich zucke zusammen.

»Was ist?«, will Benji wissen.

Ich halte meine freie Hand vor meinen Magen. »Es war mir gerade, als hätte mich jemand gerufen.«

Benji sieht sich um. »Nein, ich sehe niemanden und gehört habe ich auch nichts.«

»Schon gut«, winke ich die Sache ab. »Ich habe die Nacht kaum geschlafen, vielleicht spielt mir mein Kopf einen Streich.« Sanft streiche ich der Stute über die Flanke. »Reite zu meinem Vater, ich bin mir sicher, dass er sich sehr über deine Idee freuen wird.«

»Sehe ich dich zum Abendessen?« Benji lächelt zu mir herunter. Sein braunes Haar steht ihm wirr vom Kopf ab.

»Sicher. Ich muss nur noch ein paar Dinge in Hemera erledigen.« Ich zeige ihm meinen Korb.

»Oh, die Seife meiner Tante. Ich verstehe.« Benji schnalzt mit der Zunge und das Pferd setzt sich in Bewegung. »Bis später.«

»Die Göttin schütze dich«, rufe ich ihm noch nach und lächele in mich hinein.

Als ich in Hemera ankomme, herrscht dort große Aufregung. Die Menschen stehen auf den Straßen und reden angeregt miteinander. Ich frage mich, was passiert sein mag, und kehre zuerst beim Metzger ein. Es ist ein kleines Haus wie so ziemlich jedes in Hemera. Während die Häuser auf dem Land oftmals groß und weitläufig sind, gibt es in der Stadt viele kleine Häuser, die sich an den engen Straßen aneinanderschmiegen. Im Laden sitzt Umma auf einem Schaukelstuhl.

»Dahlia«, ruft sie erfreut aus. In ihren Armen hält sie ihr Urenkelchen, Lisandras erstes Kind.

»Die Göttin zum Gruß«, begrüße ich sie und beuge mich über das kleine Leben in ihren Armen. »Herzlichen Glückwunsch.«

»Das ist Senno«, stellt sie mir den kleinen Jungen vor und streichelt mit einer alten knöchrigen Hand, die von einem Leben voller Arbeit berichtet, über das winzige Gesicht.

»Willkommen in Hemera, Senno. Ich bringe dir und deiner stolzen Urgroßmutter etwas Seife.«

»Oh, das freut mich.« Umma sieht zu meinem Korb.

»Mutter hat mir etwas von ihrer Rosenseife für dich mitgegeben«, sage ich und hole die beiden Seifenstücke heraus. Ummas

Augen werden groß und ich lasse sie daran riechen. Zufrieden brummt sie.

»Deine Mutter hat gesegnete Hände.« Sie richtet den Blick auf eine Holzkommode neben sich. »Bist du so gut und legst sie dort hin? Ich werde Lisandra Bescheid geben, dass Sennos Seife da ist.«

»Gern.« Ich erfülle Ummas Wunsch und gehe dann zur Kühltheke.

»Alles frisch«, ruft die alte Frau. »Nimm dir, was du brauchst. Ghunner musste schnell zu seinem Elternhaus. Seine kleine Schwester ist ja von Gaias Überraschung genauso betroffen wie du.«

Ich streife mir Handschuhe über und nehme mir etwas Wurst aus der Kühltheke. Vorsichtig schlage ich sie in Papier ein. »Was meinst du mit Gaias Überraschung?«

Umma hört auf zu schaukeln und sieht mich an. »Hast du es noch nicht gehört, Kind?«

»Nein.« Ich sehe auf. »Was?« Verwirrung muss mir ins Gesicht geschrieben stehen.

»Dahlia, die Göttin ist gekommen und hat keine Hüterin erwählt. Sie wünscht eine Frau aus Hemera. In drei Tagen müssen sich unsere jungen Frauen auf der Lichtung einfinden. Deine Eltern werden schon informiert sein.« Umma brummt. »Nur die Göttin weiß, was das für ein heilloses Durcheinander geben wird.«

Mir fällt fast der Korb aus der Hand. Das kann nicht wahr sein …

»Möchtest du dich setzen, Dahlia? Du siehst ganz blass aus.«

»Nein, nein. Danke, Umma. Ich erledige schnell meine Aufgaben und eile dann zu meinen Eltern.«

»Ja, tu das, Kind.« Umma schaukelt weiter. Ich höre, wie sie mir noch ein Wort des Abschieds hinterherruft, doch ich bin so in Gedanken, dass ich vergesse zu antworten. Ich haste zur Bäckerei und erledige meine Besorgungen. Nachdem ich bei der Apothekerin gewesen bin, mache ich mich auf den Rückweg. Den Stoff für das Kleid habe ich vollkommen vergessen.

»Es gibt so viele Mädchen in Hemera«, beruhigt mein Vater beim Abendessen meine Mutter. »Wieso sollte es ausgerechnet unsere Dahlia treffen?«

Ich rühre gedankenverloren in meiner Suppe und frage mich, was ich davon halten soll. Wieso will die Göttin plötzlich eine ganz normale Frau für ihre Söhne? Wir sind Arbeiterinnen und keine gebildeten Frauen wie die Hüterinnen.

»Ich glaube schon, dass Dahlia gute Chancen hat«, meint Benji. »Sie ist sehr hübsch und fleißig.«

»Sag so etwas nicht«, jammert Mutter und Vater straft Benji mit einem Seitenblick. Mein Cousin rudert sofort zurück.

»Aber davon gibt es wirklich viele in Hemera.«

»Eine Ehre wäre es ja schon«, meint Mutter. »Aber dafür mein Kind nie wiedersehen? Nein danke.«

»Zahra meint, dass es der Auserwählten sehr gut geht. Kein Leben in Arbeit und Krankheit.« Benji sieht mich an. »Sie würde wie eine Göttin leben.«

»Spannend wäre es schon, aber ich will es trotzdem nicht.« Ich kann die Menschen, die ich liebe, nicht hier zurücklassen. Egal mit wie viel Reichtum und Schönheit man mich in Gaias Reich überschütten würde. Lieber sterbe ich irgendwann mit kaputten Knochen – wie Umma, im Kreis meiner Kinder – als jung und unverbraucht in einem fremden Reich.

»Ich fürchte nur, dass du dann keine Wahl hast«, sagt meine Mutter. »Wenn die Göttin dich erwählt, musst du gehen.« Sie seufzt. »Und das am Tag von Lilianas Hochzeit.«

»So sparen wir wenigstens am Kleid.« Vater war schon immer sehr pragmatisch. »Sie muss sich für die Feier ohnehin eins schneidern. Das kann sie dann auch auf der Lichtung tragen.«

»Ich werde nicht erwählt werden«, halte ich meine Gedanken fest. Nein, ich muss hierbleiben und den Mann zur Stimme in meinen Träumen finden. Mein Herz sagt mir, dass meine Seele nur dann jemals Frieden finden will. Etwas tröstet mich jedoch. Wenn ich weggehen muss, wird Benji hier sein, um Vater und Mutter zu helfen. Oder?

»Wirst du Zahra dann mit auf den Hof bringen?« Vater scheint den gleichen Gedanken gehabt zu haben wie ich.

Benji nickt mit vollem Mund und schluckt. »Wenn das für euch in Ordnung ist?«

»Natürlich!«, ruft meine Mutter aus. »Das lässt unserer Dahlia die freie Entscheidung, was sie einmal tun möchte.«

»Zahra verlässt den Orden?«, plappere ich dazwischen. Benji nickt glücklich. Seine Augen sprühen nur so vor Freude.

»Ich muss sagen, dass mich dein Angebot heute von großen Sorgen befreit hat, Benji.« Vaters Stimme ist ernst und voller Dankbarkeit. Er hat hellbraunes Haar, das bereits von Grau durchzogen ist. Seine braunen Augen mustern seinen Neffen. »Ich bin froh, dass Iason und du diese Möglichkeit für euch gefunden habt.«

»Vater ist froh, dass wir uns nicht streiten«, erzählt Benji.

»Das glaube ich«, wirft meine Mutter ein und nimmt einen Löffel Suppe. »Und wir sind froh, dass du uns helfen möchtest.«

»Die Landwirtschaft liegt mir.«

Vater lacht leise. »Das hat man dir schon als Kind angemerkt. Du warst immer so glücklich, wenn du hier warst.«

»Ja, das sind mir die liebsten Kindheitserinnerungen. Es gibt einfach nichts Befriedigenderes, als das wachsen zu sehen, was man gesät hat.«

Da muss ich Benji im Stillen zustimmen, auch wenn ich das Gefühl habe, dass es noch mehr auf dieser Welt für mich geben muss. Ich beschließe, nach der Wahl meinen Onkel Werther zu besuchen. Er ist Grenzer. Vielleicht gibt es ja die Möglichkeit, dass auch ich Grenzerin werde? Zu gerne würde ich zum Rand der verbotenen Zone gehen und sehen, was mich dort erwartet. Warum dürfen wir sie nicht betreten? Wieso hält die Göttin uns davon fern? Ich habe als Kind Stunden damit zugebracht, mir die Grenze anzusehen und mir auszumalen, was sich wohl dahinter verbirgt.

»Ich bin ein wenig neidisch«, sagt Vater und sieht zu Mutter und mir. »Ihr beide werdet die Göttin sehen.«

»Solange sie nicht meine Tochter erwählt«, murmelt Mutter.

»Es wird so voll sein, dass sie mich bestimmt übersieht.« Mein Versuch, sie zu trösten, schlägt leider fehl. »Ich bin ja nicht gerade die Größte.«

Benji und Vater lachen, weshalb auch Mutter zu schmunzeln beginnt. Mit meinen 1,54 Meter bin ich wirklich sehr klein. Meine Mutter ist 1,78 Meter und gilt als Durchschnitt.

»Du brauchst nicht eifersüchtig sein«, beruhigt sie meinen

Vater. »Du wirst dann sowieso schon viel zu betrunken sein, um einer Göttin vorgestellt zu werden.«

Jetzt lachen wir alle und mein Vater errötet leicht.

»Meine Große heiratet nur einmal«, verteidigt er sich und alle widmen sich wieder ihrer Suppe.

In dem Moment kommt Liliana hereingeeilt und begrüßt uns alle mit Küssen. Sie setzt sich neben mich. Ihre hellblauen Augen heften sich forschend an meine. »Sag, Schwesterchen, bist du aufgeregt?«

»Das könnte ich dich genauso fragen.« Ich grinse sie an.

»Nun, ich heirate, aber du wirst der Göttin vorgestellt.« Die wissenden Augen meiner großen Schwester mustern mich auf eine Art, wie nur sie es kann. Sie wird mir fehlen, wenn sie ans andere Ende Hemeras zieht.

Ich liege in einem Meer von Blättern. Es raschelt in meinen Ohren und es duftet nach Äpfeln.

Melinda?, *höre ich eine warme Männerstimme, die nach mir ruft, und ich weiß, dass ich gemeint bin.*

Ja?, *antworte ich.*

Komm her, mein Mädchen.

Ich spüre, wie sich ein warmer Körper an meinen schmiegt. Ein reißendes Gefühl, prickelnd wie das Kitzeln in der Nase, macht sich auf meinen Lippen breit. Es fordert mehr, viel mehr. Sanfter Druck. Hunger. Hitze.

Durchgeschwitzt fahre ich im Bett hoch. Mein Nachthemd scheint mir zu eng, doch ich fühle mich trotzdem haltlos. Meine Kehle brennt vor Durst, weshalb ich sofort nach dem Wasser auf meinem Nachttisch greife. Heftig atmend fahre ich mir durch die Haare, nachdem ich getrunken habe. Melinda ... Wer ist diese Melinda? Und wieso fühle ich mich angesprochen? Habe ich vielleicht noch einen dritten Vornamen? Dahlia Evangeline Abendsonne. So haben mich meine Eltern genannt. Nicht Melinda. Ich habe einmal Liliana von meinen Träumen erzählt und sie meinte, dass nichts Ungewöhnliches daran sei. Dann fragte sie mich, ob ich verliebt wäre. Damals gab es tatsächlich einen Jungen, der mein Herz schneller schlagen ließ. Aber ich habe ihn nach dem Abschluss der Schule nicht mehr wiedergesehen – und auch nicht vermisst. Deshalb gehe ich davon aus, dass es keine echte Liebe war. Ich atme tief durch und nehme noch einen Schluck Wasser, bevor ich mich wieder unter meine Decke kuschele. Es dauert eine Weile, bis ich die Augen schließen kann. *Melinda.*

Am nächsten Morgen putze ich nach dem Frühstück die Fenster im Haus. Als ich in der Küche angekommen bin, sehe ich, dass sich eine Kutsche dem Haus nähert. Auf dem Bock sitzen Benji und eine Frau, die mir völlig unbekannt ist. Könnte das Zahra sein? Mein Cousin bringt die Pferde vor unserem Haus zum Stehen. Hinten im Karren hat er Koffer und Taschen. Ein paar Möbel sind ebenfalls dazwischen.

»Mutter?«, rufe ich ins Haus.

»Ja?« Es klingt, als sei sie nicht weit von mir entfernt.

»Da kommt Benji mit einer Frau.«

Ich höre Mutters Schritte in der Diele und wie die Haustür geöffnet wird. Die Neugier packt mich, also öffne ich das Fenster und beginne es von außen zu putzen.

»Die Göttin zum Gruß, liebe Tante«, ruft Benji.

»Sie sei mit dir«, antwortet Mutter.

»Hallo Benji!«, mache ich auf mich aufmerksam. Mutter schaut um die Ecke und schüttelt den Kopf, als sie mich erspäht.

»Die Göttin bewahre dieses Kind vor seiner Neugier«, murmelt sie.

»Das habe ich gehört!«

»Gut zu wissen, dass deine Ohren gesund sind.« Mutter wendet sich der jungen Frau neben Benji zu. »Ist sie das?«

»Ja, liebe Tante, das ist Zahra.«

Ich hole laut Luft, weshalb mich Benji kurz lachend anschaut. Mein Putzlappen fliegt in die Ecke und ich eile zur Tür, an Mutters Seite.

»Sie hat sich wirklich für ein Leben in Hemera entschieden.«

»Und da hast du sie gleich mitgebracht«, schlussfolgert Mutter und mustert die ehemalige Hüterin.

»Ich hoffe, das war in Ordnung?«, sagt Zahra und hält Mutter ihre zierliche Hand hin. »Mein Name ist Zahra Helene Morgentau.«

»Willkommen in der Familie, Zahra.« Mutter tritt beiseite, so dass die beiden eintreten können.

»Das ist meine Cousine Dahlia«, stellt Benji mich vor. Zahra und ich mustern uns eine Weile und ich stelle fest, dass unsere Haare gleich lang sind.

»Ich schätze, wir sollten beide unsere Zöpfe kürzen, was?«, sagt sie und sieht von meinem blonden Haarschopf zu ihrem rötlichen. Verlegen schiebe ich mein Haar von der Schulter nach hinten auf den Rücken.

»Ja, das habe ich etwas schleifenlassen.«

Mutter sieht mich böse an. »Ich sage es dir beinahe täglich.«

»Ich bin auch noch nicht dazu gekommen«, kommt mir Zahra zu Hilfe.

»Morgentau«, grübelt Mutter. »Bist du zufällig eine Nachfahrin der Hüterin, die den Winter auf die Erde gebracht hat?«

»Ja.« Zahra errötet leicht. »Ihre Mutter hat damals, nachdem Maya mit Nevis wieder verschwunden ist, noch eine Tochter bekommen. Ich stamme aus ihrer Linie.«

»Jaaaaaa«, sagt Benji gedehnt. »Ich zeige Zahra unser Zimmer, ja? Dann trage ich unsere Sachen rein.«

»Ich helfe dir«, bietet die ehemalige Hüterin an.

»Nein, schnapp dir meine Cousine und schneidet euch als Erstes die Haare. Was haltet ihr davon? Für Zahra wäre das ein Abschluss ihres alten Lebens, und wenn Dahlia dabei ist, wäre es auch gleich ein gemeinsamer Anfang für die Zukunft.«

Zahra und ich tauschen einen Blick und ich lächele sie aufmunternd an. Nickend strecke ich eine Hand nach ihr aus, die sie auch sofort ergreift. Wir gehen in die Küche, wo Mutter in einer Schublade die spitze Schere aufbewahrt.

»Willkommen in der Familie«, sage ich und biete Zahra einen Platz an.

»Danke.« Sie setzt sich und legt diese zierlichen Hände, die noch nie harte Arbeit kennengelernt haben, in den Schoß. »Bist du aufgeregt wegen der Wahl?« Grüne Augen sehen mich schüchtern an, dabei fällt mir auf, wie gut sie duftet. Ich dagegen rieche sicherlich nach dem Zitronensaft, mit dem ich die Fenster gereinigt habe.

»Ich weiß nicht. Irgendwie ja, aber irgendwie bin ich mir auch ziemlich sicher, dass ich nicht das bin, was eine Göttin für ihre

Söhne sucht.« Ich hebe die Schere. »Wie viel soll ich abschneiden?«

Zahra greift an ihren Zopf und zeigt an ihr Schlüsselbein.

»So kurz?«, frage ich erstaunt.

»Ja.« Sie nickt tapfer und ich setze die Schere an. Ihre Haare sind dick und kräftig und es dauert etwas, bis ich den Zopf durchtrennt habe, doch schließlich fällt Zahras Vergangenheit zu Boden. Wie ein erschossenes Tier liegt ihr Zopf auf den Holzdielen und es dauert ein wenig, bis wir uns beide von dem Anblick lösen können.

Die Erdbeeren sind so köstlich, dass ich mich daran erinnern muss, sie nicht nur zu essen, sondern auch zu sammeln. Mein Korb müsste schon viel voller sein. Zahras hingegen sieht vorbildlich aus.

»Du übertrumpfst mich«, maule ich. »Dein Glück, dass ich so verfressen bin.«

Zahra lacht und hält sich die Hand über die Augen, damit sie mich im Gegenlicht erkennen kann. »Ich will doch einen guten Eindruck machen.«

»Das war wirklich mutig von dir«, sage ich und starre zum hundertsten Mal meinen kurzen Zopf an. Nachdem Zahra sich so viel von mir hat abschneiden lassen, habe ich gleichgezogen. Niemand soll behaupten, dass eine Feldarbeiterin weniger mutig ist als eine Hüterin.

»Die Entscheidung ist mir auch nicht leichtgefallen, aber nachdem die Wahl vorbei war und alles, worauf ich vorbereitet wurde, sinnlos erschien ... habe ich angefangen nachzudenken. Und ich habe in meiner Zukunft immer nur Benji gesehen.«

»Warst du erleichtert, dass du nicht erwählt wurdest?« Ich schiebe mir noch eine Erdbeere in den Mund, genieße die saftige Süße auf meiner Zunge.

»Ja.« Zahra hält inne. »Ich hätte nicht gehen wollen. Nicht ohne Benji.«

»Ich will auch nicht gehen«, sage ich, nachdem ich geschluckt habe.

»Hast du jemanden hier?« Zahra legt den Kopf schräg. In der Sonne sieht sie wunderschön aus ... ihr hellrotes Haar glüht förmlich.

»Nein.« Nur den Mann, der mich in meinen Träumen ruft.

»Aber du willst bei deiner Familie bleiben?«, rät Zahra richtig.

»Wenn es nur für ein paar Jahre wäre, wäre ich die Erste, die sich melden würde.« Ich seufze. »Aber nicht für immer und ohne jeden Kontakt.« Dafür bin ich nicht bereit und ich schätze, ich würde mich eingesperrt fühlen.«

Am Abend sitzen wir alle zusammen im Wohnzimmer. Mutter näht an meinem Kleid für die Hochzeit, weil sie die berechtigte Angst hat, dass es nicht fertig wird, wenn ich es selbst tue. Der hellblaue Stoff in ihrem Schoß sieht vielversprechend aus. Vater spielt Gitarre und ich singe dazu, während Zahra und Benji eng aneinandergeschmiegt auf dem Sofa sitzen und uns zuhören. Sie klatschen, als das Lied endet, und ich setze mich zu ihnen. Benji beginnt ein Gespräch mit meinem Vater und Mutter schaltet den Fernseher ein. Aus dem Augenwinkel erkenne ich einen Film aus der alten Zeit. Mutter schaut sie sich unheimlich gerne an, besonders die, in denen die Frauen lange, ausladende Kleider tragen. Dieser spielt jedoch in der Zeit, in der sie wirklich Filme gedreht haben. Heute werden nur noch Nachrichten aufgezeichnet.

»Welche Jahreszeit hättest du genommen?«, frage ich Zahra, weil ich ständig an die Wahl denken muss. Jetzt, wo der Tag immer näher rückt, werde ich langsam doch etwas nervös.

»Ich kenne die Aufzeichnung meiner Vorfahrin. Sie hat im Buch der Hüterinnen die Götter beschrieben. Um ehrlich zu sein, wüsste ich es nicht. Vielleicht Jesien? Ihn und Nevis hat sie besonders liebevoll beschrieben.«

»Jesien ist der Herbst, richtig?«, frage ich.

»Ja, genau.«

»Sie hat sich doch auch für ihn entschieden, oder? Und ist dann mit Nevis durchgebrannt?«

»Dahlia«, zischt Mutter, weil sie es nicht leiden kann, wenn ich tratsche. Gleichzeitig spitzt sie dann jedoch immer die Ohren.

Zahra lacht. »Ja, genau so war es. Sie hat sich falsch entschieden, hat nicht auf ihr Herz gehört.«

»So eine Wahl treffen zu müssen ist aber auch unmenschlich.«

»Dahlia!«, ruft Mutter mahnend. »Du redest hier von einer heiligen Zeremonie unserer Mutter Göttin.«

Zahra und ich tauschen einen Blick und ich rolle mit den Augen, was sie wieder zum Lachen bringt.

»Es ist nicht immer einfach, was die Mutter aller Dinge von uns verlangt, aber wir müssen uns dankbar und demütig zeigen. Ohne sie wären wir nicht mehr auf diesem Planeten. Ohne sie wären wir niemals geboren worden.«

»Ja«, seufze ich. Zahra ergreift meine Hand und drückt sie.

»Vielleicht schaffst du es ja, Dahlia ein wenig Vernunft einzureden«, sagt Mutter und sieht die ehemalige Hüterin neugierig an. »Wann wollen Benji und du denn heiraten?«

Zahra schluckt und sieht zu meinem Cousin, der jedoch noch in das Gespräch mit meinem Vater vertieft ist.

»Jetzt heiratet erst mal Liliana«, komme ich ihr zu Hilfe.

»Um ehrlich zu sein, sind wir noch nicht zum Planen gekommen.« Zahra errötet leicht.

»Das solltet ihr aber bald. Hier in diesem Haus wird es kein Kind aus einer ungesegneten Beziehung geben.« Mutter wirft Zahra einen ernsten Blick über ihre Näharbeit zu.

»Das wird nicht passieren«, verspricht sie.

»Gut.« Damit ist Mutter zufrieden.

Ich erhebe mich vom Sofa. »Das Bett ruft«, seufze ich erschöpft. »Angenehme Nachtruhe.«

Meine Familie erwidert den Wunsch und ich verschwinde in mein Zimmer. Den Kopf schwer von Gedanken.

Was mache ich, wenn die Göttin mich erwählt?

Wenn ich hier für immer wegmuss?

Weg von meiner Familie.

Raus aus Hemera.

Ins Unbekannte.

Für immer.

Unwiderruflich.

Melinda! Nein, verlass mich nicht! Bitte, Mutter. Nein ... Tränen ... Überall Tränen. Schmerz. Glühende Hitze. Stille. Noch mehr Tränen.

Ich schieße aus dem Bett hoch. Der Schlaf musste mich eingeholt haben. Melinda ... Mutter. Träume ich von einem Kind? Ist Melinda die Mutter? Aber wieso ... Ich bin verwirrt. Mein Gesicht ist tränennass und ich wische es mit dem Ärmel meines Nachtkleides ab. Der Verlust lastet wie Blei auf meiner Seele. Das Gefühl erdrückt mich, droht mich zu zerstören. Erst als mein Kopf wieder klarer wird, der Traum langsam in meiner Erinnerung verblasst, kann ich wieder frei atmen. Etwas stimmt nicht mit mir und diesem Traum und ich muss dem auf den Grund gehen.

»Zappel nicht so rum«, ermahnt mich meine Mutter, während sie versucht letzte Änderungen an meinem Kleid vorzunehmen. Ich antworte nicht und schnaube nur.

»Du wirst zauberhaft aussehen und uns alle Ehre machen.«

»Ja, ja.« Ich verdrehe heimlich die Augen.

»Ich sehe dein Gesicht in der Reflexion des Fensters.«

»Ups.«

»Ja, genau.« Mutter grübelt. »Du wirkst missgestimmt. Hast du Angst wegen der Wahl morgen?«

»Das, und ich schlafe in letzter Zeit nicht gut.«

Mutter schaut auf. »Wieso? Ist deine Matratze durchgelegen?«

Ich lächele über ihr praktisches Denken. »Nein, ich träume wirr.«

»Das kommt von der ganzen Aufregung. Erst die Hochzeit und jetzt auch noch das mit der Göttin. Es ist kein Wunder, dass dein Unterbewusstsein heiß läuft.« Sie seufzt. »Und jetzt ist auch noch Benji unverhofft mit Zahra hier eingezogen. Die Göttin weiß, dass wir für Hilfe dankbar sind, aber auch das stellt eine Änderung für dich und deine ganze Zukunft dar.«

Ich nicke. Ja, das wird mir immer bewusster.

»Ich glaube, ich muss einfach nur mal eine Weile an die frische Luft und den Kopf freibekommen.«

»Nimm Rosa, sie muss dringend mal wieder ausgeritten werden.« Meine Mutter … Immer Freude mit Pflicht verbinden. Aber ich tue ihr den Gefallen gerne. Rosa ist eine noch sehr junge, ungestüme Stute und es scheint so, als würde sie sich nur von mir reiten lassen. Vielleicht weil unsere Seelen sich so ähnlich sind. Bei mir hat sie noch nie Probleme gemacht, Vater hingegen hat sie schon abgeworfen. Zum Glück landete er im Stroh.

Nachdem mich meine Mutter entlassen hat, gehe ich zum Stall. Wir besitzen drei Pferde. Die beiden älteren sind auf dem Feld, während Rosa im Stall nervös wird, als sie mich sieht. Ich greife nach ihrem Kopf und streiche über ihre Stirn.

»Geht sofort los«, verspreche ich ihr und mache mich daran, sie zu satteln. Zuerst führe ich sie über den Feldweg vorbei an Benji und Vater.

»Göttin, das Kind reitet wieder dieses Biest!«, ruft Vater laut aus, als er uns sieht. Ich lache in mich hinein und gebe Rosa zu verstehen, dass sie lospreschen darf. Auch wenn ich zu weit weg bin, kann ich meinen Vater im Geiste verzweifelt rufen hören. Er mag es nicht, wenn ich das Pferd reite. Verständlich, er hält es für gefährlich, seit es ihn abgeworfen hat. Mutter dagegen weiß, dass Rosa mich mag. Vielleicht hat das Tier auch einfach Angst vor Männern. Davon habe ich bereits öfter gehört.

Der Wind zerrt an meinem Haar und lässt mich für einen Moment die Augen schließen. Nein, ich will hier nicht weg. Niemals. Wer würde Rosa ausreiten, wenn nicht ich? Als wir in Hemera ankommen, drossele ich das Tempo und schaue mir das bunte Treiben in den engen Gassen der Stadt an. Es duftet nach frischem Brot, Gewürzen und Rauch. Überall zerren Mütter ihre Töchter durch die Geschäfte, um sie für den morgigen Tag hübsch zu machen. Es heißt, dass es für die Mütter im Orden eine große Auszeichnung ist, wenn die Göttin sich für ihre Tochter entscheidet. Sie steigen dann sogar im Rang auf. Offensichtlich versprechen sich die Mütter hier auch etwas davon, wenn ihr Kind erwählt wird. Ich bin froh, dass meine Mutter mich damit in Ruhe lässt und auf Anerkennungen jeder Art verzichten kann, wenn sie mich dafür behalten darf. Ich passiere die Stadt und komme in ein bewaldetes Gebiet, durch das sich ein kleiner Weg schlängelt. Mein Onkel Werther wohnt hier mit seiner Familie. Von seinem Haus aus begibt er sich Tag für Tag ins Grenzgebiet, wo er ein Feld bestellt und jagt. Ich erreiche das verhältnismäßig kleine Haus. Rauch steigt friedlich aus dem Schornstein auf und ich kann meine Tante Isebill in dem angrenzenden Gewächshaus erkennen. Als sie mich sieht, tritt sie heraus und winkt mir zu.

»Dahlia, welch eine Freude«, ruft sie. »Aber wieso ausgerechnet auf diesem ungestümen Tier?«

Ich klopfe Rosas Hals. »Die Göttin zum Gruß, liebe Tante. In meinen Händen ist Rosa wie Butter.«

Isebill schüttelt lachend den Kopf. Ihre Wangen sind rosig. Das sind sie schon immer gewesen. Als würde jede Stunde einmal hineinzwicken. Ihr brünettes Haar ist zu einem ordentlichen Dutt am Kopf zusammengebunden. Auf ihrem Kopf trägt sie einen Strohhut, während der Rest von ihr in Schutzkleidung und Gummistiefeln steckt. Sie kommt auf mich zu und legt eine Hand an Rosas Zügel.

»Braucht ihr noch was für die Hochzeit morgen?«, fragt sie.

»Nein, aber ich wollte mit Onkel Werther sprechen. Ist er da?«

»Er ist im Grenzgebiet.« Isebill sieht mich entschuldigend an.

»Aber du kannst mir zur Hand gehen, wenn du auf ihn warten möchtest.«

Ich nicke. »Gerne, Tante.« Ich binde Rosa an einer Tränke an und folge Isebill ins Haus. Sie bittet mich zu kochen, während sie ins Gewächshaus zurückkehrt. Ich tue ihr den Gefallen und beobachte gleichzeitig meine beiden kleinen Cousins, die am Tisch über ihren Hausaufgaben sitzen.

»Was kochst du uns?«, fragt Themo, der jüngere der beiden.

»Deine Mutter wünscht einen Eintopf aus Gemüse, Kartoffeln und Wurst.«

»Mmh«, schwärmt er.

»Wenn du nicht fertig wirst, gibt es nichts!«, ermahnt ihn sein großer Bruder Lent. Er zwinkert mir zu und ich lächele ihn an. Er hat die rosigen Wangen seiner Mutter.

Als es dämmert, kommt mein Onkel nach Hause und strahlt über das ganze Gesicht, als er mich entdeckt. Er küsst mich auf die Wange und wir setzen uns zu Tisch.

»Bist du aufgeregt wegen der Wahl morgen?«, will meine Tante wissen, an deren Gesicht ich ablese, dass sie mit meiner Kochkunst zufrieden ist.

»Ja, ich habe ehrlich gesagt mittlerweile große Angst. Ich will hier nicht weg.«

Onkel Werther räuspert sich. »Ich glaube nicht, dass die Göttin dich uns wegnehmen wird. Sie weiß, dass du hier geliebt und gebraucht wirst.« Er zwinkert mir aufmunternd zu und ich lächele dankbar. »Aber weswegen bist du hier, Liebes? Sicher nicht, um für uns zu kochen.«

»Was mir heute eine sehr, sehr große Hilfe war, Dahlia«, wirft Tante Isebill ein. »Danke.«

»Gern geschehen.« Ich wende mich Onkel Werther zu. »Ihr habt vielleicht schon gehört, dass Benji mit einer Frau bei uns eingezogen ist, um meinem Vater beim Bestellen der Felder zu helfen?«

Alle am Tisch nicken.

»Erinnere mich dran, dich noch nach der Frau zu fragen«, sagt Isebill und zwinkert mir grinsend zu. Sie scheint furchtbar neugierig auf die ehemalige Hüterin zu sein.

»Du lernst sie doch morgen auf der Hochzeit kennen, Weib.« Onkel Werther schenkt ihr einen liebevollen Blick, den meine Tante mit einem Zischlaut abtut.

»Jedenfalls ist jetzt die Zukunft von Vaters Feldern gesichert und Vater und Mutter stellen mir nun frei, was ich tun möchte.« Ich warte einen Moment und starre in die Gesichter meiner Verwandten an diesem Tisch. »Ich würde gerne ins Grenzland gehen.«

Werther und Isebill tauschen einen kurzen Blick, dann ergreift meine Tante zuerst das Wort.

»Nun, wenn du zu uns ziehen möchtest, hätte ich nichts dagegen.«

»Eine Frau als Grenzerin gab es noch nicht oft«, grübelt mein Onkel.

»Ich bin tapfer und ich kann anpacken!«, verspreche ich schnell.

»Ich könnte eine helfende Hand gebrauchen. Sie müsste ja nicht jeden Tag ins Grenzgebiet gehen«, kommt mir Isebill zu Hilfe.

»Du möchtest also wirklich, dass ich dich als Grenzerin ausbilde?«

Ich nicke.

»Nun ...« Onkel Werther grübelt. »Wenn Gaia dich bei uns lässt und das für deine Eltern in Ordnung ist ...«

Ich quietsche kurz vor Freude auf. »Wirklich?«

»Ja, wenn du das möchtest.«

Meine beiden Cousins stimmen einen kleinen Jubel an, bis ihre Mutter sie mit einem strengen Blick dazu bringt, weiter ihren Eintopf zu essen.

»Aber du musst deiner Tante hier ab und an zur Hand gehen. Ist das in Ordnung für dich?« Werther mustert mich mit hochgezogenen Augenbrauen.

»Ja, ja!«, rufe ich aufgeregt.

»Aber du weißt schon, dass der Orden das letzte Wort hat? Sie müssen es dir freistellen, ins Grenzgebiet zu gehen.«

»Muss ich dafür einen Test machen?«

»Nein.« Mein Onkel seufzt. »Du musst Verschwiegenheit schwören. Du wirst Dinge erfahren, die du niemandem sagen darfst.« Er sieht zu Isebill. »Nicht mal den Menschen, die dir die liebsten sind.«

»In Ordnung«, sage ich, ohne weiter nachzudenken.

»Das ist nicht immer einfach.«

»Ich schaffe das schon«, verspreche ich und male mir im Kopf die Abenteuer aus, die ich mir als Kind vorgestellt habe. Fabelwesen, unheimliche Gegenden ... grünes Wasser. Was mich wohl dort erwartet? Dinge, die ich niemandem sagen darf. Mein Herz pocht vor Freude heftig in meinem Brustkorb und das Stimmchen, das mich an Gaias Wahl erinnert, wird für einen Moment leiser.

»Frauen haben gerne mal ihre Probleme damit, Dinge für sich

zu behalten«, gluckst Onkel Werther und holt mich aus meiner Tagträumerei. Meine Tante tritt ihn dafür unter dem Tisch und alle fangen an zu lachen, weil er laut aufjault.

Ich werde eine Grenzerin!

Melinda …

2. STADT DER GEISTER

Liliana sieht atemberaubend schön aus. Ihr langes weißes Kleid fließt an ihrem schlanken Körper herunter und umschmeichelt ihre weibliche Figur. Die Frauen meiner Familie rennen wie aufgescheuchte Hühner um sie herum, während ich vor ihr stehe und ihre zitternden Hände halte. Mutter hat uns beiden die Haare gemacht und sitzt jetzt kreidebleich in einer Ecke. Die Angst, heute gleich zwei Töchter zu verlieren, steckt ihr in den Knochen. Auch wenn sie sich für ihre Älteste freut, so überschattet doch Gaias Wahl heute Abend den ganzen Tag. Es tut mir unheimlich leid für Liliana, aber niemand hat sich das so ausgesucht. Von meiner Idee, Grenzerin zu werden, habe ich meinen Eltern noch nicht erzählt. Ich wollte warten, bis sich die Wellen wieder geglättet haben. Ausgezogen ist Liliana schon vor ein paar Tagen, aber nun wird es offiziell. Meine Eltern geben sie heute frei, um eine eigene Familie zu gründen. Aus dem Augenwinkel kann ich erkennen, wie Zahra meine große Schwester ansieht. Man sieht ihrem Gesicht an, dass sie sich gerade selbst in dieser Situation sieht, und es gefällt mir, dass es ihr ein verträumtes Lächeln auf die Lippen zaubert. Liliana zieht mich beiseite.

»Ich muss dir etwas beichten«, flüstert sie mir ins Ohr.

»Was?« Ich durchforste ihr Gesicht mit meinen Augen, ob ich schon erkennen kann, welcher Art die Neuigkeit sein wird. Liliana beißt sich lachend auf die Lippe.

»Ich bin guter Hoffnung.«

»Was?«, zische ich. »Wirklich?«

»Ja, ich schätze schon.« Sie sieht sich um. »Sag es aber nicht Mutter, einverstanden? Ich will, dass sie glaubt, dass das Kind nach der heiligen Verbindung entstanden ist.« Liliana zwinkert mir zu.

»Einverstanden«, flüstere ich und drücke ihre Hände fester. »Ich freue mich für euch. Schön zu wissen, dass deine Ehe fruchtbar wird. Die Göttin hat euch schon jetzt gesegnet.«

Melinda ... Nein. Melinda! Eine hitzige Gefühlswelle überrollt mich. Ich spüre Tränen in meinen Augen brennen, obwohl dort keine sind.

»Alles in Ordnung?«, fragt Liliana. »Du bist plötzlich so blass.«

»Schon gut, geht wieder«, lüge ich.

»Du hast große Angst, oder?«

»Ja.« Es ist zwar nicht der Grund für meinen plötzlichen Stimmungswechsel, aber ich nehme es gerne als nicht ganz unwahre Ausrede.

»Du bleibst bei uns. Das wird mir Gaia heute nicht antun, hörst du?« Liliana sieht mich selbstsicher an.

Ich lächele. »Nein, das wird sie nicht. Wo sie dich doch so zu lieben scheint.« Ich sehe auf ihren Bauch und Liliana zischt lächelnd.

»Nicht hingucken!«

»Schon gut, schon gut«, beruhige ich sie. Sanft zieht sie mich in ihre Arme.

»Hey!«, ruft Tante Hether. »Nicht vor der Trauung das Kunstwerk zerstören!«

»Ja, Tante Hether«, sagen wir unisono und kichern wieder wie damals, als wir beide noch Kinder waren und heimlich nachts im

Bett Liebesromane gelesen haben. Mutter kommt zu uns herüber und legt jeder von uns eine Hand in den Rücken.

»Meine Mädchen, ihr seht so wunderschön aus.«

»Bitte nicht weinen, Mutter«, fleht Liliana. »Sonst muss ich das auch und dann schimpft mich Tante Hether, weil ich ihr Kunstwerk zerstöre.«

Wir fangen alle an zu lachen, doch dann reißt sich Mutter zusammen und sieht uns mahnend an.

»Hört auf wie die Hühner zu gackern.« Damit lässt sie uns stehen und begrüßt Verwandte, die gerade angereist sind. Liliana und ich können jedoch nicht anders und lächeln uns an. Ich sehe, wie sich mein Gesicht in ihren Augen spiegelt, die so blau sind wie meine. Sie wird mir fehlen.

Während der Zeremonie stehe ich neben meiner Mutter und Benji. Die Hüterin, die meine Schwester und ihren Verlobten traut, sieht freundlich aus. Sie hat Blumen in ihren langen Zopf geflochten und trägt eine weiße Robe. Sie hat Zahra herzlich begrüßt, bevor sie nach vorne ging. Offensichtlich nimmt man ihr im Orden ihren Austritt nicht übel. Ich lausche den Worten der Hüterin und versuche das Flüstern in meinem Nacken zu ignorieren. Es nennt mich immer wieder Melinda und ich habe das Gefühl, dass es leidender und dringlicher wird. Ich werde wohl verrückt. Irgendwann werde ich vermutlich mit einem Rock als Hut nackt durch das Grenzgebiet rennen und mich selbst Melinda nennen. Ich muss über meine Gedanken lächeln und räuspere mich leise. Mutter wirft mir einen sorgenvollen Blick zu und reicht mir die Hand. Ich ergreife sie und spüre, dass ihre Hände genau so kalt sind wie meine. Im Trausaal des Ordens haben sich noch andere junge Frauen aus Hemera eingefunden. Sie alle wirken herausgeputzt und angespannt. Ob wir uns anders fühlen würden, wenn wir unser Leben lang darauf vorbereitet worden wären? So wie die gesegnete Generation der Hüterinnen? Ob sich die Verschmähten wie Verlierer fühlen? Soweit ich weiß, ist es noch nie vorgekommen, dass Gaia keine von ihnen wollte. Alles um mich herum beginnt zu applaudieren und ich stelle fest, dass ich den wichtigsten Teil verpasst habe. Ich klatsche dennoch, bis meine Finger schmerzen, und drücke meine Schwester anschließend fest an mich. Das Baby, das sie unter dem Herzen trägt, ist nun in sicheren Verhältnissen. Die Erleichterung darüber kann ich in ihren Augen lesen. Auch ihrem frischgebackenen Ehemann scheint ein ganzes Gebirge vom Herzen gefallen zu sein. Die Leute bejubeln das junge Glück und begleitet von freudigen Ausrufen bringt die Festgesellschaft die beiden zur Stadthalle, wo bereits Essen und Getränke auf uns warten. Ich bekomme jedoch kaum etwas herunter und muss mich immer wieder zwingen zu lächeln. Mutter geht es ähnlich, das sehe ich in ihren Augen. Ich vermute, dass wir alle erst so richtig ausgiebig feiern können, wenn wir die Sache mit Gaia überstanden haben. Ich bin nicht das einzige Mädchen im passenden Alter unter den Gästen. Überall sieht man bleiche Gesichter, die immer wieder auf die Uhr starren. Als Benji mich zum Tanzen auffordert, muss ich mich erst kurz sammeln, bevor ich nicke und ihm die Hand reiche.

»Alles in Ordnung bei dir?«, fragt er auf der Tanzfläche.

»Heut Abend wird es das wieder sein.«

Er lächelt etwas halbherzig, weil er sich hilflos fühlt und anscheinend nicht weiß, was er sagen soll. Das weiß niemand so recht und so wird das Thema einfach ignoriert und man lässt die

Zeit verstreichen. Sekunden werden zu Stunden, bis es schließlich so weit ist. Mutter verlässt mit mir und einigen anderen Frauen mit ihren Töchtern die Hochzeitsgesellschaft. Da Gaia mich – wenn überhaupt – erst nächstes Jahr abholen würde, verabschiede ich mich von niemandem. In meinem Bauch rumort es, als wir uns dem Strom von Frauen anschließen, der sich in Richtung Orden bewegt. Eine junge Hüterin, etwa in meinem Alter, erwartet uns dort.

»Seid willkommen, Mütter und Töchter Hemeras«, erhebt sie die Stimme. Erst jetzt wird mir klar, wer sie ist. Insa, die oberste Hüterin und damit unsere Anführerin. Ich kenne sie bisher nur aus den Nachrichten, wo sie viel größer gewirkt hat. Mutter und ich tauschen einen Blick.

»Wir werden uns jetzt in Gruppen zur Lichtung begeben. Bitte wendet euch zuerst an meine Schwestern, die für die Anwesenheit aller Töchter zuständig sind.« Sie deutet auf einen Tisch, an dem zwei ältere Hüterinnen sitzen. Ihre Haare sind bereits grau, doch ihre Augen leuchten glasklar und hellwach. Vor ihnen liegt jeweils ein Stapel Papiere. Namenslisten, vermute ich. Mutter drückt meine Hand und wir reihen uns in die Schlange ein.

»Alles wird gut«, flüstert Mutter immer wieder zu mir herab, aber es klingt, als würde sie es eher zu sich selbst sagen als zu mir. Mir ist ganz flau und ich komme mir vor wie ein eingesperrtes Tier. Am liebsten möchte ich dieser Situation entfliehen, aber ich weiß nicht wie.

»Den vollständigen Namen, bitte«, sagt eine der Hüterinnen, als wir schließlich am Tisch angekommen sind. Ihre Augen verlassen die Liste in ihren Händen nicht.

»Dahlia Evangeline Abendsonne«, bringe ich heiser hervor.

»Alter?«

»Achtzehn.«

»Wer begleitet dich?«

»Meine Mutter.«

»Gut, Kind.« Die Hüterin sieht zum ersten Mal hoch. »Es ist gerade eine Gruppe losgezogen. Warte bitte hier neben uns, bis meine Schwester zurück ist. Dann bringt sie dich und neun weitere Mädchen zur Göttin. Deine Mutter darf dich begleiten.«

Mein Herz scheint ausbrechen zu wollen, so kräftig schlägt es. Mutter und ich folgen der Anweisung der Hüterin und stellen uns unweit der Anmeldung ins Gras. Die Sonne geht gerade unter und taucht alles in ein schummriges Licht. Es ist warm und ein paar Grillen zirpen eine Melodie. Nur das Gemurmel der vielen Frauen stört das friedliche Bild ... und dieser furchtbare Knoten, der sich gerade vor lauter Aufregung in meinem Magen bildet.

»Vielleicht haben wir Glück und die Göttin hat bereits ein Mädchen ausgewählt«, sagt meine Mutter. »Andererseits möchte ich sie nur zu gerne sehen.« Sie seufzt. »Aber das Opfer könnte ich verkraften, wenn ich dich nur behalten darf.«

Ich schlucke und atme tief durch, um mich ein wenig zu beruhigen. Es nutzt nichts. Meine Finger zittern, weshalb ich sie zur Faust balle. Die beiden Mädchen, die sich mit ihren Müttern schon zu uns gesellt haben, sehen so aus, wie ich mich fühle. Die Arme meiner Mutter ziehen mich in eine warme Umarmung. Erst jetzt bemerke ich, dass ich am ganzen Körper zittere. Ich verharre dort, bis wir aufgeregt schnatternde Mädchen hören. Sie kommen aus dem Wald, allen voran eine Hüterin. Die Augen und Wangen der Frauen leuchten. Sie haben die Göttin gesehen und scheinen davon wie berauscht zu sein. Mir wird schlecht vor

Aufregung. Die Hüterin verabschiedet die Frauen und sieht zu den beiden Älteren am Tisch.

»Sie war nicht dabei«, sagt sie und stellt sich zu uns. Mutter lässt mich los und ich sehe mich um. Sieben Mädchen stehen bislang hier. Auf drei weitere müssen wir noch warten, bevor es losgeht.

»Aufgeregt?«, fragt mich die Hüterin und ich nicke. Es ist mir nicht möglich, auch nur ein Wort herauszubringen. Sie lächelt mich gütig an, sagt aber nichts mehr.

»Alles wird gut«, flüstert mir Mutter erneut zu und ich will ihr glauben. »Du wirst sehen, in einer Stunde tanzen wir ausgelassen auf der Hochzeit deiner Schwester und alles ist vergessen.«

»Ja«, krächze ich. »Ja.«

»Wir gehen!«, ruft die Hüterin und reißt mir damit fast den Boden unter den Füßen weg. »Diese Gruppe folgt mir bitte!«

Es ist ein Wunder, dass mir meine Beine gehorchen. Wäre meine Mutter nicht neben mir, ich glaube, ich könnte keinen Schritt tun. Die Hüterin führt uns über einen schmalen Pfad in den Wald hinein. Es ist stellenweise so eng, dass Mutter hinter mir gehen muss. Doch dann kann ich plötzlich eine Lichtung erkennen, die von den allerletzten Sonnenstrahlen erleuchtet wird. In einem Kreis scharen sich Hüterinnen um eine kleine, zierliche Person. Die Hüterin stoppt unseren Zug und dreht sich um.

»Du bist die Erste«, sagt sie zu mir. »Wie heißt du?«

»Dahlia«, würge ich meinen Namen vor lauter Aufregung hervor.

Die Hüterin nimmt meine Hand. »Ich führe dich jetzt zur Göttin. Deine Mutter darf hier stehen bleiben und zusehen.« Sie lächelt. »Bereit?«

»Nein«, gebe ich ehrlich zu, woraufhin sie laut lacht und sanft an mir zieht. Ich weiß nicht wie, aber ich bewege mich voran, auf eine Gestalt zu, die ich erst jetzt richtig erkennen kann. Gaia. Mir stockt der Atem. Die Göttin ist genauso klein wie ich. Sie steht inmitten der Lichtung und das Gras um sie herum ist bis zu ihrer Taille hinaufgewachsen. Es scheint ihre Blößen zu verstecken, denn die Göttin ist nackt. Ihr Zopf bedeckt eine Brust, die andere wird notdürftig von einer Blumenkette vor Blicken geschützt. Ich versuche meinen Blick von ihrem Körper zu lösen und sehe in ein Paar Augen, das in allen Farben des Regenbogens schillert. Ich bin einer Ohnmacht nahe.

»Mutter, hier bringe ich dir Dahlia.«

Die Göttin lacht melodisch auf.

Melinda ... Nein! Haselnussbraune Augen. Tränen. *Melinda.* Ein Schluchzen. *Nein!* Ein Ausruf voller Qual, verloren und einsam. *Melinda.*

»Alles in Ordnung?«, durchschneidet die Stimme der Hüterin das Rauschen in meinen Ohren. Wann bin ich zusammengebrochen? Wieso liege ich auf dem Waldboden? Und in wessen Armen? Ich blicke auf. Die Göttin lächelt mich gütig an.

»Du heißt wirklich Dahlia«, sagt sie. »Du hast keine Ahnung, wie sehnsüchtig ich auf dich gewartet habe.«

Ich versuche mich aufzurichten, doch der Schwindel ergreift mich. Die Göttin berührt meine Stirn und Ruhe umfängt mich. Keine Angst, keine Sorgen. Nur Stille und Zufriedenheit. Eine zierliche Hand beginnt damit, über meine Stirn zu streichen.

»Wir haben sie gefunden«, erklingen die unheilvollen Worte aus dem Mund der Göttin. »Dahlia ist die Auserwählte.«

Ich bin wie gelähmt, als meine Mutter und ich am Schreibtisch der obersten Hüterin sitzen. Ich höre das Schluchzen neben mir kaum oder die Worte, die Insa zu mir spricht. Ich? Wieso ich?

»... möchten wir, dass Dahlia möglichst bald in den Orden zieht.«

»Ich verstehe«, schluchzt meine Mutter. »Aber sie darf uns besuchen?«

»Jederzeit.« Insa sieht mich ernst an. »Es geht nur darum, dass sie hier mit uns betet und lebt. Des Weiteren erhält sie Einblick in die Niederschriften der Hüterinnen und soll so viel davon lesen, wie sie schafft. Die Beschreibung der Jahreszeiten wird sie sicherlich am meisten interessieren. Dank dem Zwischenfall vor einigen Jahrhunderten besitzen wir ja nun ein kleines Charakterprofil der vier Halbgötter.« Insa räuspert sich. »Mir wurde zugetragen, dass ihr heute eine Feier in der Familie habt, deswegen lass ich euch jetzt gehen. Dahlia?«

Ich sehe sie an, unfähig etwas zu sagen.

»Du bist bitte in zwei Tagen hier.«

Ich nicke kraftlos.

»Kopf hoch. Du bist eine Auserwählte der Göttin. Das ist eine große Ehre. Denk immer daran, dass du etwas Besonderes bist. Du bist die erste Frau aus Hemera überhaupt, welche die Göttin gewählt hat. Du bist ihr Gefäß. Halte es rein. Dein Körper ist geweiht und gehört den Göttern der Jahreszeiten.«

Ich will mich übergeben, nicke jedoch wieder nur ergeben.

»Keine Sorge, wir bringen sie übermorgen rein und unverdorben zum Orden.« Mutter sieht mich voller Mitleid an.

»Die Göttin sei mit euch.« Insa erhebt sich von ihrem Stuhl. »Und meine Glückwünsche an das frisch vermählte Paar.«

»Danke«, höre ich meine Mutter nuscheln. Ihre Tränen sind versiegt. Auf dem Weg nach draußen gratulieren mir die Hüterinnen und sehen mich ehrfürchtig an. Was ist an mir so besonders? Vielleicht weil ich so klein wie die Göttin bin? Ich grübele den ganzen Weg bis zur Stadthalle und werde erst aus meinen Gedanken gerissen, als wir den Festsaal betreten. Die Leute halten inne und alles wird still, als man uns erblickt. Sie wissen es noch nicht. Mutter sieht mich fragend an, doch ich habe keine Kraft.

»Dahlia wird nächstes Jahr mit der Göttin in ihr Reich gehen und die Braut einer Jahreszeit werden.«

Es ist mein Vater, der mich plötzlich in seine Arme zieht. Ich vergrabe mein Gesicht in seiner Halsbeuge und beginne zu weinen.

»Als ob sie im Orden keine Seifen hätten«, grummelt mein Vater vor sich hin. Er überwacht, was Mutter für mein Leben bei den Hüterinnen einpackt.

»Haben sie. Meine«, sagt Mutter. »Aber ich gebe Dahlia trotzdem etwas von unserem Privatvorrat mit. Die besten Seifen behalte ich immer für uns.«

Ich falte artig meine Sachen und stopfe sie in eine Tasche. Zahra steht neben mir und packt an, wo sie kann. Ich würde sie so gerne über das Leben bei den Hüterinnen ausfragen, doch ich habe die ganze Nacht kein Auge zugemacht und bin selbst zum Reden zu müde. Vater steht an den Küchentresen gelehnt und trinkt Kaffee.

»Wieso darf sie nicht das letzte Jahr bei uns bleiben?«, fragt er. »Das ist nicht fair, wenn sie uns schon genommen wird, sollte sie wenigstens bei uns bleiben dürfen, bis es so weit ist.«

»Sie muss beten und sich vorbereiten«, murmelt Mutter gedankenverloren und starrt in die Tasche vor sich.

»Es ist nahe genug. Dazu könnte sie dorthin gehen oder reiten.«

»Was macht ihr mit Rosa?«, frage ich. Es sind die ersten zusammenhängenden Worte, die ich seit der Wahl spreche.

»Keine Sorge«, beruhigt mich Vater mit sanfter Stimme. »Deinen Gaul behalten wir.«

Ich nicke beruhigt. »Darf ich mich noch etwas hinlegen?«

»Natürlich.« Mutters Augen sind wässrig, als sie mich ansieht. »Ruh dich aus. Du hast bestimmt kaum geschlafen.«

Ich nicke und lasse die Sachen in meiner Hand fallen. Ich bemerke erst gar nicht, dass Zahra hinter mir ist, sondern erst, als ich die Tür hinter mir schließen will.

»Hast du Fragen?«, will sie wissen.

»Viele«, antworte ich. »Aber ich bin so müde.«

Sie nickt und weicht still zurück, damit ich mich zurückziehen kann. Ich lasse mich auf das Bett fallen und schlafe sofort ein.

Haselnussbraune Augen sehen mich an. Ein stummes Flehen wohnt in ihnen, während Unruhe meinen Körper durchfährt. Ich muss zu ihnen gelangen. Darf nicht weggehen. Ich muss ... Melinda!

Ich fahre schweißgebadet hoch. Diese braunen Augen. Ich habe sie bei der Göttin gesehen. Die Unruhe des Traums steckt noch immer in mir. Ich springe aus dem Bett und beginne im Zimmer auf und ab zu laufen. Ich muss hier weg. Ich kann mich im Grenzgebiet verstecken. Meinen Körper verunreinigen ... alles, nur damit ich nicht mit der Göttin gehen muss. Im Grenzgebiet würde mich niemand suchen … oder in der verbotenen Zone. Wenn ich sie betrete, mache ich mich strafbar. Die Göttin wird ihren Söhnen keine ungehorsame Frau bringen wollen, oder? Noch ehe ich weiter darüber nachdenken kann, greife ich mir einen kleinen Rucksack und schleiche in die Küche. Niemand da. Um diese Zeit ist meine Mutter meistens draußen auf den Feldern. Schnell fülle ich den Rucksack mit etwas Nahrung und streife ihn über meine Schultern. Mein Blick fällt auf die gepackten Taschen. Ich nehme eine, ohne nachzusehen, welche Kleidungsstücke sich darin befinden. Am Stall ist es still. In weiter Ferne sehe ich Zahra und Benji, die sich unterhalten. Ich renne über den kleinen Weg vom Haus zum Stall hinüber und sattele Rosa mit routinierten Griffen. Das Pferd spürt meine Unruhe und scheint mich mit den Augen zu fragen, was passiert ist, doch ich habe keine Zeit, beruhigend auf sie einzusprechen. Ich sitze auf und presse die Tasche mit der Kleidung vor mich. Noch einen tiefen Atemzug, dann gebe ich Rosa den Befehl loszupreschen. Mein Blick ist nach vorne gerichtet. Ich habe keine Ahnung, ob mich jemand sieht. Der Fokus ist auf den nicht weit entfernten Eingang zum Grenzgebiet gerichtet. Erst jetzt bemerke ich meinen schnellen Herzschlag. Was mache ich hier eigentlich? Ich werde etwas langsamer. Die Felder meiner Eltern liegen längst hinter mir. Mein Atem geht so schnell, als wäre ich gerannt. Ich halte Rosa an und sehe mich um.

»Ist Weglaufen eine Lösung?«, frage ich das Pferd. »Aber was bleibt mir sonst?« Soll ich kampflos aufgeben und mein Leben hinter mir lassen? Nein. Ich werde mich nicht mit meinem Schicksal abfinden, sondern es neu schreiben. Eine Tochter Hemeras kämpft. Ich lasse Rosa wieder loslaufen und ignoriere die kleine Stimme in meinem Kopf, die mich zu warnen versucht. Es ist nur für kurze Zeit. Ich werde zurückkehren und meine Eltern werden froh sein, dass sie mich hierbehalten dürfen. Im Grunde muss ich mich nur für ein paar Tage im Grenzgebiet verstecken, damit mich die Hüterinnen nicht finden können, wenn sie mich suchen. Sobald sie aufgeben, kann ich zurückkehren und mich im Haus meiner Eltern verstecken. Gaia wird sich eine neue Auserwählte suchen und alles wird gut. Danach kann ich immer noch Buße tun. Vielleicht schneide ich mir auch die Haare kurz oder trage für den Rest meines Lebens ein Kopftuch. Rosa wird langsamer. Das Tier erkennt die Grenze, als ob es dort eine Art unsichtbare Barriere gäbe. Sie scheut und ich lehne mich über die Tasche zu ihr herunter.

»Alles gut, Mädchen«, beruhige ich sie. »Wir bleiben dort nicht lange.«

Doch Rosa bewegt sich keinen Zentimeter. Ich muss absteigen und sie am Zaumzeug führen. Sie geht ein paar Schritte und bleibt dann wieder stehen.

»Komm schon«, flehe ich. »So schlimm kann es dort gar nicht sein.«

Doch die Augen des Pferdes verraten seine Angst. Rosa geht zwei Schritte rückwärts und prescht dann davon. Meine Tasche fällt wenige Meter von mir entfernt auf die Wiese.

»Nein«, flüstere ich und fahre mir mit einem Arm über das Gesicht. Ich blinzele gegen die Sonne an und gehe dann meine Tasche holen. Ich schultere sie mit einem verzweifelten Stöhnen und spähe vorsichtig ins Grenzgebiet. Dann eben zu Fuß. Doch auch ich bleibe stehen. Ein Zaun grenzt an dieser Stelle das Gebiet ab, doch es gibt einen offenen Durchgang. Die Grenze wird nicht bewacht. Die Hüterinnen vertrauen darauf, dass die Menschen die Gebote der Göttin einhalten, und ich muss gestehen, dass nun auch ich zweifele. Genau wie Rosa. Mein Blick wandert über meine Schulter zurück zu dem Weg, der zu den Feldern meiner Eltern führt. Es ist nur für ein paar Tage. Dann kehre ich zurück. Ich hebe meinen rechten Fuß und setze ihn auf die verbotene Seite. Ein merkwürdiger Schauer durchfährt mich, als ich den Rest meines Körpers folgen lasse. Ich habe es geschafft. Ich bin im Grenzgebiet. Noch ein schneller Blick zurück und ich renne los, bis meine Lunge brennt und ich nur noch meinen Herzschlag höre. Das Grenzgebiet ist ein einziger dichter Wald. Es scheint mir hier etwas kühler zu sein, was sicher an dem dichten Blattwerk über mir liegt. Die Sonne sieht man kaum. Ich verlangsame meinen Schritt und nehme mir einen Moment, um mich in Ruhe umzusehen. So dichten Wald gibt es in Hemera nicht. Ich verstehe, warum die Hüterinnen die Grenzer hier jagen lassen. Es muss hier viele Waldtiere geben, der Lebensraum erscheint mir optimal.

»Doch wo schlafe ich?«, frage ich laut. Hier ist niemand außer mir. Ich werde mich vor Grenzern in Acht nehmen müssen. Sicherlich wird der Orden sie auf mich ansetzen und das Grenzgebiet absuchen lassen. Wenn ich nur wüsste, wie groß es ist. Eins weiß ich jedoch: Ich darf mich nicht allzu oft im Kreis drehen, damit ich nicht die Orientierung verliere. Mein Ziel ist es, bis zur verbotenen Zone vorzudringen. Ich will sehen, was dort ist. Langsam gehe ich über das Wurzelwerk, das den kühlen Waldboden durchwebt. Es ist meiner Feldarbeit zu verdanken, dass ich im Lauf nicht darüber gefallen bin, ich bin an unebene Flächen gewöhnt. Mein Herzschlag normalisiert sich und ich lausche den Vögeln in den Bäumen über mir. Warum hat Gaia dieses Gebiet abgegrenzt? Irgendetwas sagt mir, dass die verbotene Zone der Grund dafür ist. Ich wünschte, ich hätte noch einmal mit Onkel Werther gesprochen. Was ist, wenn die Luft dort giftig ist? Nein, Gaia hat den Planeten geheilt. Sind dort vielleicht andere Menschen? Vielleicht die schlechten? In der Geschichte Hemeras heißt es, dass nur die wahrhaft Fleißigen von der Göttin gerettet wurden. Oder ist das Land dort vielleicht so rau, dass es für Menschen nicht bewohnbar oder zu gefährlich ist? Ich kenne Dinge wie Wirbelstürme, Tsunamis und Erdbeben aus Filmen und Geschichtsbüchern. Sollte ich auf diese Dinge treffen, bin ich schneller bei der Göttin, als mir lieb ist. Ob sie weiß, dass ich weggelaufen bin? Wird sie mich persönlich zurückbringen? Nein, dann wäre sie sicher schon hier. Oder?

Ich mache eine Rast und trinke etwas Wasser aus einem kleinen Bach. Hoffentlich werde ich davon nicht krank, doch ich möchte meine Vorräte sparen, bis ich ein geeignetes Versteck gefunden habe. Hier und da habe ich schon einen essbaren Pilz eingesammelt. Ich kenne sie von meinem Onkel, der sie öfter aus dem Grenzgebiet mitgebracht hat. Sie sind nicht unbedingt lecker, aber sie machen satt und vielleicht werde ich bald schon dankbar dafür sein. Als es zu dämmern beginnt, werde ich unruhig. Wo soll ich schlafen? Bisher ist mir kein wildes Tier begegnet, aber ich weiß, dass es sie hier gibt. Meine Schultern schmerzen vom Gepäck und meine Füße sehnen sich nach Entlastung.

»Wieder eine gute Idee von Dahlia Evangeline Abendsonne«, seufze ich und sehe mich um. Ich erspähe einen Baum, der an einer Stelle mit besonders viel weichem Moos bedeckt ist. Immerhin liege ich dort gut, auch wenn ich vollkommen ungeschützt bin. Ich sehe an den Bäumen hoch. Die Äste beginnen weit außerhalb meiner Reichweite. Wäre ich etwas größer, könnte ich vielleicht auf einem schlafen, aber so ... Keine Chance. Erschöpft lasse ich meine Sachen fallen und setze mich auf das Moos. Mir ist kalt, deswegen öffne ich die große Tasche und sehe hinein. Ich habe Glück, darin finde ich meine Wintersachen und ziehe mir schnell einen Pullover über.

»Besser«, seufze ich. Gähnend lehne ich mich an den Stamm des Baums. Einsamkeit und Angst schlagen ihre Krallen in mich. Meine Eltern fehlen mir und alle Geräusche, selbst das Singen der Vögel, kommen mir plötzlich unheimlich vor.

»Durchhalten, Dahlia«, sage ich zu mir selbst. »Nur für ein paar Tage.« Dann verstecke ich mich zu Hause. Vielleicht kann mir Vater ein Lager im Keller einrichten und ein paar Fässer davorstellen. Das ist jedenfalls besser als das hier. Ob es hier wohl Bären gibt? Werther hat immer nur von Rehen und Wildschweinen gesprochen. Letztere sollen aber wohl sehr ungehalten sein, wenn sie einen Mensch entdecken. Oh bitte, Göttin, ich möchte keinem Wildschwein oder Schlimmerem begegnen. Allerdings bin ich die Letzte, die zur Göttin beten darf. Wo ich doch gleich in zweifacher Hinsicht ihre Gesetze übertrete. Zur Strafe macht sie mich noch zu Wildschweinfutter. Die Sonne schickt ihre letzten Strahlen durch die Bäume und taucht dann alles in Dunkelheit. Ich presse meine Augen zusammen und versuche mich abzulenken. Mein Herz und mein Atem sind so laut, dass mich sicher jedes Tier im Umkreis von einem Kilometer hört. Ich sollte schlafen. Der Ruf einer Eule lässt mich hochschrecken. Daheim habe ich oft Eulen gehört, doch hier gibt mir ihr Ruf ein ungutes Gefühl. Ich bin nicht allein. Überall um mich herum wimmelt das Leben, doch ich sehe nichts. Ich schließe wieder die Augen und versuche mich zu beruhigen. Das Kinderlied, welches meine Mutter Liliana und mir immer vorgesungen hat, kommt mir in den Sinn.

»Es war eine Mutter, die hatte vier Kinder. Den Frühling, den Sommer, den Herbst und den Winter«, singe ich leise vor mich hin. »Der Frühling bringt Blumen, der Sommer den Klee. Der Herbst bringt die Trauben, der Winter den Schnee.« Wie die Jahreszeiten wohl sind? Ich gebe zu, dass ich nur zu gerne einen Blick in das Buch der Hüterinnen geworfen hätte. Man munkelt, dass der Orden sogar ein Bild des Wintergottes besitzt. Angeblich hat es ein junger Grenzer angefertigt, der ihn damals zusammen mit Maya aus dem Grenzgebiet in die Stadt geführt hat. Sein Vater gab es daraufhin einer Hüterin, von der man sagt, dass sie seine Tochter gewesen sein soll. Der Grenzer hätte das Bild wohl nicht machen dürfen, deshalb halten es die Hüterinnen im Orden unter Verschluss. Wie der Winter wohl aussieht? Und der Frühling … Sommer? Oder meine Lieblingsjahreszeit: der Herbst?

Um mich herum wird es warm. Die Wärme eines geliebten und vertrauten Körpers umgibt mich. Ich bin in Sicherheit. Bei ihm kann mir nichts passieren. Er ist die Liebe meines Lebens. Ich werde bei ihm bleiben, denn ich will nirgendwo anders sein. Doch der Druck seiner Arme wird stärker. Zu stark … etwas will mich von ihm wegreißen. Melinda!

Ich wache auf und sehe mich panisch um. Ich bin noch immer im Grenzgebiet. Die Sonne geht gerade auf. Schnell taste ich mich ab. Noch alles dran und meine Taschen liegen auch noch auf ihrem Platz. Ein Schmetterling sitzt auf dem Rucksack und Vögel singen in der Baumkrone über mir. Sie haben mir ein Geschenk auf meiner Hose hinterlassen. Ich verziehe das Gesicht über dem schleimigen Klecks und rappele mich hoch. Mir ist kalt und ich spüre jeden einzelnen Knochen. Inzwischen werden sie in Hemera schon nach mir suchen. Der Gedanke an die Sorge meiner Eltern versetzt mir einen Stich. Wie gerne ich ihnen das erspart hätte, doch sie hätten meinem Plan niemals zugestimmt. Das Grenzgebiet ist gefährlich und ich schätze, sie sehen mich lieber bei Gaia als tot.

»Ich werde allen zeigen, dass ich hier überleben kann«, sage ich, um jemanden reden zu hören. Die Einsamkeit scheint mich zu erdrücken. Der Chor über meinem Kopf wird immer lauter, als wollten mich die Vögel zum Weitergehen ermutigen. Ich hole ein paar Pilze aus meiner Tasche und esse sie, bevor ich den Rucksack wieder schultere und die andere Tasche in den Arm nehme. Vielleicht sollte ich ein paar Sachen aussortieren. Nein, wer weiß, ob ich nicht später doch etwas davon gebrauchen kann. Und man soll nichts von mir finden. Ich gehe weiter in die Richtung vom Vortag. Weg von der sicheren Zone, hin zur verbotenen. Ich mache nur kurz Rast, um mich zu erleichtern und einen Schluck aus einem Bach zu trinken. Ich esse im Laufen, und als die Sonne schon wieder tief steht, halte ich an. Meine Füße schmerzen, aber das ist nicht der Grund, warum ich anhalte. Ich sehe einen Hirsch, nur ein paar Meter von mir entfernt. Sein Kopf mit dem großen Geweih richtet sich auf, als er mich zu bemerken scheint. Ich halte ganz still und staune. Noch nie habe ich einen lebenden Hirsch gesehen. Wenn ich nicht wüsste, wie scheu diese Tiere sind, hätte ich Angst. Er ist viel größer, als ich mir vorgestellt habe, und das Geweih ist Ehrfurcht gebietend. Ich setze meine Tasche ab. Schon dieses leise Geräusch schlägt ihn in die Flucht.

Es scheint noch kälter geworden zu sein, weshalb ich die Pause dazu nutze, mir eine Jacke aus der Tasche zu nehmen. Ein paar Winterstiefel finde ich auch und tausche sie gegen meine dünnen Schuhe. Ich sehe mich um. Die Bäume sind hier viel karger, der Wald bei weitem nicht mehr so dicht. In der Luft hängt ein seltsam vertrauter Geruch, den ich noch nicht richtig zuordnen kann. Erst, als ich am Abend einige Kilometer hinter mich gebracht habe und Schnee auf meinen Kopf fällt. Mitten im Sommer. Ich beschließe für die Nacht Rast zu machen, denn es scheint mit jedem Schritt kälter zu werden. Der Duft von frisch gefallenem Schnee liegt jetzt noch viel stärker in der Luft, doch die Flocken tauen, sobald sie auf den Boden fallen. Ich frage mich, ob das in ein paar Kilometern immer noch der Fall sein wird. Unter einem Felsvorsprung finde ich einen guten Platz für ein Nachtlager und lasse mich dort nieder. Dieses Mal esse ich reichlich, um für eine kalte Nacht gewappnet zu sein. Vorsichtig lehne ich meinen Kopf auf den Rucksack und umklammere die große Tasche, weil sie ein wenig Wärme spendet. In dieser Nacht träume ich nicht. Mein Kopf bleibt vollkommen leer und ich werde des Öfteren schlotternd wach. Am nächsten Morgen mache ich mich weiter auf den Weg in die Kälte. Schon kurze Zeit später endet der Wald. Unter meinen Füßen knirscht der Schnee und mein Atem bildet kleine Wolken in der Luft. Sie verschleiern die Sicht auf das, was vor mir liegt.

Kann ich meinen Augen trauen?

»Göttin«, entfährt es mir. Das … kann doch nicht wahr sein! So weit ich sehen kann, liegt vor mir eine Stadt in Trümmern. Ausgestorben, vor langer Zeit. Ein Reich aus Eis und Schnee hat sich ihrer bemächtigt. Auf den ersten Blick erkenne ich nur jede

Menge Schutt, doch als ich näher komme, kann ich mir grob vorstellen, was hier und dort gestanden haben mag. Es ist still. Totenstill. Wie ein eisiges Grab. Nur mein Atem und mein Herzschlag dringen durch die drückende Stille.

Ich halte an dem Wrack eines Autos an und betaste es ungläubig. Es ist auf einer Seite aufgerissen, so dass ich mich auf die eingefrorenen Sitze setzen kann. Ein Lenkrad, wie ich es aus Filmen kenne, gibt es nicht mehr.

»Heilige Göttin, ich sitze in einem Pkw«, flüstere ich, wobei es eher ein Trümmerhaufen mit Sitzen als ein Auto ist. Ich kann grob ausmachen, wo einmal eine Straße gewesen sein muss. Dort, wo sich noch mehr Autotrümmer türmen. Das, was früher einmal Häuser gewesen sein mögen, sind nun nur noch Steinhaufen. Ein Albtraum, bedeckt von Schnee und Eis. Wenn ich den Tod als Bild malen müsste, würde ich genau das hier skizzieren. Ich richte mich wieder auf und gehe weiter in die eisige Geisterstadt. Die Kälte raubt mir fast den Atem, aber ich bin zu neugierig, um dem Beachtung zu schenken. Ich erschaudere vor meiner perfiden Faszination.

Hier und da kann ich noch eine Wand ausmachen. Aus einem Trümmerhaufen ragt ein Betonpfahl, der mich an eine Straßenlaterne erinnert. Ich kann kaum glauben, dass ich in der alten Welt stehe. Und sie ist bitterkalt. Ob es auf dem ganzen Rest der Erde so aussieht? Hält uns Gaia deshalb davon fern? Es ist gespenstisch. Aber auf eine makabre Art auch atemberaubend. Ob hier noch jemand lebt? Heimlich und unerkannt? Nein, dieser Ort ist zu lebensfeindlich. Hier blüht keine Pflanze und ich kann mir nicht vorstellen, dass ein Tier sich diese Totenstadt als Heimat auserkoren hat. Auch ich sollte ins Grenzgebiet zurückkehren. Ohnehin komme ich bald nicht mehr weiter. Die Trümmer werden immer dichter. Das, was mal Autos und Busse waren, versperrt weiter vorne den Weg. Ich will mich gerade umdrehen, als ich ein unmenschliches Kreischen vernehme. Es durchbricht die klirrend kalte Luft wie eine Spitzhacke das Eis. Mein Herz bleibt fast stehen, ich bin wie eingefroren. Erneut dieser ... Schrei. Er geht mir durch Mark und Bein. Adrenalin rast durch meine Adern, als mir klar wird, dass dieses Geräusch von hinten kommt.

Etwas ist hinter mir.

Etwas, das hier zu leben scheint, und ich bin in seine Heimat eingedrungen. Ich schließe kurz meine Augen und atme tief durch. Dann drehe ich mich um ... und lasse meine Tasche fallen.

Etwa zweihundert Meter von mir entfernt ist ... etwas.

Es ist tiefschwarz und scheint unzählige Beine zu besitzen. Erst als es erneut kreischt, kann ich den Kopf erkennen ... und viele, wie ich vermute, messerscharfe Zähne. Ich renne sofort los, lasse die Tasche einfach liegen und flüchte in den Trümmerhaufen vor mir. Das Wesen folgt mir. Ich höre ein schlurfendes, klatschendes Geräusch, das stetig näher zu kommen scheint. Mein Verstand setzt aus und der Überlebensinstinkt ein. Ich denke nicht mehr, handele nur noch instinktiv und stürze mich in ein Loch zwischen den Trümmern. Hastig sehe ich mich um und finde dort eine Art Schacht. Er ist winzig, aber ich presse mich hinein und verharre dort im Dunkeln. Ich wage es nicht einmal zu atmen. Ein Wimmern hat sich in meiner Kehle verklemmt und ich rechne fast schon damit, dass ich gleich an den Füßen aus meinem Versteck gezogen werde. Das gefrorene Metall unter mir ist gnadenlos kalt und ich habe das Gefühl, daran festzufrieren. Das Wesen ist nahe, das kann ich hören. Es kreischt und versucht mich zu wittern. Dann entfernt es sich und ich traue mich ganz leise, den Arm vor den Mund gepresst, zu atmen. Ich weiß nicht, wie lange ich so dort kauere. Es vergehen bestimmt Stunden, in denen ich einfach nur lausche. Meinem rasenden Herz, meinem Atem und dem Rauschen des Schneesturms, der über mir eingesetzt hat. Mein Gesicht schmerzt. Das Eis hat die Haut meiner Wangen bestimmt verbrannt. Ich kann hier nicht bleiben. Es ist viel zu kalt und das Wesen könnte zurückkommen. Ich muss ins Grenzgebiet zurückkehren. Wie gerne ich den klagenden Laut vergessen würde, aber ich kann es nicht. Falls ich das hier überleben sollte, wird es mich ein Leben lang verfolgen. Dessen bin ich mir sicher.

Es ist bestimmt schon Nachmittag, als ich es wage, aus dem Schacht zu kriechen. Bei jedem Geräusch, das ich mache, halte ich kurz inne und lausche auf dieses grausam schlurfende Geräusch. Doch es bleibt aus und auch ein Kreischen ist nicht zu hören. Als ich aus dem Schacht herauskomme, kann ich durch die Öffnung über mir erkennen, wie heftig der Schneesturm geworden ist. Ob ich es so überhaupt ins Grenzgebiet schaffe? Tränen brennen in meinen Augen und eine Stimme in mir will mich für meine Dummheit ausschimpfen, doch ich entscheide mich rational zu denken. Offensichtlich hat sich mein Verstand zurückgemeldet. Mich selbst zu beschimpfen oder gar zu bemitleiden hilft mir nicht weiter und kostet nur Energie.

Jetzt gilt es, durch das Loch nach draußen zu kommen. Für einen Moment sammele ich mich und wäge die Situation ab. Ich finde eine alte Eisenstrebe, an der ich mich festhalten kann. Sie ist tiefgefroren und ich fürchte, dass meine Haut in Sekundenschnelle daran festfrieren könnte. Wenigstens ist sie fest verankert und ich finde genug Halt, um mich daran hochzuziehen. Mit meinen Füßen rudere ich verzweifelt, bis sie einen kleinen Vorsprung finden. Ich rutsche ab, doch beim zweiten Versuch gelingt es mir, mich abzudrücken und schließlich nach draußen zu ziehen. Ich ringe nach Luft, doch der Schneesturm presst mir den Atem aus der Lunge. Der Wind peitscht mir Schnee ins Gesicht und nimmt mir damit gnadenlos die Sicht. Es ist schwer, etwas auszumachen, und ich habe keine Ahnung, in welche Richtung ich gehen muss. Ich versuche mich daran zu erinnern, woher ich gekommen bin, und stolpere dann los. Nach einiger Zeit werden die Trümmer weniger und ich danke der Göttin, dass ich wohl den richtigen Weg genommen habe. Der Wind peitscht mir den Schnee nur so um die Ohren und macht es mir schwer, gegen ihn anzugehen. Ich halte mir schützend einen Arm vors Gesicht. Selbst wenn ich mich nach vorne fallen lassen wollte, ich würde nicht stürzen, so stark ist der Gegenwind. Hören kann ich nichts außer dem Heulen und Tosen des Sturms. Doch er scheint schwächer zu werden. Ich bin wirklich auf dem richtigen Weg und schließlich traue ich mich sogar den Arm herunterzunehmen. In der Ferne kann ich vereinzelte Bäume erkennen. Der Göttin sei Dank, das Grenzgebiet! Ein Kreischen lässt mich zusammenzucken. Ich sehe mich nicht um, ich renne einfach los. Ich renne, bis meine Lunge brennt, doch ich bin zu langsam. Etwas, das wie Feuer brennt, packt mich am Hals und zieht mich rückwärts zu Boden. Der Aufschlag ist hart und ich habe keine Zeit, mich irgendwie abzufangen. Ein schwarzer Schatten taucht über mir auf. Nichts als düsterste Finsternis … und Zähne. Spitze Dolche, die vor einer Wand aus tiefster Nacht zu schweben scheinen. Mehr als ein Wimmern bringe ich nicht hervor und schließe meine Augen. Ein Schuss ertönt und das Brennen um meinen Hals löst sich. Es zieht über meine rechte Wange hinweg und hinterlässt nichts als glühenden Schmerz.

»Dahlia!«, ruft jemand. »LAUF!«

Weitere Schüsse.

Ich öffne die Augen und sehe meinen Onkel Werther, der auf das schwarze Wesen feuert. Es scheint noch zu überlegen, auf wen es sich zuerst stürzen soll. Ich bin auf den Beinen, bevor mich die Panik lähmen kann, und laufe. Ich stürme ihm entgegen, während er schießt und dabei rückwärtsgeht. Das Wesen kreischt wütend. Ich erhasche nur einen kurzen Blick, doch ich habe den Eindruck, dass es uns gehen lässt. Werther und ich verschwinden in den Bäumen. Er packt mich am Arm und zerrt mich erbarmungslos weiter. Meine Beine geben nach und er hält schließlich an. Ich sinke zu Boden.

»Kind!«, schimpft er außer Atem. »Was fällt dir nur ein? Bist du von der Göttin verlassen?«

»Es tut mir so unendlich leid. Ich wollte mich verstecken«, versuche ich zu erklären, während mein Körper vor Kälte und Angst zittert. »Ich will nicht zu Gaia.«

Mein Onkel greift sich an die Stirn und atmet tief durch. »Ich habe mir gedacht, dass du ins Grenzgebiet gegangen bist, weil du dich doch so sehr dafür interessiert hast. Die anderen wollten es nicht glauben, weil es verboten ist, aber der Göttin sei Dank bin ich meiner Eingebung gefolgt.« Er schnaubt. »Mädchen, dein Wunsch, Grenzerin zu werden, hat dir das Leben gerettet.«

»Es tut mir so unendlich leid«, kann ich nur wiederholen. Zu mehr bin ich nicht in der Lage. Diese Geisterstadt ... Das Wesen ... Das alles ist zu viel für mich.

Die Augen meines Onkels werden sanfter. »Tut es sehr weh?«

»Was?«, frage ich.

»Dein Hals und deine rechte Wange. Das Wesen hat sie berührt und ... Göttin, es sieht aus, als hättest du eine Brandwunde.«

Ich berühre vorsichtig meine Wange und möchte vor Schmerz aufheulen. Das Adrenalin in mir lässt nach. Ich bin bei meinem Onkel. In Sicherheit. Doch das Zittern meiner Glieder hört nicht auf.

»Nicht anfassen«, schimpft Werther und kniet sich zu mir. »Das sieht böse aus, aber das bekommen wir wieder hin.« Er sieht sich um. »Kannst du laufen?«

Ich nicke und eine neue Schmerzenswelle durchzuckt mich.

»Dann komm, lass uns etwas weiter ins Grenzgebiet gehen.«

»Einverstanden«, flüstere ich. Bloß weit weg von der eisigen Geisterstadt mit ihrem tödlichen Bewohner.

Als es aufhört zu schneien und man das Gras auf dem Boden wieder erkennt, rasten wir. Mein Onkel macht ein Feuer und ich setze mich ganz nah davor. Vorsichtig betrachtet er meine Wunden an Hals und Wange, die schmerzen wie ein Peitschenhieb. Die Wärme des Feuers verjagt ganz langsam die Panik, die noch immer in meinen Knochen sitzt.

»Ich habe keine Ahnung, was ich da machen kann, Dahlia. Es blutet nicht, wirft aber Brandblasen.« Werther wühlt in seiner Tasche. »Ich habe Angst, es nur noch schlimmer zu machen. Aber hier.« Er reicht mir eine Tablette und eine Wasserflasche. »Das hilft gegen die Schmerzen.«

»Danke.« Ich schlucke die Medizin und gebe ihm das Wasser zurück. »Was war das für ein Wesen, Onkel?«, traue ich mich zu fragen.

»Ein Wächter«, erklärt er. »Sie bewachen die verbotene Zone. Wir Grenzer wissen von ihnen, aber bei der Göttin, ich bin der Erste seit vielen, vielen Jahren, der einen gesehen hat. Keiner von uns geht gerne zu nah an die verbotene Zone.«

»Was bewacht er?«, frage ich neugierig. Das Feuer taut mich langsam auf, es fühlt sich an, als würde es bis unter meine Haut dringen.

»Das, was längst vergangen ist.« Seine Augen blicken abwesend in die Richtung, aus der wir gekommen sind. »Sie halten das Leben fern und bewachen das Tote.«

Es ist still, nur das Knistern und Zischen des Feuers ist zu vernehmen.

»Sind es Geschöpfe der Göttin?«, breche ich das Schweigen.

Onkel Werther sieht mich ernst an. »Ja.«

Ich schlucke und erneut überzieht sich meine Haut mit Schauern. Angst dringt in mich ein, um mit mir zu verschmelzen. Wenn die Göttin solche Wesen erschafft, ist sie vielleicht nicht so gütig und sanft, wie alle sagen.

»Onkel?«

»Hm?« Er setzt sich zu mir ans Feuer.

»Kannst du dich nicht mit mir hier verstecken, bis die Göttin ein neues Mädchen erwählt hat?« Ich stelle die Frage, ohne weiter darüber nachgedacht zu haben. Die Angst vor meiner Zukunft bei Gaia ist durch die Erlebnisse der letzten Stunden nur noch gewachsen.

Werther sieht mich entschuldigend an. »Dahlia, Liebes. Das kann ich nicht. Ich habe Frau und Kinder und dich hier zu verstecken ... Ich kann mich nicht gegen die Göttin versündigen.«

»Verstehe«, sage ich kraftlos und betrachte das Feuer.

»Weißt du, ich glaube, dass Gaia etwas mit dir vorhat. Nach allem, was deine Mutter erzählt hat, schien sie hocherfreut zu sein dich gefunden zu haben.«

»Das beruhigt mich nicht.« Ich halte meine Hände hoch und erst jetzt fällt mir auf, dass sie feuerrot sind. Es wird noch ein wenig dauern, bis die Wärme des Feuers die Kälte vertrieben hat.

»Versuch das Gute daran zu sehen. Du wirst immer jung bleiben, nie krank werden. Und wer kann schon von sich behaupten einen Gott zum Ehemann zu haben?« Er schnaubt. »Ich könnte mir Schlimmeres vorstellen, als mit einer Göttin verheiratet zu sein.«

Ich schenke ihm einen Seitenblick mit einem kleinen Lächeln. »Lass das nicht deine Frau hören.«

Werther lacht und packt etwas zu essen aus seiner Tasche. Es ist ein Laib Brot, von dem er für uns beide etwas abreißt.

»Deine Eltern haben sich große Sorgen gemacht«, erzählt er, während ich versuche zu kauen. Die Wange mit der Wunde des Wächters tut fürchterlich weh und der Schmerz zieht bis in meine Zähne und meinen Kopf.

»Ich will mich nicht einfach kampflos in mein Schicksal ergeben«, sage ich, nachdem ich geschluckt habe. Am liebsten würde ich vor Pein weinen.

»Du redest wie deine Mutter.« Mein Onkel seufzt. »Meine Schwester hat auch so einen Sturkopf.«

»Ja, und ich möchte wie sie werden: heiraten und ein paar Kindern das Leben schenken.« Kinder zu bekommen ist das größte Ziel und die heiligste aller Aufgaben. Als Mutter hat man einen hohen Stellenwert in Hemeras Gesellschaft. Wenn ich als kleines Mädchen an meine Zukunft gedacht habe, dann habe ich mich immer auf den Feldern außerhalb der Stadt gesehen. Einen Mann an meiner Seite, und die Kinder spielen um uns herum in den Lavendelblüten. Nun gut, mein Berufswunsch hat sich im Laufe der Jahre verändert.

»Ich habe keine Ahnung, ob die Jahreszeitengötter Kinder mit ihren Bräuten zeugen dürfen. Aber du könntest die Hüterinnen fragen. Vielleicht ist es ja möglich?«

»Wo wären diese Kinder denn dann alle? Es hätte doch immer wieder eins geben müssen.« Nur sehr wenige Frauen entscheiden sich bewusst niemals Mutter zu werden. Die meisten kinderlosen sind unfruchtbar.

»Ich weiß es nicht«, grübelt Werther, »vielleicht sterben sie mit der Mutter?«

»Das wäre ja ... grausam.« Allein die Vorstellung ...

»Dahlia, du solltest das alles im Orden erfragen.«

»Ach, hör einfach gar nicht auf mich«, sage ich ergeben. »Ich suche nur nach Ausreden, warum ich unter keinen Umständen zurückgehen kann.«

Werther betrachtet mich eine ganze Weile. »Das wird Narben geben in deinem Gesicht.«

»Vielleicht möchte mich Gaia dann nicht mehr«, entfährt es mir mit Hoffnung in der Stimme. Mein Onkel zieht die Augenbrauen ungläubig hoch und lacht heiser.

»Du glaubst doch nicht wirklich, dass eine Göttin sich davon abschrecken lässt? Sie, die den Tod gesehen hat.«

»Wie meinst du das?«

Er deutet in Richtung Geisterstadt. »Was glaubst du, was da draußen ist?«

Ich folge seinem Blick. »Nichts als der Tod.«

»Genau.«

Mir läuft ein Schauer über den Rücken. Ich weiß nicht, ob ich die Augen wieder jemals schließen können werde, ohne die vielen Zähne zu sehen.

3. DAS LEBEN EINER HÜTERIN

Meine Mutter umarmt mich zunächst so fest, dass ich fast keine Luft bekomme. Dann lässt sie jedoch eine Schimpftirade auf mich niederregnen, die gefühlte Stunden dauert. Eine Ärztin versorgt mein Gesicht, während Benji zum Orden geritten ist, um von meiner Heimkehr zu berichten. Mutter schimpft, während mir behutsam der Hals verbunden wird. Auf meiner Wange klebt ein großes Pflaster und eine Schmerztablette entfaltet ihre leicht benebelnde Wirkung. Sie lässt mich ruhiger werden. Onkel Werther hat mir verboten von dem Monster zu sprechen. Auch ich hätte es nicht sehen dürfen, und wenn die Menschen von Hemera wüssten, was da draußen vor sich geht, könnten sie in Panik geraten und Gaia sich entscheiden das Projekt Menschheit zu beenden. So hat man es ihm jedenfalls damals im Orden bei seiner Zulassung als Grenzer erklärt. Benji kehrt mit zwei Hüterinnen zurück. Sie sehen zu meinem Erstaunen überhaupt nicht wütend aus. Nein, ihre Augen sind voller Mitleid … es liegt fast schon eine Entschuldigung darin. Entschuldige, Mädchen aus Hemera, dass wir versagt haben und du nun zur Göttin musst.

»Schön, dass du wieder da bist«, sagt die eine und stellt sich mir als Hester vor. Sie ist etwa so alt wie meine Mutter und hat hellbraunes Haar. Ihr Gesicht wirkt ernst, doch die Falten um ihre Augen verraten, dass sie viel und gerne lacht. »Mildred und ich werden dir helfen dich im Orden zurechtzufinden.«

Mildred hat schwarzes Haar und mandelförmige Augen. Sie hat den Teint einer Feldarbeiterin, nicht den einer Hüterin. Ihre

Urahnen kamen definitiv aus einem anderen Teil der Welt als meine Familie. In Filmen kann man sehen, wie unterschiedlich die Menschen früher waren. Diese Unterschiede gab es wohl auch noch in den Anfängen von Hemera, doch sie verschwammen von Generation zu Generation. Nur noch wenigen sah man ihre ursprüngliche Abstammung an. Menschen mit ganz milchig weißer Haut oder eben ganz dunkler. Ich sehe in Mildreds wunderschöne und außergewöhnlich geformte Augen. Sie ist in etwa in meinem Alter und schenkt mir ein Lachen mit blendend weißen Zähnen.

»Wir werden es dir so bequem wie möglich machen.« Mildred ergreift meine Hände. »Du bist Gaias Erwählte. Lass den Kopf nicht hängen.«

Mir kommen Tränen, weil ich weiß, dass ich mich nun von meinen Eltern verabschieden muss.

»Du kannst sie jederzeit besuchen und sie dich«, tröstet mich Hester, die meinen Gesichtsausdruck richtig gedeutet hat. »Der Orden ist kein Gefängnis.«

»Aber Gaias Reich sehr wohl.«

Die Hüterinnen ziehen scharf die Luft ein. Sie tauschen einen Blick und Hester scheint die Sache abzunicken, woraufhin Mildred sich entspannt.

»Ich kann mir vorstellen, dass es für ein Mädchen aus Hemera nicht leicht ist. Wir wünschten uns auch alle, dass es anders gekommen wäre, aber wir glauben auch, dass die Göttin weiß, was sie tut.«

Wusste sie auch, was sie tut, als sie Monster in der Welt verteilt hat?

»Komm, Tochter Hemeras«, sagt Hester. »Wir brechen auf.«

Ich falle meiner Mutter in die Arme und beginne zu schluchzen. Sie reicht mich an meinen Vater weiter und schließlich befinde ich mich auf dem Weg zum Orden. Meine Sachen wurden bereits während meines Abenteuers im Grenzgebiet dorthin gebracht.

»Du wirst dir eine Wohnung mit Mildred und mir teilen«, erklärt mir Hester. »Wir haben ein Zimmer für dich vorbereitet.«

»Danke«, sage ich. Es gibt keinen Grund, unhöflich zu diesen Frauen zu sein. Sie tragen keine Schuld an meinem Schicksal, sondern wollen mir helfen ihm entgegenzusehen. Wir kommen an dem Platz vorbei, wo ich vor ein paar Tagen mit meiner Mutter gestanden habe, um zur Göttin zu gehen. Wir passieren ein Tor und betreten eine große Halle. Hüterinnen bleiben stehen und mustern mich. Sicherlich fragen sie sich, was mit meinem Gesicht passiert ist oder was die Göttin an mir findet. Letzteres würde ich auch nur zu gerne wissen. Ich folge Mildred und Hester durch einen dunklen Gang. Die Wände sind aus großen grauen Steinen wie die in einer alten Burg. Hier und dort hängen Bilder von Hüterinnen. Da fällt mir etwas ein.

»Kann ich das Bild vom Winter sehen, das der Orden hat?«, frage ich.

Hester bleibt stehen und Mildred läuft fast in sie hinein. Sie scheint zu überlegen, dann lächelt sie.

»Du wirst Zugriff auf all unser Wissen haben. Geduld, Dahlia.« Sie zwinkert mir zu und geht weiter. Meine Neugier ist geweckt und ich beginne alles um mich herum aufzusaugen. Als ich mit Mutter bei Insa, der obersten Hüterin, gewesen bin, war ich von Gaias Wahl viel zu geschockt, um meine Umwelt wahrzunehmen. Hester bleibt stehen und schließt eine Tür mit der Nummer 44 auf. Ich staune nicht schlecht, als ich eintrete. Aus irgendeinem Grund habe ich immer gedacht, dass die Wohnung einer Hüterin prunkvoll und luxuriös ist, doch das ist nicht der Fall. Hester und Mildred haben sich bequem und schlicht eingerichtet. Wir stehen in einer Art Wohnzimmer. Mildred zeigt mir das Badezimmer sowie alle Schlafzimmer. Meins zuletzt.

»Wir haben eine Gemeinschaftsküche«, erzählt sie. »Wenn du Hunger hast, kannst du sie jederzeit aufsuchen. Es wird gerne gesehen, wenn du dich zum Essen im großen Speisesaal einfindest. Mahlzeiten gelten hier immer als Gesellschaftsaktivität.« Mildred zwinkert mir zu. »Die Zeiten für Frühstück, Mittag- und Abendessen habe ich dir auf einen Zettel geschrieben. Er liegt neben deinem Bett. Dort ist auch ein Lageplan, damit du dich nicht im Orden verläufst.« Sie geht zum Fenster und öffnet es. »Tja, und das hier ist jetzt dein Zimmer. Deine Sachen sind bereits hier, wie du siehst.« Meine Taschen stehen gestapelt vor einem kleinen braunen Holzschrank. »Richte dich ein und leg dich noch etwas hin, wenn du möchtest. Du siehst erschöpft aus.«

Ich nicke. »Ja, danke.«

»Nach dem Abendessen wirst du Insa erklären müssen, wo du warst.«

Ich schlucke und muss wohl ziemlich eingeschüchtert aussehen, denn Mildred kommt zu mir und nimmt meine Hand.

»Keine Angst. Wir sind keine Unmenschen. Wir sind das Sprachrohr einer gütigen Göttin.«

»Die Monster in eine eisige Schneewelt setzt«, murmele ich.

»Wie bitte?« Mildred mustert mich verwirrt und mir wird klar, dass sie keine Ahnung hat.

»Oh, nichts«, rudere ich zurück. Kennt nicht jede Hüterin alle Geheimnisse? Spätestens nach dem Gespräch mit Insa werde ich wohl klüger sein.

»Du hast viel Fantasie, was?« Mildred lächelt unbeholfen und wartet keine Antwort ab. »Tja, ich lasse dich dann mal alleine. Oder hättest du gerne Hilfe beim Auspacken?«

»Nein danke«, antworte ich. »Ich würde das gerne alleine machen, dann weiß ich auch, wo alles ist.«

Mildred nickt glücklich. »Ruf einfach, wenn du etwas brauchst. Auch wenn du noch gerne irgendetwas an Möbeln oder Dekoration hättest. Der Orden wird versuchen dir dein letztes Jahr hier auf Erden so schön wie möglich zu machen.« Sie lässt meine Hände los und schließt die Tür hinter sich.

Ich bin alleine.

Es ist wirklich ein großes und schönes Zimmer, welches mir die Hüterinnen vorbereitet haben. Das Bett ist doppelt so groß wie meins zu Hause und es lädt förmlich dazu ein, mich draufzuwerfen. Stattdessen setze ich mich vorsichtig auf die weiche Matratze und lehne mich langsam zurück. Zu sehr tun mir die Wunden an Hals und Gesicht weh, daran kann auch die Schmerztablette nur wenig ändern. Ich schließe die Augen.

Haben wir noch etwas Apfelsaft?

Für dich immer ...

Der köstlich süße Geschmack von Äpfeln breitet sich auf meiner Zunge aus. Der Saft stillt meinen Durst und streichelt meinen Gaumen.

Wie schmeckt er?

Himmlisch.

Genau wie du …

Nein, wie du …

Warme Lippen legen sich auf meine. Ein Körper, der meinem näher kommt. Der Duft von frisch gefallenem Laub. Vertrautheit … ein Feuer … und das Verlangen nach mehr.

»Dahlia?« Etwas streicht über meine heile Wange. »Dahlia? Es ist Zeit zum Abendessen.«

Ich schlage die Augen auf und sehe … Lachfältchen.

»Hester?«

»Ja, du bist eingeschlafen.« Sie lacht. »Und du hast wohl etwas Schönes geträumt. Du hast im Schlaf gelächelt.«

Ich setze mich vorsichtig auf und habe den Geschmack von Äpfeln im Mund. Verwirrt schüttele ich den Kopf und versuche meine Haare zu ordnen.

»Zum Auspacken bist du nicht gekommen, hm?« Hester sieht zu den unberührten Taschen. »Armes Ding, du musst völlig erschöpft gewesen sein.«

»Daran ist die Tablette der Ärztin schuld. Ich richte mich nach meinem Gespräch mit Insa ein.«

»Wegen uns musst du dich nicht beeilen. Wenn du gerne aus Koffern lebst, kannst du auch alles so lassen, wie es ist.« Hesters Augen sind gütig. Ihre strengen Gesichtszüge sind wohl eher genetisch als charakterbedingt. »Komm, heute gibt es zu deinen Ehren einen großen Braten.«

Oh, bitte keinen Hirsch …

»Über das, was du gesehen hast, darfst du mit niemandem außer mir reden, hörst du? So lange, bis du bei Gaia bist.« Insa sieht mich ernst an und ich nicke. »Es würde den Menschen nur unnötig Angst machen.«

»Aber was sind diese Wesen?«

»Wächter. Negative Energien, die die Menschen vom zerstörten Rest der Welt zurückhalten sollen. Sie dienen unserem Schutz.«

»Ich verstehe das alles nicht«, seufze ich.

»Das musst du auch nicht, Dahlia. Du hättest gar nicht dort sein sollen.«

Ich senke schuldbewusst den Blick, doch Insa lehnt sich plötzlich vor. Ihr Gesicht ist voller Neugier.

»Erzähl mir, wie war es dort?«

»Sind Sie noch nie dort gewesen?«, frage ich erstaunt.

»Nein.« Sie schüttelt den Kopf. »Ich habe mein Wissen nur aus den Aufzeichnungen der Oberinnen.«

Ich erzähle ihr von dem dichten Wald im Grenzgebiet, der immer kahler wurde, von der Geisterstadt mit ihren Trümmern und der eisig erstarrten Grabesstille. Insa hängt an meinen Lippen und ich kann sehen, wie ihre Gedanken rasen.

»Ich danke dir, Dahlia.«

»Werde ich nun bestraft?«

»Nein.« Insa sieht mich emotionslos an. »Deine Strafe trägst du bereits im Gesicht.« Sie räuspert sich. »Die Ärztin erzählte mir, dass Narben zurückbleiben werden.«

»Ob sich Gaia deswegen umentscheiden wird?« Ich kann die Hoffnung in meiner Stimme nicht verbergen.

Insa lacht laut auf. »Du glaubst doch wohl nicht, dass der Blick der Göttin so oberflächlich ist? Wenn Gaia dich ansieht, dann sieht sie deine Seele.«

Ich müsste also meiner Seele Narben zufügen?

»Und nun geh. Hester hat mir erzählt, dass du noch gar nicht zum Auspacken gekommen bist. Wir haben ein ganzes Jahr zum Reden.«

»Danke, Oberin.« Ich stehe auf und mache mich auf den Rückweg. Den Lageplan habe ich in der Hand, damit ich mich orientieren kann. Die Hüterinnen, die mir in den Gängen begegnen, tuscheln, sobald ich an ihnen vorbei bin. Tapfer grüße ich jede einzelne von ihnen und wünsche den Segen der Göttin. Meine Mutter hat mich schließlich gut erzogen. Endlich erreiche ich die Wohnung mit der Nummer 44. Doch Geräusche von innen machen mich stutzig. Ich höre Gesang in der alten Sprache Englisch. Wie alle verstehe ich sie, da die meisten Filme und Bücher, die uns geblieben sind, in ebendieser Sprache sind. Ich öffne die Tür und sehe Mildred auf dem Sofa stehen. Hester steht vor ihr auf dem Boden und sie singen sich gegenseitig aus voller Brust an. Im Fernsehen sehe ich ebenfalls zwei Frauen, die das Lied singen, das die beiden zum Besten geben. Die eine davon hat grüne Haut und trägt so etwas wie einen Hexenhut. Als ich dem Text lausche, verstehe ich, dass die beiden Frauen im Fernsehen genau das sind, was der Hut vermuten lässt: Hexen. Mildred schmettert den Part der Grünen und gibt jetzt alles, während sie davon singt, die Schwerkraft zu besiegen, frei zu sein und dass niemand sie stoppen kann. Als sie enden, klatsche ich in die Hände. Hester lacht laut auf und macht den Fernseher leiser. Mildred klettert vom Sofa und kommt zu mir gelaufen.

»Wir lieben dieses Lied«, erklärt sie mir. »Komm, Dahlia. Wir haben heimlich eine kleine Willkommensfeier für dich vorbereitet.«

Erst jetzt fällt mir auf, dass lauter Leckereien auf dem Wohnzimmertisch stehen.

»Eigentlich dürfen wir kein Essen mit auf die Zimmer nehmen«, sagt Hester und schließt die Wohnungstüre hinter mir ab. »Aber heute nehmen wir das mal nicht so genau.« Sie zwinkert.

»Das ist so lieb von euch«, bringe ich gerührt heraus.

»Wir naschen, schauen uns einen alten Schmachtfetzen an und dann habe ich noch eine kleine Überraschung für dich.« Mildreds dunkle Mandelaugen funkeln freudig auf. Ihr langes schwarzes Haar sieht von nahem so unglaublich weich aus. Die Frauen ziehen mich zum Sofa und machen es sich dort bequem. Ich setze mich dazu, und als sie die Füße anziehen, versuche auch ich es mir im Schneidersitz gemütlich zu machen. Hester reicht mir eine Schüssel mit Nusssplittern im Schokoladenmantel. Eine nette Frau in der Ginstergasse in Hemera macht sie. Meine Mutter findet solche Sachen immer zu dekadent, da sie für die Ernährung vollkommen unnötig sind. Als Kind habe ich mir aber immer wieder eine Handvoll Naschereien geholt und sie heimlich verspeist. Ich nehme ein Stück und lege es auf meine Zunge. Die Süße der Schokolade beginnt zu schmelzen und meinen Mund zu verwöhnen. Die knackigen Nüsse vollenden dieses essbare Kunstwerk. Mildred amüsiert sich anscheinend über meinen Gesichtsausdruck, denn sie grinst über das ganze Gesicht und nimmt sich dann selbst etwas.

»Mmmmmmh«, brummt sie und schließt einen Moment die Augen.

»Also«, sagt Hester, »was sehen wir uns an?«

Ich sitze auf meinem Bett, als Mildred mit einem großen Buch zur Tür hereinkommt. Ich habe eine weitere Tablette genommen, um die Schmerzen an Gesicht und Hals zu bekämpfen. Es ist bereits spät, doch Mildred will mir unbedingt noch meine Überraschung geben. Sie hat das Buch aufgeschlagen gegen die Brust gepresst.

»Und hier die Überraschung.« Sie legt das Buch vor mir auf das Bett und das Erste, was mir ins Auge fällt, ist ein Bild. Ein Mann mit weißen Haaren und stechend blauen Augen. Das Merkwürdige ist nur, dass er trotz seiner Haarfarbe jung ist. Augenblicklich wird mir klar, um wen es sich handeln muss.

»Der Winter«, rufe ich aus und fahre vorsichtig mit meinen Fingern über das Bild.

»Ja ... Nevis.« Mildred flüstert vor Ehrfurcht. »Ist er nicht bildschön?«

»Das schon, aber seine Augen wirken traurig.«

»Wenn man Mayas Aufzeichnungen Glauben schenken darf, dann ist er das auch.« Sie gibt mir das Bild und deutet auf etwas Handgeschriebenes. Mayas Beschreibung der Jahreszeiten. »Einer davon wird dein Ehemann werden. Ich dachte, du möchtest schon mal in aller Ruhe lesen, was Maya Jasmine Morgentau über sie geschrieben hat.«

Ich nicke und ziehe das Buch näher an mich heran. Es fällt mir schwer, meine Augen von Nevis zu lösen, doch ich lege das Bild beiseite und lasse meine Augen über die Aufzeichnungen fliegen. Aviv, Sol, Jesien und Nevis. Bisher hatte ich immer nur vor Augen, dass ich die Erde verlassen muss. Erst jetzt wird mir klar, wozu ich das tue und was mich erwartet. Ich sehe wieder Nevis' Bild an.

»Ich beneide dich«, sagt Mildred.

»Wenn ich könnte, würde ich mit dir tauschen.«

»Jeder von ihnen wird dir die Welt zu Füßen legen. Du kannst für den Rest deines Lebens in einem Blumenmeer liegen, dich von der Sonne verwöhnen lassen, im Laub spazieren oder der Romantik des Schnees erliegen. Ohne Schmerzen oder Krankheiten. Sorglos und frei.«

»Nein, eben nicht. Ich werde nicht frei sein. Nicht wie in dem Lied, das ihr gesungen habt.«

Mildred seufzt und sieht weg. »Nein, du hast Recht. Nicht ganz frei.«

»Es ist ein goldener Käfig.« Ich sehe zu Nevis' Bild. »Ich frage mich, wie sie es dort seit – weiß die Göttin wie vielen – Jahren aushalten.«

»Sie sind Halbgötter. Ich vermute, das macht sie ... andersartig.«

»Ich habe Angst, Mildred«, gestehe ich. »Große Angst.«

Die Hüterin schlägt das Buch zu und legt es beiseite. Dann überrascht sie mich, indem sie sich neben mich legt.

»Erzähle mir alles«, sagt sie. »Was du vermissen wirst, wovor du Angst hast, und vielleicht auch, worauf du dich freust oder was dich neugierig macht.«

Wir reden bis in die frühen Morgenstunden und verschlafen das Frühstück. Hester ruft uns nicht und lässt uns ruhen.

In den kommenden Wochen lerne ich die Gewohnheiten und die Gebete des Ordens. Meine Wunden verheilen, doch es bleiben hässliche Narben zurück. Besonders die in meinem Gesicht scheint nicht weiter verblassen zu wollen. Mildred und ich unternehmen viel zusammen. Oft gehen wir im Wald oder in Hemera spazieren. Dann besuchen wir immer meine Familie, damit ich meine restliche Zeit auf Erden auch mit ihnen verbringen kann. Langsam gewöhne ich mich auch daran, von allen wie eine Hüterin begrüßt zu werden. Sogar von den Nachbarn auf den Feldern. Ich lerne die tägliche Arbeit der Ordensfrauen kennen. Niemals hätte ich gedacht, dass es in der Organisation einer Stadt so viel zu koordinieren gibt. Außerdem baut auch der Orden ein paar Früchte an. Besonders die Apfelbäume haben es mir angetan. Es wird Herbst und die Ernte macht mir große Freude. Nur meine Träume scheinen von Nacht zu Nacht intensiver zu werden. Ich habe Mildred von ihnen erzählt und sie ist sich sicher, dass sie etwas zu bedeuten haben. Gemeinsam gehen wir, sooft wir Zeit haben, in die Bibliothek des Ordens und arbeiten uns durch das Stichwortverzeichnis zum Thema Träume. Es ist kaum zu glauben, wie viele Bücher die Hüterinnen besitzen. Man braucht eine riesige Leiter, um die obersten Reihen zu erklimmen und sich ein Buch herauszunehmen. Mildred hat furchtbare Höhenangst, weshalb immer ich hinaufklettere. Wir können Tage dort zusammen verbringen und einfach nur lesen und Tee trinken. Die Kräuter dazu bauen die Hüterinnen selbst an. Der Orden besitzt auch ein paar Tiere. Manchmal füttere ich morgens die Hühner, die mich jedes Mal stürmisch begrüßen und an meiner Kleidung zupfen, bis ich endlich damit beginne, ihnen die Körner zuzuwerfen. Ein Leben als Hüterin hätte mir auch Spaß gemacht, geht mir immer wieder durch den Kopf. Bis zu dem Abend, an dem sich Mildred mit hochroten Wangen bei mir verabschiedet.

»Wo gehst du hin?«, frage ich sie. Hester und ich sitzen auf dem Sofa und stricken für den kommenden Winter ein paar Handschuhe, Mützen und Schals.

»Mildred hat heute eine geweihte Vereinigung mit einem jungen Mann aus Hemera«, erzählt Hester.

Ich springe von meinem Platz hoch. »Was?«

»Ja«, quietscht Mildred. »Wenn alles gut geht und der Segen der Göttin mich begleitet, werde ich bald ein Kind erwarten.« Die Freude darüber lodert in ihren Augen. Doch ich bin ... sprachlos.

»Aber ... aber du liebst den Mann doch gar nicht.«

»Darum geht es nicht«, sagt Hester. Sie steht ebenfalls auf und umarmt Mildred. »Geh, Kind.« Sie sieht zu mir. »Ich erkläre es ihr.« Hester küsst Mildred auf die Stirn. »Die Göttin sei mit dir und segne dich.«

Mildred umarmt auch mich noch einmal und verschwindet dann.

»Das ...«, stammele ich, »... ist doch furchtbar!«

»Nein, Dahlia. Es sichert den Fortbestand der Menschheit und des Ordens.« Hester legt einen Arm um mich.

»Hat sie denn keine Angst?«, frage ich. »Ich meine, sie war doch noch nie mit einem Mann zusammen, oder?«

Hester schüttelt den Kopf. »Nein, aber sie wurde von uns auf alles vorbereitet.«

Ich schlucke und mir schießen die Gedanken nur so durch den Kopf. Am Ende reduzieren sie sich auf ein Stoßgebet zur Göttin, dass Mildred ein Mädchen bekommt und sie niemals den Schmerz der Trennung von ihrem Kind erfahren muss. Nein, vermutlich wäre ich als Hüterin doch nicht glücklich geworden.

»Komm, mein Kind«, seufzt Hester. »Stricken wir weiter und du erzählst mir vom Fortschritt deiner Studien.«

Ich setze mich, doch ich kann einfach an nichts anderes als an Mildred denken. Und an meine Träume. Seit einiger Zeit gehen sie in eine Richtung, die mich beunruhigt. Es ist, als hätten meine Träume eine Persönlichkeit angenommen. Als lebten sie mit mir. Ich spüre ihre Präsenz, als seien sie ein realer Mensch. Wie ein Geliebter, der mich nachts besucht. Ich spüre Sehnsucht nach einem ... Mann? Aber nicht nach irgendeinem, sondern nach dem, den ich in meinen Träumen treffe. Es ist, als würde ein großer, starker Teil von mir ihn lieben ... und begehren. Dieses Gefühl saugt mir die Kraft aus den Knochen und meine Konzentration beginnt sehr darunter zu leiden. Genau wie mein Herz. Wie kann man jemanden vermissen, den es gar nicht gibt? Aber ich spüre ihn. Nacht für Nacht. Seine Wärme, seine Zärtlichkeit. Ich lausche seinen liebevollen Worten oder ... in schlimmen Nächten ... höre ich die Schreie seiner Verzweiflung. Seines Verlustes. Meines Verlustes. Als würde er glühenden Schmerz empfinden, wenn ich entschwinde und aufwache. Ich schlucke und atme tief durch. Vielleicht werde ich wirklich verrückt? Falls ja, dann wird die Göttin mich hoffentlich davon erlösen. Hester nimmt mir die Stricksachen ab und legt auch ihre auf den kleinen Tisch vor uns. Ohne ein Wort zu sagen, zieht sie mich in ihre Arme.

»Das Leben ist nicht immer leicht, Dahlia, und meistens kommt es nicht so, wie wir es uns wünschen.« Sie küsst meinen Scheitel. »Aber du hast die große Ehre, aus dem beengten Raum der Erde auszubrechen und etwas Neues, Göttliches zu erforschen. Du kannst in deinem Leben ein neues Kapitel öffnen und Dinge sehen und erleben, die nur sehr, sehr wenigen Menschen zuteilwerden.«

»Ich kann nur niemandem davon berichten.«

»Du wirst dich von allem verabschieden müssen, ja. Aber manchmal ist es gar nicht falsch, das Bild deines Lebens mit

Weiß zu überstreichen und mit neuen Farben zu beginnen. Du bist der Pinsel, Dahlia. Du bestimmst, wie das Bild aussieht. Der Rahmen und die Leinwand mögen vorgegeben sein, aber du wählst die Farben und das Motiv.«

Ich schließe die Augen und genieße Hesters Nähe. Sie schenkt mir Ruhe und Frieden. Wenigstens für einen Augenblick.

»Du hast dich hier so schnell und gut eingelebt. Unterschätze dich selbst nicht, Dahlia. Niemals. Dein Geist und dein Körper sind das Wertvollste, was du besitzt und was dir niemand nehmen kann. Nutze beides sinnvoll.«

Ich sehe sie an und fühle mich aufgehoben und verstanden. So langsam beginne ich zu verstehen, warum ich das Jahr vor meiner Reise im Orden verbringen soll.

Als Mildred später am Abend zurückkommt, trägt sie ein Grinsen und Schamesröte im Gesicht. Insa begrüßt sie zuerst und wechselt ein paar Worte mit ihr abseits von Hester und mir. Danach läuft sie schnell zu uns herüber. Ihr Gesichtsausdruck verrät, dass sie viel zu erzählen hat.

»War es schön?«, fragt Hester, als wäre Mildred auf dem Jahrmarkt gewesen und nicht im Bett eines Mannes.

»Es hat ganz schön wehgetan«, sagt sie.

»Hat es denn geklappt?«

»Ja, ich trage es in mir.« Mildred hält eine Hand vor ihren Bauch. Hester lächelt zufrieden.

»Dann gehen wir jetzt zur Lichtung und beten für den Erfolg.«

Während die beiden in der Stille des Waldes mit der Göttin sprechen, kann ich nicht anders, als ständig zu Mildred zu sehen. Fast schon kann ich meinen Traum hinter mir spüren. Als wolle er mich in seine Arme ziehen, beschützen und … lieben. Es ist zum Haareraufen. Wieso vermisse ich jemanden, den es gar nicht gibt? Ich entschuldige mich bei Hester und Mildred und entferne mich von der Lichtung. Ich habe das Gefühl, dass mein Körper in Flammen steht. Unruhe steckt mir in den Gliedern und das Einzige, was mir helfen kann, existiert nur in meinen Träumen. Ich renne zur Wohnung und werfe mich auf mein Bett. Das Kopfkissen in den Armen, schließe ich die Augen.

Wir finden einen Weg, Melinda. Vertraue mir.

Es gibt keinen Ausweg. Deine Mutter wird es zu verhindern wissen.

...

Dein Schweigen spricht Bände.

Haselnussfarbene Augen sehen mich an. Ich spüre Körperwärme.

Ich will nicht daran denken. Wir haben noch Zeit.

Ein Jahr.

Ja ... nur ein Jahr.

Meine Finger gleiten durch das Haar des Mannes. Wie eine Erinnerung blitzt plötzlich ein Bild von Händen auf, die durch rostrotes Haar streichen.

Ein heftiger Schmerz, der sich anfühlt, als wäre ein Blitz direkt in meinen Kopf eingeschlagen, weckt mich. Ich halte mir die Hände an die Schläfen und warte, bis das Pochen nachlässt. Was zur Göttin war das? Ich versuche mich an dieses Bild zu erinnern. Es ist mir, als wäre es meine Hand gewesen. Aber ich habe nie rot lackierte Fingernägel. Auch meine ich mich an einen goldenen Ring zu erinnern. Die Tränen in meinen Augen bemerke ich erst, als sie meine Wange herunterlaufen. Was ist nur mit mir los? Es ist, als läge mir etwas auf der Zunge, aber ich kann mich nicht erinnern. Mir wird klar, dass es der Name meines Traums ist. Oder besser gesagt von der Person, um die sich die Träume drehen. Diesem Mann mit den braunen Augen und den roten Haaren. Ich versuche mich daran zu erinnern, ob ich jemals in Hemera einen Jungen mit solchem Haar gesehen habe. Doch die Farbe ist sehr selten und mir fällt keiner ein. Es ist so frustrierend, dass ich laut zu schluchzen beginne. Ich liebe diesen Mann. Erschrocken hole ich Luft. Habe ich das gerade wirklich gedacht? Wie kann ich jemanden lieben, den es vielleicht gar nicht gibt? Ich muss verrückt sein. Mein Geist ist krank.

»Göttin«, flüstere ich mit zittriger Stimme. »Bitte befreie mich von den Dämonen in meinem Kopf.«

Doch das tut sie nicht. Mit jedem Tag, jeder Woche und jedem Monat werden meine Träume intensiver. Irgendwann im Frühjahr gebe ich mich geschlagen. Ja, ich beginne sogar sie zu genießen und freue mich immer auf den Abend, wenn ich schlafen gehen kann. Ich habe resigniert und gebe mich den Träumen hin. In guten Nächten sind sie voller Liebe und sanfter Worte. In schlimmen werde ich von dem Mann getrennt und dann wache ich schreiend und unter Tränen auf. Mildred hat Hester irgendwann davon erzählt und sie beobachtet mich die letzten Tage auf der Erde mit Besorgnis.

Schließlich kommt er.

Der große Tag.

Viel zu schnell und trotz des festen Datums irgendwie unvorbereitet.

Ich werde früh geweckt. Hester und Mildred bringen mich zum Frühstück und anschließend zu einem Bad in die Grotte des Ordens. Das Wasser dort kommt mir heute eisig vor. Vielleicht aber auch, weil ich vorher schon gezittert habe.

»Deine Familie ist soeben angekommen«, informiert mich eine Ordensschwester, deren Name mir nicht sofort einfällt.

»Danke.« Göttin, gib mir die Kraft, mich von ihnen verabschieden zu können! Der Gedanke, sie das letzte Mal in meinem Leben zu sehen, scheint mir die Kraft aus den Gliedern zu ziehen.

»Sie warten im großen Saal, damit du dich von ihnen verabschieden kannst.«

Ich schließe einen Moment meine Augen und schlucke. Mildred hilft mir aus dem Bad. Auch wenn sie erst vor zwei Tagen eine gesunde Tochter zur Welt gebracht hat, lässt sie es sich nicht nehmen, mir auf meinem Weg zu Gaia zu helfen. Ich werde sie und Hester vermissen. Sie sind in dem einen Jahr zu einer zweiten Familie für mich geworden. Mildred weint, während sie mir in meine Kleider hilft. Als sie fertig ist, nimmt sie meine zitternden Hände.

»Denk dran, halt immer den Kopf hoch«, erinnert sie mich. »Du kannst die Schwerkraft besiegen und fliegen.«

Da ich kein Wort herausbringe, ziehe ich sie einfach in meine Arme und atme ein letztes Mal den Duft ihrer Haare ein. Hester kommt zu mir und gemeinsam begeben wir uns in die große Halle. Als ich meine Familie sehe, kann ich die Tränen nicht mehr zurückhalten. Meine Mutter sieht müde und verweint aus. Sicher hat sie die Nacht kein Auge zugetan. Ich sehe meinen Vater an.

»Versprecht mir, dass es euch gut gehen wird«, sage ich zu ihm. Er nimmt mich in den Arm.

»Mach dir keine Sorgen um uns«, flüstert er in meinen Nacken. »Pass gut auf dich auf.«

»Ich schaffe das.«

Ein Raunen geht durch die Reihen der Hüterinnen und mir wird klar, dass die Göttin nahe ist. Schnell drücke ich noch den Rest meiner Familie an mein Herz. Besonders schlimm wird es bei Liliana. Meine große Schwester bricht in meinen Armen zusammen. Ihr Mann fängt sie auf und Insa dreht mich zu sich herum. Neben ihr steht Gaia in ihrer überirdischen Schönheit. Dahlien, die Blumen, nach denen ich benannt wurde, blühen auf ihrem ganzen Körper und bedecken ihre Blöße.

»Bist du bereit?«, fragt sie mich. Ihre bunt schillernden Augen sind unendlich tief und sehen direkt bis in mein Herz. Sie sagt nichts zu meinen Narben, sondern scheint sich aufrichtig auf mich zu freuen.

»Ich habe große Angst«, wimmere ich und versuche rückwärtszugehen. Insa hält mich auf und Panik überkommt mich. Mein Vater will zu mir eilen, doch die Hüterinnen halten ihn zurück.

»Ruhig, Liebes«, sagt die Göttin mit sanfter Stimme und nimmt meine Hände in ihre. Sofort umgibt mich innerer Frieden. Ehe ich mich's versehe, bin ich nicht mehr in meiner Welt.

4. BEI DER GÖTTIN

Meine nackten Füße berühren glatten Stein, doch ich kann mich nicht daran erinnern, die Schuhe ausgezogen zu haben.

»Willkommen in meinem Heim«, sagt die Göttin und wirkt aufgeregt. Ihre Hände berühren immer noch meine und schenken mir Ruhe. Vorfreude blitzt in ihren schönen Gesichtszügen.

»Möchtest du meine Söhne jetzt kennenlernen?« Hastig zieht sie mich zur Seite und geht auf eine Wand zu. Ich habe kaum Zeit, mich umzusehen oder in Ruhe mit meinen Gedanken anzukommen. Eine große Treppe kann ich erkennen … und merkwürdige weiße Wände. Irgendwas stimmt mit ihnen nicht, aber ich weiß noch nicht, was. Erst als sich die Wand vor uns plötzlich auftut und einen Weg in einen anderen Raum freigibt, wird mir klar, dass dieses Haus ein Eigenleben führt. Staunend blicke ich auf den plötzlich aufgetauchten Türbogen, als das Krächzen eines großen, bunten Vogels meine Aufmerksamkeit auf sich zieht. Ich grübele, wie man diese Art wohl nennt. In meinen Schulbüchern waren Bilder, aber ich komme nicht drauf. Überhaupt überfordert die ganze Situation meinen Verstand.

»Keks! Keks!«, spricht das Wesen plötzlich und ich starre es mit großen Augen an. Zuerst bekomme ich gar nicht mit, dass mich fünf Augenpaare gespannt mustern.

»Keks! Keks!«, höre ich es wieder, als ich mich langsam umdrehe. Gaia lässt keine Sekunde den Blick von mir, und als ich die vier jungen Männer vor mir sehe, gehe ich zunächst überwältigt einen Schritt zurück. Ihre bloße Anwesenheit scheint dem Raum die Luft zu nehmen.

»Sie ist … keine Hüterin!?«, sagt ein Mann mit gelbem ärmellosen Shirt. Seine Haut ist braun gebrannt und sein Haar hat die Farbe der Sonne. Das muss der Sommer sein.

»Ja, Sol. Dieses Mal ist ein Mädchen aus Hemera zu uns gekommen.« Gaias Stimme klingt angespannt. »Darf ich vorstellen? Dahlia Evangeline Abendsonne.« Sie sieht mich an. »Das ist mein Zweitältester. Sol.«

Der Sommer kommt auf mich zu. »Was ist mit deinem Gesicht passiert?«, will er sofort wissen und ich lege peinlich berührt eine Hand auf meine Wange.

»Das war ein Wächter der verbotenen Zone.« Eine Lüge bringe ich nicht übers Herz. Er ist ein Halbgott und Gaias Sohn. Sicher würde er es direkt bemerken. Ein weiterer Mann tritt vor. Er könnte nicht unterschiedlicher sein und sein Gesicht kommt mir direkt bekannt vor.

»Nevis«, sage ich und der Winter lächelt mich an.

»Hallo Dahlia«, begrüßt er mich. »Du kommst also aus Hemera?« Er reicht mir die Hand zum Gruß. Sie ist warm und nicht kalt, wie ich irrtümlich vermutet hatte.

»Woher wisst ihr, dass ich keine Hüterin bin?«, wage ich eine Gegenfrage in den Raum zu stellen.

Nevis lächelt freundlich. »Wegen deinem Haar. Es ist nicht so lang wie das der anderen.«

Ich sehe zu dem Zopf, der über meiner Schulter liegt, und gebe einen erstaunten Laut von mir. Plötzlich sind Dinge darin … eine Blume, eine Rebe, Klee und am unteren Ende … Schnee.

»Was zur Göttin?«, denke ich laut und vernehme ein lautes,

herzhaftes Lachen. Ich sehe auf und vor mir steht ein Mann mit braunem Haar und grünen Augen. Er ist nicht derjenige, der gelacht hat, aber nach Mayas Beschreibungen muss er Aviv sein.

»Du bist wirklich mutig, vor der Göttin in ihrem Namen zu fluchen«, sagt er und sieht dabei so unglaublich jung aus. Es fällt mir schwer zu glauben, dass er Tausende von Jahren alt ist. »Ich bin der Frühling, Aviv.«

»Das passt«, sage ich gedankenverloren und wieder höre ich jemanden lachen. Ich sehe an Aviv vorbei. Zu Nevis hat sich die vierte Jahreszeit gesellt.

Ein Mann mit rotem Haar und ...

braunen Augen.

Jesien.

Mein Atem stockt und mein Herz scheint etwas zu wissen, was mein Kopf noch nicht versteht.

»Jesien«, hauche ich und spüre, wie in mir irgendetwas losbricht. »Jesien ... Jesien.«

Der Herbst legt den Kopf schief und runzelt die Stirn. »Geht es dir gut?«

»Nein«, sage ich und gehe zu ihm. Ich weiß nicht, woher ich den Mut nehme, aber ich muss etwas ausprobieren. Alles in mir drängt danach. Ich gehe zum Herbst und nehme seine Hand. Er sieht mich verwirrt, aber freundlich an. Wenn es etwas in meinen Träumen gab, das immer wieder aufgetaucht ist, dann war es meine Bitte nach Apfelsaft. Ich blicke in diese braunen Augen, die mir so vertraut vorkommen, doch ich sehe kein Erkennen in ihnen.

»Könnte ich etwas Apfelsaft bekommen?«, frage ich.

Jesiens Augen weiten sich. »Wie bitte?«

»Ich hätte gerne Apfelsaft«, wiederhole ich und streiche mit meinem Daumen über seine Hand.

»Aber sicher!« Es ist Sol, der diesen Moment unterbricht und mir ein Glas mit Saft in die Hand drückt. »Hier gibt es den besten Apfelsaft, den du je getrunken hast.«

Ich nippe daran. Ja ... es ist derselbe ... genau wie in meinen Träumen. Aber ist Jesien auch der Mann? Als ich ausgetrunken habe, gebe ich Sol das Glas zurück und sehe zu Gaia, die mich wissend anlächelt. Dann sieht sie zu ihrem Sohn und Zweifel tritt in ihre Gesichtszüge. Hat sie mich für Jesien geholt? Hat sie mir diese Träume geschickt? Aber ihr Sohn scheint vollkommen ahnungslos und dazu habe ich ihn anscheinend auch noch verwirrt. Ich weiche von ihm zurück und treffe Nevis' Blick, der mich neugierig mustert. Nicht, als hätte er Interesse an mir, sondern eher, als wolle er mich studieren. Er hat genau wie Jesien gespürt, dass hier etwas nicht stimmt.

»Erzähl uns doch etwas von dir und Hemera«, bittet Aviv vollkommen unbedarft. Seine grünen Augen wirken so unschuldig und rein ...

»Nein«, fährt seine Mutter sanft, aber bestimmt dazwischen. »Zum Kennenlernen habt ihr ab heute Mittag Zeit. Jetzt zeige ich Dahlia erst ihr Zimmer. Wir müssen ihr ein wenig Ruhe gönnen, damit sie ankommen kann.«

Mein Blick verhakt sich mit dem von Jesien, der leise mit dem Winter flüstert. Aus irgendeinem Grund fühle ich mich gekränkt und zurückgewiesen. Ob es an meinen hässlichen Narben liegt? Ich lege eine Hand über die an meinem Hals und nicke der Göttin zu. Hoffentlich bin ich nicht rot geworden. Gaia nimmt meine Hand sanft herunter, als sie auf mich zukommt.

»Trage die Narben deines Lebens immer mit Stolz«, sagt sie und deutet mir an ihr zu folgen. Als wir den Raum verlassen, will ich noch einmal zurücksehen, doch die Wände haben sich bereits wieder verschlossen. Dafür kann ich jetzt einen weiteren Blick auf die Eingangshalle werfen, wo wir eben angekommen sind. Die große Treppe, die mir vorhin aufgefallen ist, scheint ins Nichts zu führen. Ich bleibe kurz stehen und sehe hinauf.

»Endlos«, denke ich laut.

»Sie führt in die Reiche der Jahreszeiten«, erklärt Gaia. »Es ist dir nicht gestattet, sie ohne einen meiner Söhne zu benutzen.«

Ich nicke und schlucke. »Gut.« Das ist fast so unheimlich wie die Geisterstadt in der verbotenen Zone.

»Ebenso darfst du das Haus nicht ohne Begleitung verlassen.« Die Göttin deutet auf die kleine, unscheinbare Haustür direkt gegenüber der endlosen Treppe.

»Was ist da draußen? Weitere Wächter?«, frage ich neugierig.

Gaia schmunzelt leise. »Tagsüber nicht, aber du könntest dich verlaufen, und wenn die Nacht kommt, wäre ein Wächter deine geringste Sorge.«

Ich würde die Göttin so gerne näher dazu befragen, doch sie dreht sich weg und geht in einen Gang neben der Treppe. Voller Fragen folge ich ihr und versuche so viel wie möglich von meiner Umgebung aufzunehmen. Alles hier ist so ... weiß ... und die Wände sind mir unheimlich. Es kommt mir vor, als würden sie mich beobachten ... und atmen. Gaia scheint meine Gedanken gelesen zu haben.

»Dieses Haus lebt. Es gibt keinen festen Grundriss, aber es weiß, wo du hinwillst, und es wird dich sicher dorthin führen.«

Sie bleibt vor einer Tür stehen und öffnet sie. Der Raum verschlägt mir den Atem. Inmitten des Zimmers steht ein großes Himmelbett. Zwei Türen führen in ein Ankleide- und ein Badezimmer. Ein großer Erker mit romantisch verzierten Fenstern zeigt eine Aussicht, die noch atemberaubender ist als das, was die Wände zeigen. Rings um mich herum ist ein Lavendelfeld in der Abendsonne. Ich kann die Blumen förmlich riechen. Und nicht nur das, es scheint lebendig zu sein, denn der Lavendel bewegt sich im Wind. Ich gehe zu einer Wand und versuche hineinzugreifen, stoße aber gegen eine Mauer. Ich löse meinen Blick und sehe zum Erker hinaus. Ein riesiger Kirschbaum steht dort in voller Blüte. Die Sonne scheint durch ihn hindurch und wirft rosiges Licht durchs Fenster. Es sieht aus, als würde der Baum in einem Meer aus Wolken stehen, doch ich kann sehen, dass er auf einer schwarzen Klippe wächst.

»Bei der Göttin ...«, flüstere ich erstaunt.

Gaia kichert – etwas, das ich nie erwartet hätte. Kichern passt zu kleinen Mädchen mit Zöpfen. Nicht zu Göttinnen, die ganze Welten erschaffen.

»Verzeih meinen Ausruf, Mutter aller Dinge. Auch den von eben«, sage ich.

»Schon gut, mein Kind.« Sie sieht sich um. »Brauchst du noch etwas?«

Ich schüttele den Kopf. »Höchstens meine Sachen.«

»Sie befinden sich schon im Ankleidezimmer.« Gaias Regenbogenaugen sehen zu einer der beiden Türen. »Ich hole dich zum Mittagessen ab. Mach es dir so lange bequem und versuche zur Ruhe zu kommen.«

»Danke ... Mutter.« Das Wort kommt schwer über die Lippen,

aber die Hüterinnen haben mir beigebracht Gaia so anzusprechen. Mutter.

Damit verschwindet Gaia und ich bin plötzlich alleine. So viele Eindrücke sind auf mich eingeprasselt, aber jetzt, als ich für mich bin, wird mir wieder bewusst, was passiert ist. Ich werde meine Familie und Freunde nie wiedersehen. Ab sofort bin ich ganz auf mich alleine gestellt. Gänsehaut überzieht meinen Körper und ich versuche sie durch Reiben wegzubekommen. Es nutzt nichts. Ich atme zittrig durch und setze mich in den Erker. Rings um die Fenster ist eine kleine Sitzgelegenheit mit weichen Kissen versehen. Mein Kopf ist auf einmal ganz schwer und ich lehne ihn in meine Hände.

Wie es meinen Eltern jetzt wohl geht? Insa hat mir versprochen, dass sie erfahren, wen ich gewählt habe. So können sie sich zumindest ansatzweise vorstellen, wo ich lebe. Sie wissen, dass ich ab jetzt noch hundert Jahre leben und gesund sein werde. Ich hingegen weiß gar nichts. Ich werde nie erfahren, ob es einem von ihnen schlecht geht ... oder ob jemand stirbt. Ob Liliana vielleicht noch mehr Kinder bekommt. Oder Benji und Zahra. Nie wieder werde ich Hemeras würzige Luft einatmen und durch die kleinen Gassen der Stadt gehen. Wer wird jetzt mit Rosa ausreiten? Vater hat versprochen eine Lösung zu finden, aber wie die aussieht, werde ich nie erfahren.

Ich stehe auf und hole meine Sachen aus dem Ankleidezimmer. Vielleicht finde ich Trost, wenn ich etwas Vertrautes in der Hand halte. Ich hole meine Kleider heraus und sortiere sie sorgsam in den Schrank. Dort hängen bereits eine Menge anderer Sachen für mich. Ich beschäftige mich eine Zeit lang damit, sie mir anzusehen, und bin überrascht, dass die Göttin genau zu wissen scheint, was mir gefällt. Es dauert nicht lange und ich bin auch damit fertig. Mir bleibt nichts anderes übrig, als mich auf das Bett zu legen und mir diese verrückten Wände anzusehen. Ich beginne zu frieren, also ziehe ich die Bettdecke über mich. Ganz ohne mein Zutun füllen sich meine Augen mit Tränen. Es gibt in Hemera ein sehr altes Lied, das man für die singt, die von uns gegangen sind. Ob meine Familie das auch für mich tut?

»Nehmt Abschied, Kinder der Göttin, ungewiss ist alle Wiederkehr. Die Zukunft ist unbekannt und macht das Herz uns schwer. Der Himmel wölbt sich über das Land, ade, auf Wiedersehen«, singe ich leise. »Wir ruhen all in der Göttin Hand, lebt wohl, auf Wiedersehen.« Es ist ein Lied aus der alten Zeit, das die Menschen damals zum Abschied sangen. Es hat dem Wandel der Zeit standgehalten, auch wenn man den Text verändert hat. Damals haben nur die wenigsten an die Göttin Gaia geglaubt. »Nehmt Abschied, Kinder der Göttin, schließt den Kreis. Das Leben ist kein Spiel. Nur wer es recht zu leben weiß, gelangt ans große Ziel.« Meine Stimme versagt. Irgendwann sehen wir uns wieder. Daran glaube ich fest. Ich schließe die Augen und versuche ruhig zu atmen. Leise summend besiege ich den Aufruhr in mir.

»Die Sonne sinkt, es steigt die Nacht, vergangen ist der Tag«, höre ich auf einmal jemanden singen. Ich reiße die Lider auf und sehe den Winter in meiner Tür stehen. Eiskristallblaue Augen mustern mich.

»Die Welt schläft ein und leis erwacht der Nachtigallen Schar«, singt er das Lied weiter.

»Du kennst es?«, frage ich erstaunt.

»Ihr singt es bei Beerdigungen, oder? Soweit ich weiß, ist es ein Volkslied aus der alten Welt.«

Ich nicke und wische mir mit der Bettwäsche die Tränen aus dem Gesicht. Nevis wirkt einen Moment unsicher.

»Entschuldige mein Eindringen.«

»Schon gut. Woher kennst du das Lied?« Ich habe gedacht, dass Nevis noch nie eine Gefährtin hatte und somit auch kaum Kontakt zu Menschen. Hatte er es während seiner wenigen Tage auf der Erde gelernt?

»Maya hat es mir beigebracht«, erklärt er und etwas, das ich nicht zuordnen kann, liegt in diesen merkwürdig hellblauen Augen.

»Ich habe ihre Aufzeichnungen gelesen«, sage ich und der Winter lächelt. »Es tut mir leid, dass du sie verloren hast.«

»Ich liebe sie noch immer und werde nie Platz für eine andere in meinem Herzen haben«, sagt er und seine Stimme ist das erste Mal so kalt wie die Jahreszeit, aus der er kommt.

»Danke, ich habe den verdeckten Hinweis verstanden«, gluckse ich ein wenig, weil die Tränen noch laufen, ich aber gleichzeitig lächeln muss.

Nevis legt den Kopf schief. »Du bist sehr ehrlich.«

»Ich sehe das als Kompliment.«

Der Winter scheint zu überlegen, was er darauf erwidern soll, richtet sich dann jedoch neu aus und wechselt das Thema. »Mutter lässt sich entschuldigen«, sagt er schließlich. »Sie wurde in den Ether gerufen. Das kommt nur sehr, sehr selten vor und sie weiß nicht, wann sie zurückkehrt.«

»Oh«, bringe ich nur heraus. »Was ist der Ether?«

»Eine andere Dimension. Ihre Mutter Hemera lebt dort.«

»Oh ...« Davon steht nichts in den Büchern der Hüterinnen. Jedenfalls nicht in denen, die man mich hat lesen lassen.

»Da sie weiß, dass ich nie eine Auserwählte zu mir nehme und somit unparteiisch bin, hat sie mir die Aufgabe übertragen, mich um dich zu kümmern.«

»Äh ... schön.« Sollte es mich beunruhigen, dass die Göttin weg ist? Irgendwie erscheint mir das alles unheimlich. Ich spiele mit meinem Zopf und pflücke die Blume heraus. Sofort wächst eine andere nach.

»Die wirst du erst los, wenn du entweder die Woche bei Aviv gewesen bist oder dich entschieden hast«, höre ich Nevis sagen. Seine Stimme klingt nun näher und ich spüre, dass er sich zu mir aufs Bett setzt. Ich sehe auf und direkt in sein weißes Gesicht.

»Entschuldige, wenn ich dir immer in die Augen starre«, sage ich. »Aber das Blau deiner Iris ist einfach unglaublich.«

Er lächelt freundlich. »Man merkt, dass du keine Hüterin bist.«

»Wieso?«

»Du bist unbefangener im Umgang und der Sprache.«

Ich zucke mit den Schultern. »Mag sein.«

»Wenn ich irgendetwas für dich tun kann, denk einfach an mich und das Haus führt dich zu mir. Sollte es dich jedoch zur großen Treppe bringen, bitte ich dich dort zu warten. Ich werde immer nur kurz in meiner Welt sein, aber ich muss immer wieder hin.«

»Wegen der verbotenen Zone?«, frage ich.

»Ja. Du hast ja gesehen, was dort los ist.«

»Wieso frierst du alles ein?«, frage ich interessiert. Mit Nevis kann ich endlich über all das sprechen, was ich dort draußen gesehen habe. Immerhin ist es sein Werk – bis auf die Trümmer natürlich.

»Weil die Welt noch sehr krank ist. Mit meinem Eis decke ich sie zu, wie einen Patienten, der unter einem Verband heilt.«

»Heißt das, dass es überall so aussieht?« Ich bin erstaunt, aber nicht wirklich überrascht. Nevis nickt.

»Gruselig.«

Er lacht. »Kein Winter-Mädchen, hm?«

»Nein, ich mochte schon immer die Übergangsjahreszeiten am liebsten. Frühling und Herbst.«

Nevis macht große Augen und legt wieder den Kopf schief. Es scheint so seine Art zu sein.

»Also so rein von der Natur und dem Wetter her, du weißt schon«, erkläre ich.

»Ja, ich weiß schon.« Er zwinkert mir zu.

»Tja«, seufze ich und denke nach. »Wo wir jetzt Freunde sind ... und du für mich zuständig: Hol mich bitte hier raus! Ich werde wahnsinnig, wenn ich zu viel nachdenke.«

»Möchtest du ins Schwimmbad? Sol und Aviv sind garantiert dort«, fragt mich Nevis und wirkt dabei, als würde er sich köstlich amüsieren.

»Jesien auch?«

»Vielleicht.« Eisaugen mustern mich. »Ich könnte ihn dorthin schicken.«

»Das wäre schön«, denke ich in Gedanken versunken.

Wie von Nevis erwartet sind Aviv und Sol im Schwimmbad. Hitze schlägt mir entgegen, als wir den Raum betreten. Sol zieht Bahnen, während Aviv auf einer Liege liegt und in einem Buch liest. Beide sehen überrascht zu mir auf.

»Dahlia?« Aviv legt das Buch beiseite und kommt zu mir herüber. Auch Sol zieht sich mit einem sehenswerten Schwung aus dem Becken. Wahnsinn, diese Muskeln.

»Ich habe ihr von Mutter erzählt«, erklärt Nevis, dem der Schweiß auf der Stirn steht. »Sie hat mich darum gebeten, nicht mehr alleine sein zu müssen.«

»Und da hast du die richtige Idee gehabt und sie zu uns gebracht«, sagt Sol und lächelt verschmitzt. »Einen Badeanzug trägt sie auch schon.«

Ich sehe an mir herunter. Türkis ist nicht unbedingt meine Lieblingsfarbe, aber er sitzt gut.

»Ich hoffe, ich störe euch nicht?«

»Du?« Aviv lacht. »Niemals.«

»Ich lasse euch jetzt alleine«, sagt Nevis und wirkt entkräftet. Es scheint ihm hier viel zu heiß zu sein. »Ich suche Jesien für dich, Dahlia.«

»Danke.«

»Im Garten«, ruft Sol ihm noch nach und widmet sich dann mir. »Kannst du schwimmen?« Augen so blau wie ein See funkeln mich aufgeregt an.

»Ja, ziemlich gut sogar.« Ich stemme selbstsicher die Hände in die Hüften, was Sol anzustacheln scheint. Bevor ich reagieren kann, hat er mich gepackt und in den Pool geschmissen. Das Wasser ist kühl und erfrischend. Es spült alle meine Sorgen von mir ab.

»Warte nur!«, rufe ich, als ich auftauche, und kraule zu ihm herüber. Sol springt über mich hinweg ins Wasser und ich drehe um, packe ihn um den Hals, um ihn nach unten zu drücken, doch er dreht den Spieß um. Wir lachen gemeinsam, als ich wieder auftauche.

»Das ist unfair«, schimpfe ich und wische mir ein paar Haare aus dem Gesicht, die sich aus dem Zopf gelöst haben und nun an meinen Wangen kleben.

»Warte nur!«, macht Sol mich nach, als Aviv zu meiner Rettung eilt.

»Ich werde Euch beschützen, Mylady«, verkündet er. Ich habe früher oft mit Benji und Iason Prinzessin und Ritter gespielt und lasse mich auch mit Aviv darauf ein.

»Ich danke Euch, Ritter der blühenden Blume.«

Wir brechen alle in Gelächter aus, als ich plötzlich noch jemanden im Raum spüre. Er hat noch nichts gesagt und dennoch weiß ich, dass er da ist. Als ob die Schwingungen unserer beider Körper sich erkennen.

»Ich fürchte, dass Euer Ritter keine Chance gegen den Lord des Lichtes hat, Mylady«, sagt Jesien und nimmt einen Schluck roter Flüssigkeit aus einem bauchigen Glas. Ich vermute, er trinkt Wein.

»Wollen wir wetten?«, frage ich und schwimme zum Rand. Jesien hat sich auf einer Liege niedergelassen.

»Was schlägst du vor?«

»Ich koche heute Mittag, wenn Aviv verliert.«

Jesien zieht die Augenbrauen hoch. »Das wird interessant. Was mache ich, wenn Sol verliert?«

»Na, dann kochst du?«

»Ich verliere freiwillig«, ruft Aviv und Sol jubelt.

Ein Ruck geht durch meinen Körper. Wieso gehe ich mit diesen fremden Männern um, als würde ich sie schon lange kennen? Plötzlich komme ich mir deplatziert und nackt vor.

»Alles in Ordnung, Dahlia?«, fragt Jesien, der meinen Stimmungswechsel bemerkt hat.

»Ja … verzeih«, stammele ich und sehe zu den beiden warmen Jahreszeiten. »Ich warte, legt los!« Ich muss mich zwingen die Worte auszusprechen und mich jetzt nicht durch einen Anfall von Schüchternheit zu verraten. Mit mir stimmt definitiv etwas nicht. Aviv und Sol lassen sich zum Glück nicht beirren und beginnen eine Rangelei im Wasser. Vorsichtig ziehe ich mich am Rand des Pools hoch, wo Jesien mich mit einem großen Handtuch erwartet. Ich lasse zu, dass er mich darin einwickelt.

»Danke«, sage ich und schenke ihm ein kleines Lächeln.

»Möchtest du mir erzählen, was du im Grenzgebiet gemacht hast?«

Etwas tief in mir versetzt mir einen Stich. Spielt Jesien auf meine Narben an?

»Ich bin weggelaufen.«

»Wieso?« Er nimmt einen Schluck Wein und wir lassen uns auf den Liegen nieder. Seine Augen scheinen bis in meine Seele zu sehen und ich verliere mich für einen Moment in ihnen. In meinem Bauch kribbelt es, als ich wieder aus diesem See aus Karamellschokolade auftauche.

»Um ehrlich zu sein, weil ich nicht hierherwollte«, gebe ich zu und kann kaum noch in seine Augen sehen. »Ich hatte Angst«, schiebe ich mit gepresster Stimme hinterher.

Jesiens Blick wird ernst, aber mitfühlend. »Das kann ich gut nachvollziehen.« Er starrt jetzt ins Leere, durch mich hindurch. »Ich frage mich, wieso Mutter dieses Mal ein Mädchen aus Hemera geholt hat.« Jesien schaut mich nun wieder direkt an. »Verstehe mich nicht falsch, es ist nur so, dass es schon für die Hüterinnen schwer ist, und die wurden ihr Leben lang darauf vorbereitet.«

»Schon gut, ich denke mir, dass sich jeder diese Frage stellt. Von den Leuten aus Hemera über die Hüterinnen bis hin zu euch.«

»Wie hast du reagiert, als Mutter dich erwählt hat?«

Seine Lippen sind so ... Ich schüttele den Kopf.

»Ich war den Rest des Tages wie gelähmt. Es war die Hochzeit meiner großen Schwester.«

»Oh nein.« Jesiens Anteilnahme erscheint mir ehrlich und nicht geheuchelt. »Ich schätze, das hat die Feier gesprengt.«

»Kannst du laut sagen.« Verlegen betrachte ich meine Füße.

»ICH SCHÄTZE, DAS HAT DIE FEIER GESPRENGT!«, wiederholt er seine Worte. Nur viel lauter. Aviv lässt sich davon kurz ablenken und Sol ergreift die Gelegenheit beim Schopf und drückt seinen Bruder unter Wasser. Ich lache laut auf.

»Du kochst«, sagt Jesien und nimmt einen weiteren Schluck aus seinem Glas.

»Sieht ganz so aus.« Wieder muss ich lachen, weil Sol so verspielt aussieht, als er einen Siegestanz im Wasser aufführt. Aviv schmollt eine Weile, doch als er mich lachen sieht, stimmt er mit ein.

»Was gibt es denn Leckeres?«, will er wissen, während er zum Rand schwimmt.

»Was mag mein Ritter denn gerne?« Wieso rede ich mit ihm, als würde ich ihn schon immer kennen? Aber es fühlt sich so natürlich an. Ich bin durcheinander.

»Frühlingsrollen«, meint Jesien und bringt damit wieder alle zum Lachen.

»Haha«, äfft Aviv beleidigt. »Nein, ich esse, was immer du kochst. Mach uns doch etwas, was du gerne magst.«

»Hat Mutter überhaupt eine Küche?«, fragt Sol, der sich jetzt dazugesellt.

»Wie kocht ihr hier denn sonst?« Ich sehe die Männer überrascht an.

»Mutter erschafft einfach etwas«, erklärt Aviv.

Tja, im Haushalt einer Göttin ist sicher alles etwas anders. Jesien und ich verabreden uns in der Halle, doch vorher gehe ich mich noch umziehen. Er will mir helfen die Küche zu finden. Ich ziehe mir etwas von den Sachen an, die Gaia mir ins Ankleidezimmer gehängt hat. Es ist ein fliederfarbenes Kleid, das vorne kürzer ist als hinten. Man sieht meine Knie und es macht eine schöne Taille. Ich löse meinen Zopf und die Zeichen der Jahreszeiten fallen heraus, doch es dauert nicht lange und sie haben einen neuen Weg gefunden, sich in meinen Haaren zu zeigen. Die Reben haben eine Art Haarspange geformt, aus der Klee wächst. Blumen und Schnee haben sich darum versammelt. Ich gehe ins Badezimmer und nehme das Lavendelparfum meiner Mutter. Eigentlich wollte ich es nur sehr sparsam einsetzen und nicht schon so früh, aber ich habe das Gefühl, genau das jetzt zu brauchen, ein Stück Zuhause. Vorsichtig tupfe ich mir etwas hinters Ohr. Ein vertrauter Duft steigt mir in die Nase und ein warmes Gefühl breitet sich in meinem Bauch aus, bevor es einem Stechen im Herzen weicht. Doch ich strecke die Schultern durch und mache mich auf den Weg zu Jesien. Eigentlich bin ich zum Kochen zu schick angezogen. Genau das sagt auch sein Blick, als ich näherkomme.

»Du ... du ...« Er stockt und sieht mich mit großen Augen an. »Du riechst nach Lavendel.«

Ich lächele. »Woher kennst du den Duft? Lavendel blüht je nach Art von Mai bis August.«

Jesien blickt weg, seine Gesichtszüge sind hart geworden. Habe ich ihn verletzt? Er atmet tief durch und sieht mich dann wieder an. »Jemand, den ich sehr gerne hatte, mochte diesen Duft. Sol gab ihr etwas davon mit.«

»Ich bin quasi in Lavendelfeldern aufgewachsen«, erzähle ich. »Meine Mutter macht Seifen, Parfum und Cremes mit den Blüten.«

Jesien sieht an mir herunter. »Es passt zu deinem Kleid.«

Mein Gesicht wird heiß. »Danke.«

Also bei Jesien scheine ich immer irgendetwas falsch zu machen. Offensichtlich weckt der Geruch von Lavendel keine willkommenen Erinnerungen und die Farbe meines Kleids wird sie wachrufen, selbst wenn er nicht in meiner Nähe steht und das Parfum riecht. Ein Geräusch lenkt unseren Blick zur Treppe. Nevis kommt mit einem großen weißen Wolf die Treppe herunter. Moment mal ... in den Aufzeichnungen der Hüterin steht, dass er keinen Tiergeist mehr hat.

»Was machst du hier mit ihr? Du weißt doch, dass sie nicht rausdarf«, schimpft Jesien, geht aber gleichzeitig in die Knie und zieht den Wolf in seine Arme.

»Mutter ist nicht da«, beginnt Nevis, »da dachte ich, ich lasse sie mal wieder etwas anderes sehen.«

Jesien küsst den Kopf der Wölfin. Sie drückt sich fest an den Herbst und schließt die Augen. Ihr weißes Fell wirkt dick und weich, zu gerne würde ich es berühren. Nevis sieht mich an und ich kann die Kristalle seiner Iris förmlich auf meiner Haut spüren.

»Aviv sagte, du willst für uns kochen?«, fragt er.

»Ich ... ähm, ja.« Irgendwie komme ich mir hier total fehl am Platz vor. Als würde ich die drei bei irgendetwas stören.

»Bring sie zurück«, fleht Jesien und streicht dem Wolf über den Kopf. »Es steht zu viel auf dem Spiel, Nevis.«

»Du hast Recht, Bruder. Aber es war ihr Wunsch, die Gelegenheit zu nutzen und dich zu sehen.«

Ich verstehe gar nichts und möchte am liebsten fliehen. Doch dann sieht die Wölfin mich an, scheint mich förmlich zu mustern. Nevis und Jesien bemerken ihren Blick. Dann weiten sich die Pupillen des Tieres, es ist fast, als glaubte sie, etwas in mir zu erkennen, könne es aber nicht zuordnen. Aber vielleicht lese ich auch zu viel in ihrem Blick.

»Zurück mit ihr«, sagt Jesien.

Nevis nickt. Doch als er sich umdreht, um den Wolf wieder die Treppe hochzuführen, hält Jesien ihn am Ärmel fest.

»Danke, Bruder.« Der Herbst drückt die Wölfin noch einmal und lässt die beiden dann ziehen. Eine Weile schaut er ihnen noch nach, obwohl sie schon nicht mehr zu sehen sind. Ich traue mich nicht etwas zu sagen und verharre still. Jesien atmet tief durch und scheint sich plötzlich wieder bewusst zu werden, dass ich da bin.

»Verzeih mir«, sagt er mit rauer Stimme.

»Ich kann auch alleine gehen«, biete ich vorsichtig an.

»Du kannst dich ja nicht verlaufen«, versucht er zu scherzen, doch das Lächeln auf seinen Lippen spiegelt sich nicht in seinen Augen wider. Ich muss meine ganze Kraft zusammennehmen, um mir meine Enttäuschung nicht ansehen zu lassen. Ohne ein weiteres Wort mache ich mich auf den Weg. Wenn dieses Haus mich dorthin führt, wo ich hinmöchte, dann müsste es mich zur Küche führen. Dennoch öffnet sich kein Raum. Jesien hingegen verschwindet durch eine Tür, die sich hinter ihm sofort wieder schließt. Ein Knarren bringt mich dazu, mich umzudrehen. Die Haustür ist offen. Die Tür, die ich nicht durchschreiten darf. *Aber ich will doch in die Küche,* denke ich. Ich gehe auf die Haustür zu und sehe in einen wild gewachsenen Garten hinaus. Gaia hat mir verboten rauszugehen und ich kann mir nicht vorstellen, dass die Küche draußen ist. Ich fühle mich überfordert und will nur noch in mein Zimmer. Da öffnet sich hinter mir eine Wand und offenbart einen Gang. Ich folge ihm und gelange genau dorthin, wohin ich mich gewünscht habe. Aber wieso führte mich das Haus nicht zur Küche? Gibt es vielleicht wirklich keine? Und die Haustür? Beim Gedanken an das, was in der Eingangshalle geschehen ist, bekomme ich Heimweh.

»Natürlich!«, sage ich laut. Ich habe auch dort den Wunsch verspürt, nach Hause zu gehen. Ging deswegen die Haustür auf? Gibt es da draußen einen Weg nach Hause? Ich sehe zu dem großen Kirschblütenbaum, der jetzt noch viel größer und kräftiger wirkt. In meinem Kopf rumort es. Mein Vater hat fast zu jeder Pflanze eine alte Sage in seinen Büchern, die er mir als Kind vorgelesen hat. Da der Kirschbaum seine Blüte vor den Blättern treibt, steht er für ... nachdenken, Dahlia ... genau, er steht für den nackt in die Welt geborenen Menschen.

»Blüte, Blüte, der Kirsche fein. Bringt Leben in die Welt hinein«, singe ich leise ein Kinderlied, welches wir immer im Frühling auf dem Schulhof gesungen haben. »Wächst die Frucht in der Blüte raus, ist das Leben auf der Erde aus.« Ob der Baum eine besondere Funktion im Garten hat? Irgendwie sieht er schon merkwürdig aus. Wie er dort so auf der Klippe im Wolkenmeer steht.

Ich weiß nicht, wie lange ich so dastehe. Es scheint mir eine

Ewigkeit und doch kommt sie mir nicht lang vor. Schließlich klopft es an der Tür.

»Herein«, rufe ich.

Avivs verspielte grüne Augen blicken mir entgegen. »Gibt es eine Küche?«

»Nein, leider nicht.«

»Dachte ich mir.« Er kratzt sich am Kopf. »Ich konnte auch keine finden.«

»Kann ich dir als Dank für deinen ritterhaften Einsatz etwas anderes geben?«, sage ich und meine es ganz unschuldig.

»Hmm … nun ja …« Avivs Wangen werden rot und er sieht kurz aus wie ein kleiner Junge.

»Nun?« Ich versuche ihn mit einem Lachen zu ermutigen.

»E-einen … Kuss vielleicht?« Die letzten Worte waren kaum zu verstehen, doch zum Glück habe ich gute Ohren.

»Nein.« Ich schüttele lachend den Kopf.

»Eine Umarmung?«

»Einverstanden.« Ich gehe auf ihn zu und er zieht mich in seine warmen Arme.

»Hmmm«, brummt er, »du duftest nach Lavendel.« In ihm scheint der Duft keine bösen Erinnerungen wachzurufen.

»Das Parfum hat meine Mutter für mich gemacht.«

»Dann hast du eine sehr talentierte Mutter.«

Es fühlt sich gut an, Aviv im Arm zu halten. Ich bin zwar sehr klein und muss meine Wange an seine Brust legen, aber dort ist der beste Platz, um sein Herz schlagen zu hören. Ein bisschen überrascht mich das Geräusch. Da er ein Halbgott und unsterblich ist, hatte ich nicht mit einem Herzschlag gerechnet.

»Danke«, sagt er schließlich und lässt mich von selbst wieder los, ohne dass ich ihn von mir schieben muss. Das rechne ich ihm hoch an. Er sieht so jung aus, als er mich ganz schüchtern anlächelt.

»Immer wieder gerne.«

Aviv überlegt einen Moment, dann besinnt er sich wohl auf den Grund seines Kommens.

»Hast du Hunger? Dann bringe ich dich zum Mittagessen.« Erst jetzt bemerkt er das Lavendelfeld auf den Wänden meines Zimmers.

»Es sieht aus wie in meiner Heimat«, erkläre ich und übergehe seine Frage.

»Es zeigt meine«, sagt er und unsere Blicke verhaken sich ineinander.

Beim Mittagessen sitzen wir in einem Zimmer, wo ein lebendiger Vogel auf einem gusseisernen Blatt sitzt. Es ragt aus der Wand, als ob es das Normalste der Welt wäre. Meine Mutter hätte ihn sofort mit dem Besen rausgejagt, aber Gaia scheint nichts gegen frei umherfliegende Vögel zu haben. Hoffentlich landen seine Hinterlassenschaften nicht im Essen. Oder auf meinem Kopf. Ich darf mir einen Platz aussuchen und setze mich neben Aviv. Jesien und Sol nehmen uns gegenüber Platz, während Nevis das Kopfende wählt.

»Ihr dürft euch also ab und an hier zum Essen treffen?«, fasse ich zusammen, was die Männer mir gerade erzählt haben.

»Ja, sofern wir möchten«, erklärt Nevis und hat als Einziger eine Schüssel mit Haferflocken vor sich stehen. Wir anderen essen Nudeln, meine Leibspeise. Mutter macht sie nur selten, weil es ihr zu aufwendig ist.

»Manchmal taucht unser Kleiner nicht auf«, plaudert Aviv aus dem Nähkästchen und deutet auf seinen Bruder, den Winter.

»Ich ertrage gelegentlich eure Visagen nicht.«

Jesien lacht in sich hinein und nimmt einen Schluck Wein.

»Wir deine auch nicht. Es ist gut, dass wir ab und zu über dich herziehen können«, erklärt Sol mit einem Augenzwinkern.

»Ich weiß, ihr liebt mich.« Nevis scheint die Seitenhiebe seiner Brüder gut wegzustecken. Aber als Jüngster von vier Brüdern lernt man das sicherlich schnell.

»Zumindest bist du in letzter Zeit deutlich umgänglicher geworden«, sagt Aviv und sieht dann zu mir. »Es war nicht immer so, dass wir uns treffen durften. Das verdanken wir Jesiens Braut Maya.«

Ich sehe zum Herbst, dessen rechtes Augenlid kurz zuckt. Er sieht nicht auf, sondern widmet sich seinem Essen. Ob er Maya noch nachtrauert? Wie war es für ihn, mit einer Frau zu leben, die seinen Bruder liebt? Denn soweit ich weiß, war Nevis immer in ihrem Herzen. Ich sehe den Winter an, der den Kopf kaum merklich schüttelt. Seine Botschaft kommt an. Ich soll nicht über sie sprechen. Vielleicht wissen Sol und Aviv gar nichts von dem Drama um Maya?

»Wie verbringt ihr eigentlich eure Abende hier?«, wechsele ich das Thema. Instinktiv habe ich dabei Aviv angesehen. Der hat jedoch gerade den Mund voll und kaut. Entschuldigend sehen mich seine grünen Augen an.

»Worauf hast du Lust?«, fragt er, nachdem er geschluckt hat. »Es gibt einiges, was wir tun können. Außer zur Erde und in den Garten zu gehen ist fast alles möglich.«

»Was hat es denn mit dem Garten auf sich?«

»Er symbolisiert Leben und Tod«, beginnt Nevis zu erklären. »Mit dem Lauf der Sonne wird Leben geboren, wächst und vergeht. Des Nachts herrscht draußen der Tod. Du würdest nicht lange überleben.«

»Und der Kirschblütenbaum? Er kommt mir merkwürdig vor.«

»Halt dich von ihm fern!« Nevis' Warnung kommt so schnell wie der Biss einer Schlange. »Er ist gefährlich.«

»Wie eine Venusfliegenfalle«, ergänzt Jesien.

Merkwürdig, geht es mir durch den Kopf, *er sieht nicht gefährlich aus.* Aber wieso sollte Nevis mich deshalb belügen?

»Du kommst ohnehin nicht in seine Nähe. Er liegt hinter Mutters Garten und der ist tagsüber undurchdringlich und nachts tödlich.« Nevis scheint in eine Erinnerung versunken. Hat der Baum mit seiner und Mayas Flucht zu tun? Ist er gar ... das Portal? Aufregung breitet sich in mir aus. Könnte ich fliehen, solange Gaia nicht hier ist? Aber was würde das bringen? Die Göttin hätte mich in wenigen Sekunden zurückgeholt und zu allem Übel wäre sie dann sicherlich auch noch wütend auf mich.

»Spielt einer von euch ein Instrument?« Ich habe Lust zu tanzen.

»So ziemlich jeder von uns«, antwortet Sol. »Aber am talentiertesten ist wohl Aviv mit der Gitarre.«

Ich sehe zum Frühling neben mir. Schon wieder hat er den Mund voll. Armer Mann – kommt gar nicht zum Essen.

»Mhm«, brummt er und nickt. Ich lächele, was er sofort erwidert.

»Würdest du gerne Musik hören?«, fragt Jesien, der seine Mahlzeit soeben beendet hat und sein Besteck neben den Teller legt.

»Am liebsten würde ich tanzen«, gestehe ich.

»Dafür bin ich der Richtige«, triumphiert Sol. »Aviv spielt bestimmt für uns.«

»Hmh«, brummt dieser wieder mit vollem Mund. Jetzt muss ich wirklich laut loslachen und die anderen Männer lachen mit mir.

»Ha-ha«, sagt Aviv, als er mit Kauen fertig ist, aber er lächelt.

Nach dem Essen führen mich die Jahreszeiten in eine Art Musikzimmer. Ein großer schwarzer Flügel, wie ich ihn nur aus Filmen kenne, steht in einer Ecke.

»Was ist das hier?«, frage ich Sol, der neben mir steht.

»Eine Harfe.«

»Wie spielt man so etwas?«

»Ich zeige es dir«, höre ich Jesien sagen. Er führt mich sanft zu dem kleinen Hocker hinter der Harfe. »Setz dich.«

»So?«, frage ich.

»Näher heran.« Er legt mir das Instrument auf die Schulter und stellt sich hinter mich. Ich spüre plötzlich seinen warmen Atem in meinem Nacken. Gänsehaut überzieht meinen Körper und in mir beginnt ein Gefühl zu tosen, das ich noch nie verspürt habe. Es bemächtigt sich meiner und es ist schwer für mich, ruhig zu bleiben. Jesien ist mir ganz nah, als er seine Hände hebt und über die langen Saiten der Harfe streicht. Eine himmlische Melodie erklingt.

»Das klingt wunderschön«, sage ich.

»Versuche du es«, ermutigt mich Jesien.

Ich ahme seine Bewegungen nach, doch bei mir klingt es disharmonisch und schief.

»Ich schätze, das sollte ich lieber lassen.«

Jesiens warmes Lachen und die Nähe seiner Brust an meinem

Rücken treiben mich in den Wahnsinn. Meine Finger beginnen zu zittern.

»Vielleicht sollten wir für heute Abend Aviv die Saiteninstrumente überlassen?«, schlägt Jesien vor und weicht von mir zurück. Ich fange augenblicklich an zu frieren.

»Ja …«, stammele ich. Der Herbst stellt die Harfe wieder auf und reicht mir eine Hand, um mir hochzuhelfen. In mir schreit alles, doch Jesien bleibt anscheinend ganz unberührt und setzt sich mit einem Glas Wein in einen der vielen Sessel, die hier für Zuhörer stehen. Ich frage mich, ob die Göttin hier manchmal Besuch empfängt? Außer ihren Söhnen.

»Kommt ihr auch aus dem Ether?«, frage ich das, was mir gerade in den Sinn kam.

»Nein, wir sind hier erschaffen worden«, sagt Aviv. Der Frühling redet noch weiter, doch ich beobachte Nevis und Jesien aus dem Augenwinkel, die leise reden, und kann mich deshalb nicht darauf konzentrieren, was Aviv erzählt. Zum Glück endet er nicht mit einer Frage und niemand erwartet, dass ich etwas sage. Aviv schnappt sich die Gitarre.

»Bereit?«

»Wollen wir?« Sol reicht mir die Hand und mein Verstand entschwindet in eine andere Welt. Eine, die nur noch aus Tanz und Musik besteht. Avivs geschickte Finger entlocken der Gitarre perfekte Töne, und das Lied, das er ausgewählt hat, lässt meine Füße förmlich über den Boden fliegen. Sols starke Arme geben mir Halt und genügend Freiheit, um mit geschlossenen Augen meinem Herzen zu folgen. Es hat mir schon immer den besten Takt vorgegeben.

Was tust du da?, fragt eine Stimme tief in mir. Seit wann tanze ich so gerne? Ich habe zwar keine Abneigung dagegen, aber es war auch nie eine meiner bevorzugten Freizeitbeschäftigungen. Avivs Lied endet und Sols Lippen lachen mich freundlich an.

»Du kannst wirklich gut tanzen«, stellt er fest.

»Das wusste ich bisher gar nicht«, gestehe ich. »Ich meine … Ach egal.«

»Du wirkst zerstreut.« Aviv mustert mich über die Gitarre hinweg. »Alles in Ordnung?«

»Nein … ja, also ich meine, es ist nur alles so neu und fremd und ich …«

»Du brauchst dich nicht zu rechtfertigen«, greift Nevis ein. »Wir alle sind uns bewusst, dass es für dich nicht einfach ist.«

Ich nicke ihm zu. »Danke.«

Aviv hat die Gitarre beiseitegelegt und kommt auf mich zu. »Setz dich zu uns und erzähle uns von Hemera.«

»Ich … ich möchte lieber nicht über zu Hause sprechen.« Ich sehe den Frühling entschuldigend an. Er lächelt und presst die Lippen dann zu einer schmalen Linie.

»Können wir irgendwas für dich tun?«, will er wissen.

»Nein.« Sie können mich nicht nach Hause bringen. Was auch immer den Tag über in mich gefahren ist, jetzt ist es verschwunden und das Heimweh hält mein Herz wieder in seinen eisernen Klauen.

Jesien steht plötzlich neben mir. »Hier, trink ein Glas Wein.«

Ich nehme es ihm dankend ab und nippe daran. Köstlich. Und vertraut. Oh nein, bitte nicht jetzt. Nicht wieder so eine merkwürdige Traumerinnerung, die mich ganz durcheinanderbringt.

»Dahlia?«

»Hm?« Ich sehe von meinem Glas auf.

»Wo warst du mit deinen Gedanken?«, gluckst Sol.

»Wieso?«

»Wir haben ein paarmal deinen Namen gerufen.«

Ich reibe mir übers Gesicht und gebe Jesien das Glas zurück.

»Ich schätze, ich sollte schlafen gehen.«

»Sicher, dass es dir gut geht?«, fragt Aviv und sein jungenhaftes Gesicht wirkt besorgt.

»Nein, wie könnte es?«, murmele ich. »Tut mir leid. Schlaft gut.« Ich gehe zur Tür hinaus und bleibe im Flur stehen. Die Wände schließen sich nicht und ich kann die Jahreszeiten sprechen hören.

»Sie ist merkwürdig«, meint Sol.

»Gib ihr etwas Zeit. Sie ist keine Hüterin.« Das war Nevis' Stimme.

»Das nächste Mal soll Mutter uns lieber wieder eine von denen bringen, denn das Bauernmädchen ist ganz offensichtlich total überfordert und leidet unter Stimmungsschwankungen.«

Ich balle eine Faust vor meiner Brust, als ich Sols Worte höre.

»Ich meine, sie ist hübsch«, lenkt er ein, »aber was nutzt uns das, wenn sie vollkommen durchgeknallt ist.«

»Jetzt übertreibst du aber!«, mischt sich Aviv in das Gespräch ein.

»Du solltest deine Wortwahl überdenken.« Nevis klingt wütend. Tränen brennen in meinen Augen und ich versuche tief durchzuatmen, um sie zu verbannen. Darüber höre ich die Schritte viel zu spät. Jesien steht plötzlich neben mir und seine Haselnussaugen weiten sich überrascht. Er sieht noch einmal in den Raum zu seinen Brüdern, dann schließt sich die Wand.

»Komm, Mädchen«, sagt er leise und legt einen Arm um mich. Er führt mich zu meinem Zimmer und öffnet die Tür. Ich zucke kurz zusammen, als ich den vielen Lavendel um uns herum erblicke. Ängstlich sehe ich zu Jesien, der die Bilder auf den Wänden zwar zur Kenntnis nimmt, aber nicht weiter darauf reagiert.

»Hör zu, Sol kann ein ziemlicher Idiot sein«, beginnt er nach einem unendlich langen Moment der Stille schließlich.

»Schon gut, er hat ja Recht.« Ich weiche Jesiens Blick aus. »Ich habe wirklich nicht alle beisammen«, flüstere ich leise hinterher.

»Wie bitte?«

»Nichts ... ich habe nur laut gedacht.«

Jesien kommt auf mich zu und legt zwei warme Hände auf meine Oberarme.

»Deine Gedanken interessieren mich.« Seine Stimme ist wie sein Wein. Süß und schwer. Ich schlinge meine Arme um mich und trete von ihm zurück.

»Bitte verstehe doch, ich wäre jetzt gerne alleine.« Ich drehe ihm den Rücken zu und starre auf die Wände mit dem Lavendelfeld. Dabei würde ich ihm gerade eigentlich lieber in die Augen sehen.

»Heimweh ist grausam. Du solltest es nicht alleine durchstehen.«

»Ich habe schon Schlimmeres überstanden.«

»Wenn du willst, dass ich gehe, dann gehe ich.« Er sagt es wie eine Frage und ich überlege, was ich wirklich will.

»Ich fürchte, ich bin gerade keine gute Gesellschaft.«

»Das bin ich nie. Vielleicht sollten wir das mathematisch betrachten? Minus und Minus ergibt Plus.«

Ich lache leise.

»Siehst du. Geht doch.« Er folgt mir die paar Schritte auf die Wand zu und steht plötzlich ganz nah hinter mir. »Möchtest du, dass ich Sol in sein sonniges Hinterteil trete?«, flüstert er mir in den Nacken, wofür er sich weit herunterbücken muss.

»Oh ja, ich bitte darum!« Ich sehe über meine Schulter zu ihm hoch. »Richtig fest.«

Jesien zieht die rötlichen Augenbrauen hoch. »Ich gebe mir alle Mühe.« Wir sehen uns einen Moment lang an und die Stimmung zwischen uns verändert sich. In etwas Unbekanntes. Fremdes. Ich habe das Gefühl, etwas tun zu müssen und dass es ihm genauso geht. Schließlich schluckt Jesien und schüttelt sich kaum merkbar.

»Irgendwie habe ich bei dir so ...«

»Was?«, hake ich nach, weil er aufgehört hat zu sprechen.

»Ich weiß auch nicht ...«

Es klopft und wir sehen beide zur Tür. Nevis tritt ein und wirkt überrascht seinen Bruder hier zu sehen.

»Störe ich?«

»Nein«, sagt Jesien schnell. Ein wenig zu schnell.

»Ja«, sage ich im gleichen Moment. Der Herbst und ich tauschen einen Blick, dann sehe ich zu Nevis.

»Ähm.« Mehr fällt dem Winter dazu wohl nicht ein. »Dann lasse ich euch lieber allein.«

»Warte, kleiner Bruder. Ich wollte ohnehin gerade gehen.«

»Wolltest du nicht«, protestiere ich. »Du wolltest doch bei mir bleiben, solange ich dich nicht wegschicke. Oder habe ich das falsch verstanden?«

Nevis lacht leise. »Ich bin weg. Gute Nacht.«

»Warte«, bittet Jesien noch einmal, doch der Winter hört nicht auf ihn und schließt die Tür.

»Du bist genauso launisch wie ich«, stelle ich fest.

»Das ist eigentlich gar nicht meine Art … Du verwirrst mich.«

»Du mich auch.«

5. DER KIRSCHBLÜTENBAUM

Jesien und ich sitzen im Erker meines Zimmers und sehen uns einfach nur an. Wir beide spüren, dass da irgendetwas zwischen uns ist. Aber was könnte es nur sein? Es scheint uns gleichzeitig anzuziehen und abzustoßen. Irgendwann beginnt Jesien leise ein Lied zu summen. Es ist ein Lied der Göttin, welches mir die Hüterinnen beigebracht haben. Ich stimme leise mit ein, als es mich plötzlich überkommt: Nur schwach merke ich, wie ich zur Seite kippe und alles um mich herum schwarz wird.

»Dahl…« Jesiens Stimme verblasst und taucht dann wieder auf, anders und vertrauter.

…linda?

Ja?

Wollen wir Trauben pressen?

Sag doch einfach, dass du meine nackten Beine sehen willst.

Das werde ich nie. Ich werde dich immer nach den Trauben fragen.

Du bist schließlich ein Gentleman.

Danke, endlich hast du es verstanden.

»Dahlia? Was ist passiert?« Haselnussaugen sehen mich besorgt an. Die Hände ihres Besitzers streicheln mir sanft über den Kopf. Er duftet nach Äpfeln.

»Wollen wir Trauben pressen?«, murmele ich noch ganz benommen.

»Was?« Jesien sieht geschockt aus. »Was hast du da gerade gesagt?«

»Ich weiß nicht.« Mein Kopf rauscht und ich setze mich vorsichtig auf. Jesien sieht mich immer noch an, als hätte er einen Geist gesehen.

»Dahlia, bitte. Du hast etwas von Trauben gesagt.«

»Ja, ich glaube schon ...« Wie war das noch gewesen? »Ich werde schon seit Jahren von Träumen heimgesucht, die sich erschreckend echt anfühlen.«

»Von Träumen?«, wiederholt der Herbst verwirrt und reicht mir die Hand, damit ich aufstehen kann. Er führt mich zum Bett, wo ich mich wieder setze und meine Gedanken zu ordnen versuche.

»Ja, sie sind merkwürdig. Ich kann nie jemanden sehen, aber ich höre und fühle alles. Manchmal sehe ich einzelne Bildfetzen, aber kein Gesicht oder gar eine ganze Person.«

»Und das mit den Trauben stammt aus deinem Traum?«

»Ich weiß nicht mehr, ob es immer nur Träume sind. Gerade hat es mich einfach umgehauen.«

»Ich konnte dich zum Glück noch auffangen.« Jesien sieht beunruhigt aus, was mir gar nicht gefällt.

»Danach habe ich immer Lust auf Äpfel oder Apfelsaft«, sage ich und befeuchte meine Lippen. Jesien hält mir beides hin. In der einen Hand ein Glas Apfelsaft und in der anderen den am köstlichsten aussehenden Apfel, den ich je gesehen habe. Seine Schale ist makellos, keine Dellen oder braunen Stellen. Eine Wange ist grün, die andere rot. Erstaunlich, wie dieser Halbgott solche Dinge einfach herbeizaubern kann.

»Danke«, sage ich und nehme ihm beides ab. Zuerst trinke ich einen Schluck und stelle das Glas dann auf dem Nachttisch ab. Danach beiße ich in den Apfel. Er schmeckt noch besser, als er aussieht. Ich kaue genüsslich und schlucke.

»Einmal habe ich braune Augen gesehen«, erzähle ich weiter, »und einmal rote Haare.«

Jesien lächelt neugierig.

»Eine Männerstimme nennt mich immer Melinda.«

Der Herbst springt auf und weicht von mir zurück, als hätte ich mich in ein Monster verwandelt.

»Was?«, frage ich nervös und erhebe mich vom Bett. »Habe ich etwas Falsches gesagt?«

»Was soll das, Dahlia?«, fragt Jesien plötzlich wütend.

»Was soll was?« Ich verstehe die Welt nicht mehr.

»In den Aufzeichnungen der Hüterinnen steht doch sicher, wie die erwählten Frauen hießen und zu welcher Jahreszeit sie gegangen sind, oder? Was willst du damit erreichen, mich an Melinda zu erinnern?«

»Moment mal«, grübele ich überrascht. »Deine Frau hieß Melinda?«

»Jetzt tu doch nicht so!« Jesien will noch etwas sagen, schluckt es aber herunter. Seine braunen Augen funkeln wütend und er hat die Hände zu Fäusten geballt. Ich senke den Blick.

»Es war nicht meine Absicht, dich zu verletzen.«

Ich will noch mehr sagen, doch da stürmt Jesien zur Tür heraus.

»Hey!«, rufe ich ihm nach. »Ich wusste das mit Melinda doch nicht!«

Ich sehe in den Flur. Er ist schon verschwunden. Frustriert und erschöpft lasse ich mich aufs Bett fallen. Eine Zeit lang warte ich, ob er zurückkommt, doch irgendwann schlafe ich darüber ein.

Ich habe Angst, *wimmere ich.*

Das brauchst du nicht. *Die Stimme meines Liebsten klingt gebrochen. Ich glaube ihm nicht.*

Jesien, ich will bei dir bleiben. *Starke Arme drücken mich fester an eine warme, feste Brust. Meine wird von Schluchzern geschüttelt.*

Ich rede mit Mutter.

Sie wird es nicht zulassen.

Ich spüre, wie Tränen meine Kopfhaut benetzen. Die Kehle schnürt sich mir zu.

Sie muss.

Die Schwärze reißt auf und ich sehe Hände – meine Hände, und doch wieder nicht. Sie halten Jesiens Gesicht. Ein zittriger Daumen streicht ihm eine Träne von der Wange.

Du musst stark sein, hörst du?, *flehe ich.*

Jesien schüttelt den Kopf und nimmt meine Hände in seine. Zärtlich küsst er jede einzelne Fingerkuppe. Ich kann nicht.

Du musst. Bitte sag mir, dass du stark bleibst. Versprich es mir.

Nicht ohne dich, Melinda.

Wir umarmen uns. Über seine Schulter hinweg sehe ich Gaia. Sie sieht wunderschön aus, wie sie da in einem Wirbel aus Blättern steht. Die Szene reißt und plötzlich spüre ich, wie ich von Jesien fortgerissen werde. Mein Herz blutet und verkrampft sich, als ich seine Schreie höre.

Die Schreie hallen in meinem Kopf nach. Bin ich jetzt wach? Ich sehe mich in dem Zimmer um. Ja, ich bin noch immer bei Gaia.

Das Lavendelfeld liegt ruhig im nächtlichen Mondschein und taucht das Zimmer in ein fliederfarbenes Leuchten. Und während ich im Bett sitze und versuche die furchtbaren Gefühle des Traums zu verdrängen, verstehe ich endlich: Ich träume von Jesiens verlorener Frau. Es war schon immer sie gewesen, nicht ich. Doch ... bin ich sie? Ich stelle meine nackten Füße auf den Boden und gehe zum Spiegel im Badezimmer.

»Bin ich Melinda?«, frage ich. Doch es ist niemand da, der mir antworten kann. Die Göttin ist im Ether und ich bezweifele, dass mir einer ihrer Söhne helfen kann. Ich gehe zurück ins Schlafzimmer und erstarre. Die Wand hinter meinem Bett zeigt ein Bild von Jesien ... und einer Frau, doch ihr Bild flackert. Als ich näher herangehe, sehe ich, wie mein Gesicht mit dem einer andern Frau verschwimmt. Es ist, als würde die Wand unsere Gesichter blitzschnell austauschen, verwischen. Ich gehe rückwärts und stoße gegen das Bücherregal.

»Das kann nicht sein.« Wut kocht in mir hoch. »Bin ich deswegen hier?«, schreie ich die Wände an. »Bin ich Melinda?«

Das Bild zu meiner Linken ändert sich. Es zeigt die Silhouette einer Frau. Etwas Leuchtendes fliegt aus ihr heraus und dann wieder in sie hinein. Als das Licht wieder in sie eindringt, verändert sich die Silhouette. Die Frau wird kleiner. So klein wie ich.

»Meine Seele«, flüstere ich. »Wir haben dieselbe Seele.« Ich habe schon einmal gelebt ... und ich war die Frau des Herbstes. Jesien. Meine Träume sind ... Erinnerungen.

Als ich am nächsten Morgen zum Frühstück gehe, weiß ich nicht, wie ich damit umgehen soll. Ob Jesien mir überhaupt glauben würde? Er scheint mich nicht sonderlich zu mögen. Das sehe ich auch daran, dass er bereits einen Platz am Tisch umringt von seinen Brüdern gewählt hat, so dass ich mich nicht neben ihn setzen kann.

»Guten Morgen, Dahlia«, begrüßt mich Sol. »Ich möchte mich bei dir entschuldigen. Jesien erzählte mir, dass du gehört hast, was ich gesagt habe.«

»Ist schon in Ordnung«, murmele ich vor mich hin. »Irgendwie hast du ja Recht.«

»Nein, hat er nicht«, protestiert Aviv und rückt den Stuhl neben seinem nach hinten, damit ich mich setzen kann.

»Danke.« Ich schenke ihm ein müdes Lächeln.

»Ich würde vorschlagen, wir fangen heute noch mal von vorne an, hm?« Sol grinst, als wäre nie etwas geschehen. Ich sehe kurz zu Jesien, der meinen Blick meidet, und nicke dem Sommer dann zu. Offensichtlich möchte der Herbst nicht noch mal von vorne beginnen. Im Moment ist mir das aber auch egal, denn ich fühle mich von der Göttin belogen und betrogen. Wieso hat sie mir das mit Melinda nicht gesagt? Ich hätte ein Recht darauf gehabt, es zu wissen.

Heute werde ich Dahlia sein. Nicht die tanzende Melinda, die so offen mit diesen fremden Männern umgeht. Als Erstes werde ich ohne Begleitung in den Garten gehen und ihn mir ansehen. Das ist etwas, was Dahlia tun würde. Erkunden. Die alte Dahlia hätte dabei zwar nicht Gaias Regeln gebrochen, aber sie war von der Göttin auch nicht erwählt und betrogen worden. Vorerst habe ich genug von den Jahreszeiten. Nevis will mich nicht, Jesien hasst mich, Sol ist arrogant und Aviv ... ja, was ist mit Aviv? Ich sehe zum Frühling, dessen grüne Augen meinen Blick treffen. In ihnen liegt nichts außer Interesse. An mir und meinen Gedanken.

»Hättest du Lust, heute Nachmittag noch einmal für mich Gitarre zu spielen?«

»Willst du wieder tanzen?«, freut sich Sol.

»Nein«, fahre ich ihn fast ein wenig zu hart an. »Ich will einfach nur der Musik lauschen und vielleicht ein wenig singen.« Ja, singen ... das ist Dahlia.

»Sehr gerne«, erwidert Aviv. »Mein Tiergeist Nutty wird seine Freude an dir haben. Er singt auch gerne ... er trifft zwar selten die Töne, aber hey, wann hast du schon mal die Gelegenheit, mit einem Eichhörnchen im Duett zu singen?«

Ich lache leise. Eigentlich ist mir nicht danach, aber die Vorstellung amüsiert mich.

»Maya hat im Buch der Hüterinnen ganz besonders liebevoll über Nutty geschrieben.«

Avivs Augen leuchten auf, er scheint positiv überrascht zu sein.

»Wirklich? Na ja, er ... sagen wir mal so, man vergisst ihn nicht so schnell.«

»Sie nannte ihn einen Goldschatz.«

Aviv und Nevis lachen. Warum der Winter das so amüsant findet, verstehe ich nicht.

»Wie gut du das Buch doch auswendig kannst«, höre ich Jesien leise sagen, doch keiner seiner Brüder scheint es mitbekommen zu haben. Mir ist es aber leider nicht entgangen. Seine unverhohlene Abneigung trifft mich hart. Was habe ich ihm getan?

»Und was schrieb sie über mich?«, will Aviv wissen.

Wenn ich das jetzt wiedergebe, wird es Jesien in seiner Überzeugung bestärken. Ach, soll er doch denken, was er will.

»Dass du liebenswert bist«, sage ich.

»Danke.« Aviv grinst.

»Sie muss zu viel von Jesiens Wein erwischt haben«, höre ich Nevis sagen. Seine Eisaugen glitzern fröhlich.

»Eher von deiner Liebe«, gebe ich zurück, »denn sie war ja mit dir auf der Erde.«

Die Männer werden still und tauschen Blicke aus. Oh nein ... was habe ich getan?

»Wie bitte?«, fragt Aviv.

»Ich frage mich schon die ganze Zeit, wie sie das aufschreiben konnte«, sagt Sol. »Schon seit du von Nutty gesprochen hast.«

»Wie kommst du mit Jesiens Frau zur Erde?«, fragt Aviv.

»Herzlichen Glückwunsch, Dahlia.« Jesiens Worte treffen mich wie geschliffene Dolche. »Mutter hätte dich nie hierherbringen dürfen.« Damit steht er auf und verlässt das Zimmer.

Nevis sieht aus, als würde er auf der Anklagebank sitzen.

»Dürfte ich bitte mit meinen Brüdern alleine sprechen, Dahlia?«, fragt er mich. Sein Ton lässt durchscheinen, dass er mir nicht böse ist.

»Natürlich«, antworte ich hastig und stehe auf. »Verzeih mir, Nevis.«

»Irgendwann mussten sie davon erfahren.« Das Gesicht des Winters sieht plötzlich erschöpft aus, doch ich kann daran nichts ändern und gebe den Männern die gewünschte Privatsphäre. Kaum trete ich in die Eingangshalle, geht die Tür zum Garten auf.

»Na dann mal los, Dahlia. Schlimmer kann es jetzt auch nicht mehr werden.« *Und Selbstgespräche führst du auch schon,* füge ich im Kopf hinzu.

»Was hast du vor?«, höre ich plötzlich Jesiens Stimme hinter mir.

»Das geht dich nichts an.« Damit trete ich heraus in eine blendende Sonne. Unter meinen Füßen knarren sanft die Dielen einer Veranda. Davor höre ich es zirpen und zwitschern. Ich schließe die Augen und genieße diese vertrauten Geräusche. Mit ein wenig Fantasie kann ich mir vorstellen, dass ich zu Hause auf einem Feld bin. Ich habe gar nicht bemerkt, wie sehr mir die Strahlen der Sonne auf der Haut gefehlt haben. Vorsichtig gehe ich die Stufen hinunter und trete auf knirschenden Kies. Es duftet nach Wildblumen und Wiese. Vielleicht würde sich eine Hüterin hier verlaufen, aber niemals ein Mädchen aus Hemera. Wir sind aus einem anderen Holz geschnitzt. Ich muss lächeln und versuche die Gedanken an meinen Vater zu verdrängen, der immer solche Sachen zu mir gesagt hat. Vielleicht hat mir gestern auch nur eine Beschäftigung gefehlt? Den ganzen Tag Faulenzen ist nichts, womit die Tochter eines Landwirts klarkommt. Ich folge dem Kiesweg zwischen Büschen und Bäumen entlang. Hier wächst alles wild, auch Unkraut. Seltsamerweise stört es aber nicht, es hat hier genauso seinen Platz wie eine hübsche Blume. Ich widerstehe also dem Drang, es auszureißen. Die Pflanzen wuchern immer stärker und ich kann kaum noch den Himmel über mir erkennen. Irgendwann komme ich an einer kleinen gusseisernen Bank vorbei. Kurz spiele ich mit dem Gedanken, mich einen Moment zu setzen, doch die Unruhe treibt mich voran. Die Vögel singen über meinem Kopf und die Bienen tummeln sich summend über den Blumen am Wegrand. Schließlich komme ich sogar an Lavendel vorbei, der von dicken plüschigen Hummeln in Beschlag genommen wird. Ich beobachte eine dabei, wie sie auf einer Blüte landet. Dann scheint sie jedoch etwas Interessanteres gefunden zu haben. Die Blüte in meinem Zopf. Lächelnd betrachte ich sie. Hummeln habe ich immer gemocht, daher jage ich sie auch nicht fort.

»Angst hast du nicht, hm?«, spreche ich leise mit ihr.

»Du bist es wirklich?«, höre ich plötzlich eine Stimme über mir. Ich sehe erschrocken hoch, doch alles, was ich erkenne, ist eine Eule.

»Wer spricht da?«, rufe ich.

»Ich.« Die Eule flattert zu Boden und macht eine Verbeugung mit dem Flügel. »Ich bin Sowa. Jesiens Tiergeist.«

»Du bist ... aber ... Was machst du hier?« Ich sehe mich um, ob uns jemand beobachtet, doch es ist niemand da.

»Es ist mir eigentlich verboten, hier mit dir zu sprechen.« Die Eule spannt ihre Flügel. »Genau genommen dürfte ich gar nicht hier sein.«

»Und warum bist du es dann?« Ich gehe in die Knie und sehe sie mir genauer an. Ihr braun, schwarz und weiß getupftes Gefieder hat ein makelloses Muster. Gleichmäßig und kontrastreich. Ein schönes Exemplar.

»Weil ich mich vergewissern wollte, ob du es wirklich bist.«

»Dass ich was bin?«

»Als Gaia damals Melinda mitnahm, sagte sie Jesien, dass ihre Seele in ungefähr dreihundert Jahren wieder bereit sein würde. Doch Jesien hörte das über seinen Klagen nicht. Ich jedoch schon und ich habe bei jeder neuen Wahl gehofft, dass du wiederkommst. Melinda.«

»Ich heiße Dahlia.«

»In diesem Leben, ja.«

»Ich will davon nichts hören.« Aufgewühlt erhebe ich mich und gehe an der Eule vorbei.

»Warte, Dahlia«, ruft sie und ich drehe mich um. »Ich weiß, was die Göttin für Nevis getan hat.« Sowa sieht mich an, aber ich weiß nicht, was sie meint. »Ich wünsche mir dasselbe für Jesien.«

»Wa …« Mehr kann ich nicht sagen, da fällt die Eule um. Ich renne zurück und beuge mich über das Tier. Sie ist … tot.

»Sowa!«, rufe ich ihren Namen, als ob es sie wiedererwecken könnte. Vorsichtig nehme ich ihren toten Körper in meine Hände. »Nein, bitte. Sowa!« Was meinte sie damit, dass sie sich dasselbe für Jesien wünscht? Was ist DAS?

»Was in der Göttin Namen hast du getan?« Es ist Jesien, der plötzlich neben mir steht. Hass lodert in seinen Augen und seine Stimme macht keinen Hehl daraus, wie wütend er ist.

»Sie war hier im Garten und ist …« Mehr lässt er mich nicht sagen. Er reißt mir Sowa aus den Händen.

»Du hättest in Hemera bleiben sollen.«

»Ich hatte keine Wahl – leider.«

Jesiens Augen glitzern und seine Finger verkrampfen sich um das tote Tier. »Hätte das Grenzgebiet dich nur nicht wieder ausgespuckt.«

Mir bleibt der Atem weg. Sprachlos starre ich ihn an. Kurz liegt Bedauern über die gesprochenen Worte in seinem Gesicht, doch ich entscheide, dass diese Unterhaltung jetzt beendet ist, und drehe mich um. Ich renne weiter in den Garten hinein. Was erlaubt er sich eigentlich? Lässt mich nicht mal ausreden. Ich kann doch nichts dafür, wenn seine Eule ohne Vorwarnung tot umfällt. Es scheint mir fast so, als würde er mir für alles die Schuld geben. Ich schnalze mit der Zunge … tse, und meine Seele soll zu ihm gehören? Niemals. Von der Idee bin ich ein für alle Mal kuriert. Meine Seele ist und bleibt frei. Wenn überhaupt einer in Frage kommt, dann nur Aviv. Er ist der Einzige, außer Nevis, der mir gegenüber immer nur freundlich war. Da der Winter sich komplett ausgeklammert hat, bleibt mir nur der Frühling. Ich bin ohnehin ein Freund von Blumen und allem, was wächst und gedeiht. *Nein, du liebst eigentlich den Herbst,* flüstert eine innere Stimme. Ich jage sie zur Göttin und laufe weiter. Schließlich komme ich zu einer zugewachsenen Wand, die meine Aufmerksamkeit auf sich zieht.

»Was zur …«, flüstere ich ehrfürchtig und berühre den Efeu, welcher sich an einer graden Wand hinaufschlängelt. Nein, es ist keine Wand. Ich kann Eisenstäbe erkennen. Es ist … ein Tor. Der Weg hier raus, und wenn mich meine Orientierung nicht trügt, müsste mich irgendwo dahinter der Kirschblütenbaum erwarten. Ich teste, wie stabil die Efeuranken sind, und bin erstaunt, wie gut sie halten. Ein Blick nach oben sagt mir, dass es verdammt hoch ist, doch die Neugier siegt. Ich halte mich an einer Ranke fest und ziehe mich an ihr nach oben. Meine Füße finden Halt und ich kann mich abstoßen. Zentimeter für Zentimeter ziehe ich mich so vorsichtig hoch. Einmal trete ich daneben und verliere fast den Halt. Das Herz schlägt mir bis zum Hals. Nicht umdrehen, denke ich und schließe für einen Moment die Augen, um die Angst niederzuringen und mich zu konzentrieren. Meine Hände schmerzen, aber ich schaffe es zur oberen Kante, wo ich mich hochziehen kann. Zitternd vor Anstrengung setze ich mich auf die Kante und kann meinen Augen kaum trauen. Vor mir liegt Brachland. Die Erde ist schwarz und zerklüftet. Aber nur wenige Meter vor meinen Augen wächst der riesige Kirschblütenbaum.

Ich bleibe einen Moment sitzen und sehe ihn mir genauer an. Ich kann Vögel in der Baumkrone erkennen und es erscheint mir fast, als würden die Blüten leicht schimmern. Wie kleine rosafarbene Lampen. Der Stamm ist breit und sieht aus, als würde er selbst dem schlimmsten Unwetter standhalten. Noch nie habe ich einen so großen Kirschbaum mit einem so breiten Stamm gesehen. Doch etwas daran macht mich stutzig. An der linken Seite des Baumstamms flimmert es in einem leuchtenden Blau. Irgendetwas ist da auf der Seite, die ich von hier aus nicht sehen kann. Ich blicke mich um und schaue schließlich nach unten. Es ist ziemlich hoch, bei einem Sprung könnte ich mir etwas brechen und zurückklettern wäre dann unmöglich. Ich wische mir etwas Schweiß von der Stirn und drehe meinen Körper, so dass ich mich am Tor herunterhängen lassen kann. Ich muss näher an den Boden herankommen, um einen Sprung zu wagen. Ich setze meinen Plan um und stöhne vor Anstrengung, doch mein Fuß findet Halt und ich kann mich sogar noch ein wenig nach unten arbeiten, bevor ich zum Sprung ansetze. Ich falle unsanft, weil der Boden uneben ist und ich umknicke.

»Aua«, jammere ich. Das wird blaue Flecken geben und meine Handballen sind aufgeschürft, weil ich versucht habe mich damit abzufangen. Vorsichtig rappele ich mich auf. Mein Atem geht schwer und ich muss mein Gleichgewicht erst wieder ausbalancieren. Doch dann mache ich mich über das unebene Gelände auf den Weg zum Baum. Es ist ein wenig diesig, aber wenn ich bedenke, dass von meinem Fenster aus auch schon alles in Wolken versunken war, habe ich Glück. Ich schaue zurück, ob ich Gaias Haus von hier aus sehen kann, doch ... da ist nichts.

»Merkwürdiger Ort«, murmele ich und gehe weiter. Nach ein

paar Schritten finde ich heraus, dass man sich hier jeden Schritt genau überlegen muss, so unwegsam ist das Gelände. Schließlich komme ich am Baum an. Über meinem Kopf glühen die rosa Blüten in ihrer vollen Pracht und ich halte den Atem an, weil ich noch nie so etwas Schönes gesehen habe. Ehrfürchtig berühre ich den Stamm. Er vibriert. Meine Augen werden groß und ich lege die zweite Hand darauf. Ein Summen geht durch meinen Körper und bringt die kleinen Haare auf meinen Armen dazu, sich aufzustellen.

»Göttin«, zische ich leise voller Ehrfurcht. Ich halte mich am Stamm fest und gehe um den Baum herum. Es duftet himmlisch und die Vögel scheinen über mir der Schönheit zu Ehren ein Lied angestimmt zu haben. Doch … was ist das? Da ist ein Loch im Stamm … es ist fast so groß wie ich und sein Inneres … wabert blau. Das ist es, was ich eben vom Tor aus gesehen habe. Ist es das, wofür ich es halte? Ich drehe mich um und sehe hinter mir nur ein Meer von Wolken. Der Baum steht an eine Klippe und ich muss aufpassen, dass ich nicht zu weit vom Stamm weiche. Es könnte mich das Leben kosten. Die Schwärze, die manchmal zwischen den Wolken unter der Klippe hindurchkommt, würde mich sofort verschlingen. Was dort wohl ist? Ich sehe lieber wieder zu diesem blau wabernden Loch. Das muss das Portal zur Erde sein. Anders kann ich es mir nicht erklären. Ob ich es berühren darf? Nein, besser nicht. Vielleicht reicht schon ein Fingerstreich und es saugt mich ein. Ich möchte nicht wissen, wie wütend Gaia dann auf mich wäre. Sie würde mich nach ihrer Rückkehr bestimmt sofort zurückholen und mich vielleicht mit Jesien zwangsverheiraten. Nein danke. So verlockend es auch wäre, dieses Loch zu berühren und vielleicht kurz meine Familie wiederzusehen ... das ist es nicht wert. Da bleibe ich lieber hier und gehe mit Aviv zu dem singenden Eichhörnchen. Vielleicht legt der Frühling mir ein paar Felder an, die ich versorgen kann.

»Zu schade«, sage ich laut, woraufhin ein Schrei erklingt, dessen Klang mir noch zu gut in den Knochen steckt. Binnen Sekunden rast mein Puls und ich presse mich mit dem Rücken an den Baumstamm, direkt neben das blaue Loch. Ein schmatzendes Geräusch erklingt direkt über meinem Kopf und fährt mir durch Mark und Bein. Etwas Nasses tropft auf mein Haar und ich sehe hoch ... in messerscharfe Zähne, direkt vor meinem Gesicht. Ich schreie so laut wie noch nie in meinem Leben. Es presst alle Luft aus meinen Lungen und bringt sie zum Brennen. Aber dieser Schrei gibt mir auch die Energie, blitzschnell zu reagieren. Ich schließe mit allem ab und denke nur noch an meine Familie. An mein Lavendelfeld. Der Sog des Lochs reißt an mir wie ein Orkan. Ich verliere das Gefühl für Zeit und Raum und scheine einen Moment im Nichts zu schweben, bis ich plötzlich hart auf den Boden knalle. Ich habe nicht bemerkt, dass ich die Augen geschlossen habe, aber als ich sie wieder öffne, sehe ich ... Lavendel.

»Heilige Mutter aller Dinge!«

Benji.

»Dahlia!«

Mir tut alles weh und ich stöhne. Warme Hände ergreifen mich und ziehen meinen Oberkörper hoch.

»Alles in Ordnung? Wie kommst du hierher? Was ist dir widerfahren?« Die Fragen meines Cousins prasseln auf mich ein wie ein heftiger Regenschauer, doch mein Brustkorb schmerzt so sehr, dass ich kaum atmen kann.

»Zahra!«

»Ja?« Die Antwort klingt weit entfernt.

»Ruf die Ärztin, schnell!« Benji ist besorgt und ich bekomme alles nur wie durch einen Schleier mit. Bin ich wirklich wieder zu Hause?

»Was ist passiert?« Zahra ist jetzt näher.

»Es ist Dahlia! Sie ist schwer verletzt!«

»WAS?«

»Beeile dich, es ist mein Ernst!« Benji streicht mir über das Gesicht. »Bleib einfach ruhig liegen, Dahlia. Wir bewegen dich besser nicht.« Er murmelt weiter vor sich hin, doch ich verstehe ihn nicht. Mein Atem klingt in meinen Ohren furchtbar laut, aber ich spüre nichts mehr. Auch keine Angst.

»Was hat sie?«, höre ich die Stimme meiner Mutter.

»Sie wird wieder«, sagt die Ärztin. »Sie steht unter Schock, aber ich habe ihr etwas gegeben. Ihr Körper ist voller Prellungen, aber sie hat keine inneren Verletzungen und die Knochen sind nicht gebrochen.«

»Oh, der Göttin sei Dank.«

»Haben Sie eine Idee, wie sie hergekommen sein könnte?«, fragt eine weibliche Stimme die Ärztin. Ich glaube, es ist Zahra.

»Nein, keinen Schimmer. Man sollte die Oberin kontaktieren.«

»Ob die Göttin sie verstoßen hat?«, fragt meine Mutter.

»Für mich sieht es danach aus.« Zahra klingt müde. »Wie wäre sie sonst auf dem Lavendelfeld gelandet?«

»So wie Maya und der Winter vielleicht?«, grübelt die Ärztin. »Wobei die beiden doch aus der verbotenen Zone kamen.«

»Ja, der Winter konnte das Portal nicht lenken. Ich bezweifele also, dass Dahlia das konnte.« Wenn Zahra doch nur wüsste … offensichtlich habe ich großes Glück gehabt.

»Hauptsache, mein Kind ist wieder da.« Meine Mutter schluchzt. »Auch wenn sie sicher ihr Leben lang bei der Göttin Wiedergutmachung leisten muss.«

»Am besten, du übergibst sie dem Orden«, empfiehlt Zahra. Ich höre, wie die Ärztin sich verabschiedet, und da meine Mutter nichts weiter gesagt hat, gehe ich davon aus, dass sie Zahra nickend zugestimmt hat. Ich versuche meine Augen zu öffnen, doch die Lider erscheinen mir viel zu schwer, also gebe ich auf und überlasse mich dem Schlaf.

Als ich wieder wach werde, sehe ich, dass ich in einem Bett mit weißer Wäsche liege. Sie riecht eigenartig. Flatternd versuchen meine Augen aufzubleiben und kämpfen gegen das Licht an. Ich bin im Labor. Im Krankenhaustrakt, um genau zu sein. Hierher bringen die Ärzte die Patienten, die unter Beobachtung bleiben oder operiert werden müssen.

»Du bist wach!« Meine Mutter eilt an meine Seite und nimmt meine Hand. »Oh Dahlia, du bist zurückgekommen.« Dann runzelt sie die Stirn. »Was hast du ausgefressen?«

Was soll ich ihr sagen? Die Wahrheit?

»Es war ein Versehen.« Meine Stimme klingt rau und ich räuspere mich. Ich versuche mich aufzusetzen und Mutter hilft mir dabei. Zufrieden stelle ich fest, dass ich mit ihr alleine bin. »Gaia ist im Ether bei ihrer Mutter Hemera.«

»Was redest du da, Kind?«

»Sie hat mich mit den Jahreszeiten alleine gelassen.« Meine Augen beginnen zu brennen. »Aviv war der Einzige, der nett zu mir war.«

»Bist du wieder weggelaufen?«, fragt Mutter besorgt.

»Ich wollte es nicht. Eigentlich war ich nur in Gaias Garten spazieren und dann war da dieses … Ding. Schwarz und mit großen Zähnen. Ich bin weggelaufen und durch ein blau waberndes Portal gefallen. Alles, was ich dann noch weiß, ist, dass Benji mich auf dem Feld gefunden hat.«

Mutter nimmt mich in den Arm und drückt mich an sich. »Vielleicht war das Gaias Art, dich zu verjagen?«

»Das glaube ich nicht. Ich denke nicht, dass sie wusste, was in ihrem Heim während ihrer Abwesenheit passiert ist.«

»Eine Göttin sollte man nie unterschätzen.«

Ich denke über die Worte meiner Mutter nach. Ganz Unrecht hat sie nicht. Hat Gaia mich wirklich verjagt?

»Wir werden es jedenfalls vor allen so darstellen.«

Ich sehe Mutter verwirrt an. »Aber das wird ein schlechtes Licht auf die Familie werfen.«

»Das ist mir egal.« Sie streicht mir über die Haare. »Sollen die Leute doch reden. Das ist mir lieber, als dass dich die Hüterinnen im Orden einsperren, bis Gaia kommt.«

»Ich habe dich vermisst«, sage ich unter Tränen und drücke mich an die Brust meiner Mutter.

»Jetzt lasse ich dich nicht mehr gehen.« Sie küsst meinen Scheitel und streicht mir mit einer warmen Hand über den Rücken. »Du bist nicht für Götter gemacht. Hemeras Töchter brauchen eine richtige Aufgabe.«

Ich lächele, obwohl Mutter mein Gesicht nicht sehen kann.

»Du wolltest doch zu Onkel Werther, oder?«

Langsam lasse ich sie los und sehe auf. »Ja, wieso?«

»Na ja, vielleicht bekommen wir es hin, dass du bei ihm deine

Ausbildung als Grenzerin anfangen darfst. Da draußen bist du dem Gerede der Leute nicht so sehr ausgesetzt.« Mutter lacht. »Und über deine Tante Isebill reden ohnehin schon alle, weil sie so schrullig ist.«

Wir lachen zusammen und mir wird klar, wie sehr ich meine Familie vermisst habe. Ich bringe es nicht übers Herz, Mutter zu sagen, dass ich vielleicht schon bald wieder wegmuss. Wenn Gaia mich nicht verstoßen hat, wird sie mich holen. Das ist mir klar.

»Wann darf ich hier raus?«, frage ich, weil ich es kaum erwarten kann, nach Hause zu gehen.

»Sobald du sicher aufstehen kannst.«

»Hilf mir bitte«, sage ich und stelle meine Füße auf den Boden. Ich werde nach Hause gehen und jeden Moment dort genießen.

Nachdem die Ärztin sich versichert hat, dass mein Kreislauf stabil ist, entlässt sie mich. Mutter wechselt noch ein paar Worte mit ihr, die ich nicht verstehen kann. Es scheint aber ernst zu sein, das lese ich in ihren Gesichtern. Die Ärztin nickt schließlich. Meine Mutter stützt mich und gemeinsam verlassen wir die Klinik. Draußen steht Vater mit der Kutsche und drückt mich an sich. Sein Duft nach Heimat umgibt mich und lässt mich für kurze Zeit vergessen, was alles passiert ist. Vorsichtig helfen mir meine Eltern in die Kutsche. Vater fährt am äußeren Rand von Hemera vorbei, was mich kurz verwundert, aber ich bin zu sehr damit beschäftigt, mir die Sonne ins Gesicht scheinen zu lassen. Zu Hause schnappt mich mein Cousin. Benji lässt mich vor Freude fast gar nicht mehr los. Vater muss ihm auf die Schultern klopfen, damit er mich freigibt.

»Sie bekommt gleich keine Luft mehr, Junge«, sagt er mit ruhiger Stimme. Benji lässt mich los und sieht mich abwägend an.

»Sicher, dass es dir gut geht? Bei der Göttin, als ich dich gefunden habe, dachte ich, du stirbst.«

»Mir geht es gut, wirklich.«

»Sie hat was gegen die Schmerzen bekommen«, erklärt Mutter geschäftig, während sie zusammen mit Zahra ein paar Kleidungsstücke für mich herauslegt. »Hier.« Sie drückt mir eine Hose samt Shirt in die Hand. »Ziehe dich um, du siehst ganz zerschlissen aus.« Mutter betrachtet mich von Kopf bis Fuß. »Geh am besten duschen.«

»Mache ich«, verspreche ich. »Darf ich nachher mit Rosa ausreiten?«

»Kind, bei der Göttin, ruh dich doch erst mal aus!«, ruft meine Mutter verzweifelt und Vater lacht.

»Lass sie, Liebling.« Er sieht mich stolz an. »Aber nur langsam und nicht in die Stadt. Trag etwas auf dem Kopf. Wir wollen kein Aufsehen erregen bis morgen.«

»Morgen?«, frage ich.

»Zahra holt morgen Hester und Mildred hierher und wir überlegen, wie wir das alles Insa am besten beibringen.«

Ich sehe zu Zahra und sie nickt.

»Danke«, sage ich an sie gerichtet.

»Wir werden behutsam damit umgehen«, sagt Zahra. »Nur kein plötzliches Drama verursachen.«

Ich gehe zu ihr und drücke sie vorsichtig. Nach Benji will ich meinen Prellungen nicht noch mehr zumuten, auch wenn das Mittel aus dem Krankenhaus wirklich ganze Arbeit leistet.

»Jetzt iss aber erst mal was«, fordert mich Mutter auf. »Du siehst ganz abgemagert aus. Haben die dir im Orden nichts Vernünftiges zu essen gegeben?«

»Die letzten Tage dort habe ich vor Aufregung kaum etwas essen können«, antworte ich und falle anschließend über den Kartoffelauflauf meiner Mutter her.

»Da ist sie ja«, höre ich meinen Onkel Werther sagen, als ich gerade Rosa nach meinem Ausritt striegle.

»Werther!«, rufe ich aus und falle ihm in die Arme. »Aua«, zische ich und weiche etwas von ihm zurück. »Die Medizin wirkt nicht mehr.«

Werther lacht. »Du machst Sachen.« Er lehnt sich an einen Balken im Stall und sieht mich an. »Du kommst jetzt also wirklich zu mir?«

Ich seufze und sehe ihn dankbar an. »Ja, wenn das für dich und Isebill in Ordnung ist?«

»Die freut sich ... und die Kurzen auch.«

»Meinst du, die Hüterinnen lassen mich ins Grenzgebiet?«

»Ich wüsste keinen Grund, der dagegen spricht. Du hast die Geheimnisse dort bereits gesehen, und auch wenn Gaia dich nicht mehr will, so kannst du dich doch auf diese Art nützlich machen. Außerdem bist du als Grenzerin verpflichtet die Klappe zu halten, und sie laufen nicht Gefahr, dass du berichtest, was du dort gesehen hast.«

Ich nicke und führe Rosa in ihre Box.

»Isebill ist schon dabei, dir ein Zimmer bei den Jungs oben einzurichten.«

»Das ist so lieb von ihr.« Ich schließe die Box hinter mir. »Kann ich Rosa mitnehmen?« Vorausgesetzt, Gaia lässt mich auf der Erde. Aber das denke ich mir nur.

»Klar kannst du dein verrücktes Pferd mitnehmen.« Werther

lacht glucksend. »Auf einen Außenseiter mehr oder weniger kommt es in meinem Heim auch nicht an.«

Ich streiche Rosa lachend über die Blässe.

»Aber Kindchen«, beginnt Werther und scharrt mit den Füßen, »bei uns draußen ist es verdammt einsam. Wie willst du denn da mal einen Mann finden?«

Ich schnalze mit der Zunge. »Von Männern habe ich vorerst genug.«

»Willst du keine Kinder bekommen?«

»Ich bin noch jung, ich habe Zeit.« Ich seufze. »Und bei Gaia hätte ich auch keine haben können.« Mehr mag ich dazu nicht sagen und mein Onkel scheint es zu verstehen. Er wechselt das Thema.

»Dann kommst du also in drei Tagen?«, fragt er.

»Das ist mir neu, aber ja. Gerne.«

»Es gibt wohl noch was mit den Hüterinnen zu klären«, sagt Onkel Werther. »Ich werde dann bei dem Gespräch mit Oberin Insa dabei sein und für dich als Grenzerin vorsprechen. So wie die Sache aussieht, wird sie bestimmt damit einverstanden sein, wenn du dich nach diesem – Vorfall – zurückziehen willst.«

Ich habe das Gefühl, dass Mutter keiner Menschenseele die Wahrheit erzählt hat. Vielleicht nicht mal Vater? Ich bleibe jedenfalls vorerst bei ihrer Geschichte. Das ist das Sicherste und ich muss auch an meine Familie denken. Es wäre sicher schlimmer für sie, wenn es in der Stadt überall hieße, dass ich Gaia davongelaufen bin. Allerdings wäre es für unseren Ruf am besten, wenn ich einfach im Orden bliebe, bis Gaia zurückkehrt. Was ist aber, wenn sie niemals auftaucht? Mein Kopf brummt und ich entscheide mich in dieser Angelegenheit einfach meiner Mutter zu vertrauen. Sie ist älter als ich und sie meint es gut mit mir. Es ist ihre Aufgabe, den Ruf der Familie zu schützen, und dem werde ich mich unterordnen.

»Bleibst du zum Abendessen?«, frage ich meinen Onkel.

»Wenn deine Mutter genug hat, gerne.«

»Als ob deine Schwester jemals zu wenig kochen würde«, gluckse ich amüsiert und Werther legt lachend einen Arm um mich.

Insa sieht nicht glücklich aus. Es scheint, als wäre sie in den letzten zehn Minuten, in denen meine Eltern und ich ihr die Lage erklärt haben, um Jahre gealtert.

»Das muss unter uns bleiben«, sagt die Oberin.

Ich sehe zu Hester, die mir beruhigend zunickt. Mildred sitzt in einer Ecke und stillt ihr Baby Mae. Liebevoll streicht sie mit dem Daumen über das kleine Gesicht.

»Die Göttin hat quasi einen Fehler eingestanden, indem sie dich verjagt hat. Nämlich den, dich ausgewählt zu haben.« Insa massiert sich die Schläfen. »Vielleicht ist es wirklich besser, wenn du mit deinem Onkel gehst und ein ruhiges Leben etwas abseits führst. Ich lasse mir etwas einfallen, was die Leute nicht aufregt.« Sie seufzt tief. »Betet zur Göttin und lasst alles andere meine Sorge sein.«

Das schlechte Gewissen durchbohrt mich. Ich hätte nicht lügen dürfen. Wenn Gaia mich holen kommt, werde ich überall als Lügnerin gelten. Was habe ich nur getan? Ich sehe zu Hester. Ihr habe ich die Wahrheit erzählt. Im letzten Jahr war sie mir so etwas wie eine zweite Mutter. Eine gute Freundin. Meine Vertraute. In ihren Augen liegt nur Ruhe, sie glaubt also weiterhin, dass wir auf dem richtigen Weg sind. Vielleicht war mein Sturz durch das Portal auch von der Göttin inszeniert, damit sie mir gegenüber ihren Fehler nicht eingestehen musste? Aber dafür Jesiens Tiergeist zu töten …? Nein, sie wollte, dass ich seine Frau werde. Etwas anderes möchte ich von Gaia nicht denken.

»Geht jetzt am besten.« Insa sieht mich an. »Und du wirst noch heute zu deinem Onkel ziehen.«

»Danke, Oberin«, sagt meine Mutter und reißt mich mit sich aus dem Stuhl hoch. Anscheinend hat sie es eilig, hier wegzukommen. »So wird es gemacht.« Mutter sieht zu meinem Onkel, der ihr zunickt.

»Es ist alles bereit für Dahlia«, sagt er zu ihr, als wir aus Insas Büro heraustreten. »Setz sie auf ihr Pferd.« Werther sieht zu mir und gibt mir einen Kuss auf die Stirn. »Bis später. Isebill macht Nudeln für dich.«

»Ich helfe ihr dabei, sobald ich da bin.«

»Braves Mädchen«, murmelt mein Onkel und geht davon. Er nickt den Hüterinnen voller Ehrfurcht zu, die an ihm vorbeigehen.

»Ich werde dich morgen besuchen kommen«, sagt Mildred. Hester ist noch bei Insa geblieben. Mildred fängt meinen Blick zur Tür auf. »Ich bringe sie mit.«

»Danke.« Ich gebe ihr einen Kuss auf die Wange und beuge mich zu dem kleinen Leben in ihrem Arm herunter. »Mach es gut«, verabschiede ich mich bei Mae und küsse die weiche, rosig duftende Haut.

»Komm, Schatz«, sagt Mutter und zieht mich weg. Sie hat es eilig, aus dem Orden herauszukommen. Zu Hause angekommen sattele ich sofort Rosa und werfe mir ein Tuch über den Kopf.

»Reite schnell, Kind«, sagt Mutter. »Lass dich nicht sehen, bis die Hüterinnen eine offizielle Meldung herausgegeben haben.«

Ich klopfe Rosas Hals und gebe meiner Mutter einen Kuss. Ich setze mich auf das Pferd und schnalze mit der Zunge. Vater ist bereits auf dem Feld, damit die Nachbarn keinen Grund zur Beunruhigung haben. Er winkt mir nicht, wir sehen uns nur an. Sicher wird man schon reden, wenn man eine Frau auf meinem Pferd sieht. Niemand außer mir hat Rosa je geritten.

Ich nehme genau wie gestern bei meinem Ausritt die äußersten Wege. Dort kommt einem nur selten jemand entgegen. Diese holprigen Trampelpfade werden in der Regel nur von Grenzern benutzt.

Werther erwartet mich bereits zusammen mit Isebill und ihren Kindern Themo und Lent. Ich drücke meine kleinen Cousins ans Herz und lasse mir mein Zimmer zeigen. Vater hat bereits gestern Abend ein paar Sachen für mich hierhergebracht.

»Das ist toll, dass du jetzt bei uns wohnst«, plappert Lent und zieht mich an der Hand ins Zimmer.

»Wie war es bei der Göttin?«, will der kleine Themo wissen.

Ich stoppe die beiden und hocke mich runter. So kann Themo mich besser sehen.

»Wisst ihr was? Ich helfe eurer Mama jetzt die Nudeln zu machen und dann erzähle ich euch die ganze Geschichte, ja?«

Die Jungs sind einverstanden und laufen nach unten in die Küche. Ich lege erst einmal mein Tuch ab und falte es, um es sorgfältig aufs Bett zu legen. Am liebsten würde ich zur Göttin beten, dass ich für immer hierbleiben darf. Doch das lasse ich besser und geselle mich lieber zu meiner Tante.

»Hast du alles?«, fragt Onkel Werther am nächsten Tag. Er hat seinen Rucksack bereits auf dem Rücken und ich schlüpfe gerade in meinen hinein. Ich war schon früh auf und habe meiner Tante geholfen die Jungs für die Schule fertig zu machen. Nun werde ich das erste Mal offiziell mit meinem Onkel ins Grenzland gehen.

»Alles, was du mir gesagt hast«, antworte ich. Isebill steht neben mir und schaut mich stolz an.

»Bring sie heil zurück, hörst du?«, warnt sie ihren Mann, der ihr daraufhin lachend einen Kuss gibt. »Immer doch, Issi.«

»Nenne mich nicht so«, schimpft sie und setzt dann einen Strohhut auf. »Ich bin bei den Pflanzen.«

»Wir sind am Nachmittag zurück«, sagt Werther.

»Dann helfe ich dir mit dem Abendessen«, verspreche ich.

»Mach langsam, Kind.« Isebill lächelt. »Wir haben viel Zeit und Werther geht heute mit dir aufs Feld. Das ist viel Arbeit.«

»Das macht mir nichts.«

»Komm, du Tochter deiner Mutter«, scherzt Werther und winkt mich zur Tür heraus. Neben ihm gehe ich durch ein kleines Gartenstück und durch den Zaun ins Grenzgebiet. Die schweren Stiefel an meinen Füßen sind noch ungewohnt, aber sie machen sich bezahlt. Immer wieder muss ich über Steine klettern oder über wild wuchernde Wurzeln, doch schließlich kommen wir auf einer kleinen Lichtung mit Beerensträuchern an.

»Das Werk der Göttin«, sagt mein Onkel ehrfürchtig. »Schon mein Großvater hat diese Sträucher abgeerntet und gepflegt.«

Ich setze staunend meinen Rucksack ab und nehme den Korb heraus, den ich einpacken sollte. Jetzt weiß ich auch, warum Werther mich gezwungen hat dicke Kleidung zu tragen. Im Gegensatz zu den Feldern meiner Eltern und Nachbarn sind hier keine kleinen Gänge zwischen den Pflanzen. Nein, hier muss man sich vorsichtig durchkämpfen. Dünne Kleidung würden die Äste womöglich zerfetzen.

»Pass auf, dass du nicht hängenbleibst«, sagt Werther, der mich schon auf dem Weg hierher über alles aufgeklärt hat. Meistens muss er jagen. Aber auch das Pflücken von Beeren und Pilzen gehört zu seinen Aufgaben. Seine Hauptaufgabe ist es jedoch, aufmerksam zu sein, ob sich jemand hier herumtreibt. Außer mir habe er aber nur einmal einen betrunkenen Mann gefunden, erzählte er mir.

Die Sonne steht hoch über uns, als mein Onkel nach mir ruft.

»Ja?«, melde ich mich und erhebe mich aus den Büschen.

»Lass uns Feierabend machen. Wir müssen noch ein gutes Stück zurücklaufen.«

Ich halte mir eine Hand über die Augen, um ihn im Gegenlicht erkennen zu können. »Machst du dir Sorgen um mich?« Es ist gerade mal Mittag und wir wollten doch bis Nachmittag weg sein.

»Nein.« Die Lüge kann ich selbst über die Entfernung hören. »Komm raus da, Mädchen.« Er deutet in die Richtung, in die ich mich kämpfen soll. Es dauert eine Weile, bis ich mir einen Weg gebahnt habe, aber schließlich reicht mir Werther für das letzte Stück die Hand. Ich bin richtig aus der Puste und meine Hände sind zerkratzt.

»Wo sind deine Handschuhe?«, fragt mein Onkel.

»Sie waren mir zu warm.«

»Deine armen Hände«, rügt er mich.

»Du pflückst auch ohne.«

»Ich bin auch ein Mann.«

Ich rolle mit den Augen.

»Zeig mal, wie viel hast du, Mädchen?«

Ich halte ihm stolz meinen fast vollen Korb hin.

»Frauenhände sind einfach flinker«, erkennt er neidlos an und klopft mir auf die Schulter. »Komm, wir gehen noch ein bisschen durch den Wald. Deine Tante muss ja nicht merken, dass wir ein wenig faulenzen.«

Ich räuspere mich.

»Ja, gut. Wir halten die Augen nach Pilzen und Hasen offen. Das ist Arbeit.«

Lachend hake ich mich bei meinem Onkel ein und lasse mir noch von ihm den Rucksack aufsetzen. Die Körbe mit den Beeren müssen wir nun tragen, damit die kostbaren Früchte nicht zerquetscht werden. Werther nimmt eine und steckt sie sich in den Mund.

»Mmmh«, brummt er zufrieden. »Probiere mal.«

»Schon längst passiert«, gebe ich zu. »Sie sind so viel besser als die, die in Hemera wachsen.« Ihre Süße ist intensiver und voller. Ich habe ein paar davon probiert, während ich beim Pflücken in der lauen Morgensonne über Gaia, Jesien und mein Leben nachgedacht habe.

»Ja, weil sie hier wachsen dürfen, wie die Natur es will.« Werther sieht sich um. »Weißt du, Kind. Ich bin lieber hier als in Hemera.«

Ich drücke den Arm, an dem ich mich eingehakt habe, und lehne meinen Kopf kurz an den Oberarm meines Onkels. Wenn ich mich so umsehe, verstehe ich ihn. Jetzt, wo ich ihn hier im Grenzgebiet an meiner Seite habe, verliert der dichte Wald seinen Schrecken. Werther kennt ihn wie seine Westentasche und er hat ein Gewehr auf dem Rücken, was uns vor wilden Tieren schützt. Wir gehen eine ganze Weile schweigend, bis mein Onkel plötzlich stehen bleibt. Eine Hand vor meinem Bauch, hält er mich auf. Mit der anderen zeigt er mir an, dass ich still sein soll. Verwirrt sehe ich in die Richtung, in die er blickt, aber ich kann nichts erkennen. Er stellt den Korb ab und nimmt das Gewehr vom Rücken. Adrenalin pumpt durch mich hindurch, weil ich nicht verstehe, was vor sich geht.

»Stehen Sie auf«, ruft mein Onkel, als er die Waffe angelegt hat. »Sie wissen, dass Sie hier nicht sein dürfen?«

Ich schaue genauer hin. Tatsächlich ... da liegt jemand im Gras.

»Im Namen der Göttin befehle ich Ihnen das Grenzgebiet augenblicklich zu verlassen.« Werther flucht leise. »Der bewegt sich nicht.«

»Ist er tot?«, frage ich leise. Meine Hände zittern.

»Warte hier, ich finde es heraus.«

»Nein«, protestiere ich. »Ich komme mit dir mit.«

»Dann nimm dein Messer«, befiehlt mein Onkel.

»In Ordnung.« Ich stelle ebenfalls meinen Korb ab und fummele die Waffe von der Seite meines Rucksacks ab. Ungeschickt nehme ich sie in die Hand. Langsam nähern wir uns der Gestalt, die dort im Schatten zwischen den Bäumen liegt. Die Person regt sich nicht, liegt mit dem Gesicht nach unten ... aber ... die Kleidung ...

»Nein!«, rufe ich, als ich das rote Haar sehe. »Göttin, nein!« Ich lasse das Messer fallen, dann den Rucksack und laufe los.

»Dahlia? Warte!«, ruft mein Onkel. Ich höre, wie er mir nachläuft. »Kind, pass doch auf.«

»Ich kenne ihn«, rufe ich und gehe neben dem Mann in die Knie. Werther hält den Lauf seiner Waffe auf ihn gerichtet.

»Nicht!«, sage ich. »Er wird uns nichts tun.« Vorsichtig rolle ich den Körper herum. Er atmet. Ein Schrei der Erleichterung löst sich aus meiner Kehle.

»Wer ist der Junge?«, will mein Onkel wissen.

»Das ist Jesien«, sage ich leise, »der Herbst. Gaias Sohn.«

TEIL 2

1. HERBST AUF ERDEN

»Leg den Jungen hier hin«, sagt Isebill und deutet auf das Sofa. Sie trägt ihren Strohhut, den sie mit einer Sonnenblume verziert hat. »Wer ist das?«

Onkel Werther hat Jesien den ganzen Weg zum Haus getragen, während ich beide Körbe und die Waffe mitgenommen habe.

»Du musst mir versprechen Ruhe zu bewahren, in Ordnung?« Werther sieht seine Frau ernst an, bevor er weiterspricht: »Das ist Jesien, Gaias Sohn.«

Isebill wird kreidebleich und geht rückwärts. Tastend findet sie einen Sessel und lässt sich nieder. Ihr Hut verrutscht dabei und sitzt ihr nun quer auf dem Kopf.

»Er muss mir gefolgt sein«, sage ich. »Vermutlich ist er zwei Tage lang im Grenzgebiet herumgeirrt.« Ich fahre mir durch die Haare und atme tief durch. Wie konnte Jesien nur so leichtsinnig sein?

»Wir müssen den Orden verständigen und einen Arzt holen«, überlegt Werther laut. Er wirkt erschöpft und gar nicht glücklich über den Umstand, dass ein junger Gott in seinem Wohnzimmer liegt. Ohnmächtig.

»Nicht den Orden«, zischt Isebill plötzlich und zieht sich den Strohhut vom Kopf. Fragend sehen Werther und ich sie an.

»Vermutlich braucht der Junge nur etwas Schlaf und was Kräftiges zwischen die Zähne.« Isebill steht auf und holt eine Wolldecke aus dem Schrank. »Mein Cousin soll ihn nachher untersuchen.« Damit breitet sie die Decke über Jesien aus.

»Ich finde, er sollte in ein Krankenhaus.« Mein Onkel sieht mich um Hilfe flehend an, doch ich warte noch immer auf Tante Isebills Erklärung, warum sie dagegen ist. Doch sie betrachtet Jesien so eindringlich, dass ich es nicht wage, sie zu stören.

»Er schläft nur.« Isebill hält einen Finger an seinen Hals. »Er blutet nicht, sein Puls und die Atmung sind kräftig.« Meine Tante hat als Krankenschwester im Labor gearbeitet, bevor sie meinen Onkel kennen- und lieben gelernt hat.

»Wollen wir ihm nicht erst die Möglichkeit geben, sich zu äußern, bevor wir gleich ganz Hemera auf ihn hetzen?« Isebill sieht zu mir und ich stimme ihr zu. Ich weiß aus den Aufzeichnungen der Hüterinnen, dass Nevis auf Erden menschlich gewesen ist, und das ist Jesien vermutlich jetzt auch.

»Sie hat Recht, Onkel. Lass ihn sich ausruhen und selbst bestimmen.« Ich sehe zu dem Mann, mit dem ich mich vor kurzem noch so gestritten habe, und dennoch kann ich mein Herz nicht zum Schweigen bringen. Es bleibt mir nichts anderes übrig, als den dicken Kloß in meinem Hals herunterzuschlucken. Er glaubt, dass ich seinen Tiergeist umgebracht habe … und ist mir trotzdem gefolgt. Wieso nur? Die Erinnerung an die tote Eule jagt mir einen Schauer über den Rücken.

»Wenn er bis heute Abend nicht wenigstens kurz aufwacht, kommt er ins Krankenhaus«, brummt Werther unzufrieden.

»Ich reite sofort zu meinem Cousin.« Isebill packt mich an den Oberarmen. »Setz bitte eine Suppe auf. Etwas Kräftiges, das du ihm geben kannst, wenn er wach wird.«

Ich nicke ihr zu und gehe sofort in die Küche. Meine Hände zittern, als ich den Topf aus dem Schrank ziehe und das Wasser aufdrehe. Um der Göttin willen, was tut Jesien hier? Wieso ist er mir nach, wenn er mich doch so sehr hasst? Ich suche alles an Gemüse heraus, was meine Tante vorrätig hat, und schneide es klein. Werther bringt mir etwas Fleisch aus der Kältekammer, die er für sein geschossenes Wild angefertigt hat. Ich werfe alles in den Topf und versuche dabei, ruhig zu bleiben.

Als die Suppe schließlich vor sich hin köchelt, gehe ich zu meinem Onkel ins Wohnzimmer. Er sitzt gegenüber von Jesien im Sessel und überwacht dessen Schlaf. Ich will den Herbst gerade genauer betrachten, als die Tür aufgeht und Tante Isebill mit ihrem Cousin hereinkommt. Ich habe ihn mal auf einer Familienfeier gesehen, aber ich kenne ihn nicht näher. Er ist ein schlaksiger Mann mit schwarzem Haar und grauen Augen.

»Heilige Göttin«, zischt er und nimmt die Decke beiseite, um Jesien genauer ansehen zu können. »Er ist wirklich Gaias Sohn?« Der Arzt sieht mich an und ich nicke.

»Wie geht es ihm?«, fragt Werther.

»Das werde ich jetzt herausfinden.« Isebills Cousin macht sich ans Werk und ich beiße die Zähne zusammen, als ich Jesiens Füße sehe. Er hatte es so eilig, dass er mir barfuß gefolgt ist. Ich drehe mich weg und atme tief durch. Nicht weil ich den Anblick der Wunden nicht ertrage, sondern weil mir gerade alles zu viel ist. War ich auch barfuß? Ja ... aber ich habe die Kiesel in Gaias Garten gar nicht gespürt. Sie hätten mir doch wehtun müssen, oder?

»Es scheint, als habe er nur Prellungen«, stellt der Arzt nach einer Weile fest. »Seine Füße hingegen müssen verbunden werden.«

»Kannst du ihn versorgen?«, fragt meine Tante.

»Ich habe alles in meiner Tasche.«

Werther schiebt sie näher an den Arzt heran. Ich drehe mich wieder um und gehe zu meinem Onkel. In dem Moment, als er aufsteht und einen Arm um mich legt, schlägt Jesien die Augen auf. Er richtet sich hastig auf, als sei er aus einem schlechten Traum aufgewacht.

»Jesien«, sage ich und eile an seine Seite. Für einen kurzen Moment ist der Streit zwischen uns vergessen. Der Arzt hält inne und alles um uns herum ist still. Jeder wartet darauf, dass der Herbst etwas sagt. Seine braunen Augen sehen mich verwirrt an.

»Bist du verrückt?«, zische ich leise. »Wieso bist du mir gefolgt?«

Jesien sieht sich um und holt hastig Luft. »Wo bin ich?«

»Auf der Erde. In Hemera«, kläre ich ihn auf. »Du kannst froh sein, dass mein Onkel dich im Grenzgebiet hat liegen sehen.«

»Ich …« Für mehr hat er keine Kraft und sinkt zurück in die Kissen. Doch der Anblick seiner Augen lässt mich nicht mehr los. Das sonst so lebendige Braun ist … tot. Als hätte man ihnen das Leben ausgesaugt. Trauer beherrscht den See aus Karamell. Der leise Gedanke, dass ich die Schuld daran trage, bringt mich fast um den Verstand. Jesien verschließt sein Leid mit den Augenlidern und ich versuche den Gedanken zu verdrängen.

»Er ist erschöpft«, sagt der Arzt, der noch einmal Jesiens Vitalfunktionen überprüft.

»Dann soll er schlafen. Beeil dich mit dem Verbinden, Zacharias.« Tante Isebill läuft geschäftig im Zimmer herum und sucht Kissen zusammen. »Hole ihm ein Paar deiner Socken, Werther.«

Ich stelle fest, dass meine Tante ziemlich gut im Herumkommandieren ist, und muss die Erkenntnis ein wenig belächeln.

Besonders weil Werther sich sofort auf den Weg macht und Zacharias sich mit dem Verbinden wirklich zu beeilen scheint.

»Für heute machen wir es ihm hier bequem«, sagt Isebill. »Morgen bereiten wir ihm ein anständiges Bett.«

»Er merkt gar nicht, ob er bequem liegt oder nicht«, meint der Arzt und beginnt den anderen Fuß zu versorgen.

»Was macht die Suppe, Kind?«, fragt Isebill.

»Ist aufgesetzt.« Da fällt mir plötzlich etwas ein. »Mildred und Hester aus dem Orden wollten heute kommen.« In dem Moment klopft es auch schon an die Tür. »Die beiden sind wirklich in Ordnung«, verspreche ich hastig, weil meine Tante aussieht, als würde sie gleich die Tür verrammeln. »Wir können ihnen vertrauen.«

»Gut.« Sie nickt seufzend. »Dann mach doch bitte auf.«

Ich laufe zur Tür und begrüße die beiden Hüterinnen mit eiligen Umarmungen. Mildred hat ihr Baby Mae gar nicht dabei, was mich kurz enttäuscht.

»Warum so aufgescheucht?«, fragt Hester.

»Kommt erst mal rein«, sage ich und schließe die Tür hinter den beiden. Ich hole tief Luft und lasse die Katze aus dem Sack. »Ihr glaubt nicht, wer mir nachgelaufen ist.«

Hesters Augen werden groß, während Mildred die Stirn runzelt.

»Mein Onkel und ich haben ihn eben im Grenzgebiet gefunden.«

»Wen, Kind?«, drängt Hester.

»Jesien.«

»Der Herbst?«, ruft Mildred aus und hält sich dann die Hand vor den Mund.

»Ja, aber das muss vorerst unter uns bleiben. Wir wollen Jesien gerne selbst die Gelegenheit geben zu entscheiden, wem er von seiner Anwesenheit erzählen möchte.«

»Kann er das denn nicht jetzt gleich?«, fragt Hester und sieht an mir vorbei ins Haus.

»Nein, er ist total erschöpft. Vermutlich ist er seit zwei Tagen in einem ihm unbekannten menschlichen Körper durch den Wald geirrt.«

»Heilige Göttin«, zischt Mildred. »Darf ich ihn sehen?«

»Ich auch?« Hesters Stimme klingt nervös, was ich irgendwie befremdlich finde, weil ich sie so nicht kenne. Ich zeige Mildred den Weg und sie geht zur Wohnzimmertür. Hester zieht mich beiseite.

»Hör zu, bevor ich es noch vergesse«, flüstert sie. »Ich habe Insa die Wahrheit gesagt. Sie versteht deine Lage und wird versuchen mit der Göttin im Gebet zu reden. Allerdings bittet sie dich niemandem zu erzählen, dass die Göttin gerade nicht in ihrem Reich ist. Das könnte den Leuten Angst machen. Überhaupt möchte sie über diese Angelegenheit absolutes Schweigen bewahren.«

Ich nicke. »Natürlich.« Nervös reibe ich meine Hände aneinander.

»Und nun zeig mir ihren Sohn.« Hester sieht den Flur entlang und dann wieder zu mir. Mit einem aufgeregten Lächeln nehme ich ihre Hand und folge Mildred. Diese steht, eine Hand vor den Mund gepresst, im Wohnzimmer und starrt den schlafenden Jesien an. Er wirkt so friedlich ... so ... vertraut.

»Geht es ihm gut?«, fragt Hester und geht näher an ihn heran.

»Er hat nur ein paar Prellungen und Schrammen abbekommen«, erklärt der Arzt und schließt gerade seine Tasche. »Ich komme morgen nach ihm sehen, Isebill.«

Meine Tante nickt ihm zu und bringt ihren Cousin zur Tür.

»Du bist die zweite Maya«, sagt Mildred bewundernd und sieht mich mit großen, aufgeregten Augen an. Ein breites Grinsen ziert ihr feines Gesicht.

»Wohl kaum«, krächze ich hilflos. Eher die zweite Melinda. Aber wie soll ich das erklären?

»Er sieht gut aus, ein Bild von einem Mann«, sagt Hester, die Jesien immer noch nachdenklich aus nächster Nähe mustert. Ich stelle mich zu ihr.

»Am liebsten habe ich seine braunen Augen.« Auch wenn sie mich hasserfüllt anfunkeln, habe ich doch immer noch in Erinnerung, wie sie mich … als Melinda … angesehen haben. Ich wünschte, ich könnte jemandem erzählen, dass mit meiner Seele etwas nicht stimmt, aber ich habe Angst, dass man mich für verrückt erklären wird. Also schweige ich und behalte meine Sorgen für mich.

Als ich am nächsten Morgen herunterkomme, mache ich Frühstück für die Jungs. Lent und Themo toben um mich herum und verursachen einen Lärm, den nur Kinder erschaffen können. Ihr Lachen steckt mich an und ich lasse mich von Lent dazu überreden, mit ihm zu tanzen. Gleichzeitig schaffe ich es aber auch, ihre Butterbrote in die Dosen zu stecken, indem ich immer wieder kurz vor ihm zurückweiche.

»Genug«, sage ich lachend. »Jetzt nehmt euer Frühstück und steckt es in eure Rucksäcke.« Ich gebe ihnen ihre Dosen und sehe ihnen kopfschüttelnd nach, als sie weglaufen.

»Hier«, höre ich plötzlich meine Tante sagen und einen Stuhl über den Holzboden schleifen. Ich sehe mich um und starre in Jesiens Augen. Meine Stimmung ändert sich blitzartig, als ich ihn erblicke. Seine Haare sind verwuschelt, seine Kleider dreckig und zerfetzt. Isebill hat einen Stuhl für ihn bereitgerückt. Durch die Jungs habe ich die beiden nicht kommen gehört und jetzt tobt ein Orkan von Gefühlen in mir, der mich schwer atmen lässt.

»Guten Morgen«, sage ich, weil mir nichts Besseres einfällt. Über meiner Schulter liegt ein Küchentuch, welches ich schnell herunterziehe und auf die Arbeitsfläche lege. Hoffentlich sehen meine Haare vom Toben mit den Kleinen nicht allzu furchtbar aus. Jesien setzt sich auf den Stuhl, den meine Tante ihm angeboten hat. Das Laufen scheint ihm Schmerzen bereitet zu haben. Etwas, das er gar nicht kennt. Sein Gesicht ist blass und ausgemergelt, seine Augen haben einen rötlichen Schimmer. Das Liebste, was er im Leben hat, hat sich wegen mir das Leben genommen. Wie soll ich ihm das erklären, wenn seine Iris von Trauer verschleiert ist?

»Kann ich dir etwas bringen?«, frage ich, weil ich mir so nutzlos vorkomme.

»Wieso hast du den Garten verlassen?«, kommt der Herbst direkt zur Sache. »Es war dir nicht einmal erlaubt, das Haus zu verlassen.«

Tante Isebill sieht mich schockiert an. »Was? Ich dachte, die Göttin hätte dich verstoßen.«

»Insa möchte, dass ich über den wahren Hergang schweige«, hole ich mir eine Ausrede zu Hilfe, die nicht mal gelogen ist. »Verzeih mir, Tante.«

»Dann hast du Gaias Gesetze erneut gebrochen?«, jammert Isebill. Ich nicke beschämt, weil ich meine Tante enttäuscht habe.

»Göttin … Kind, was sollen wir nur mit dir machen?«

»Wir warten, bis Gaia …«, fast hätte ich erzählt, dass die Göttin nicht in ihrem Reich ist, »… bis Gaia mich … uns …« Ich sehe zu Jesien, »… holen kommt.«

»Du weißt schon, dass das Monate, vielleicht sogar Jahre dauern kann?«, fragt Jesien, der nicht ahnt, was er mit dieser Aussage anrichten kann. Ich sehe zu meiner Tante.

»Hör zu, Tante Isebill. Was du jetzt hörst, darfst du niemandem sagen. Insa hat es so angeordnet.« Es ist besser, ich bringe es ihr selbst schonend bei. Meine Tante nickt und setzt sich erschöpft auf einen Küchenstuhl.

»Gaia ist nicht in ihrem Reich, sondern im Ether bei ihrer Mutter.«

»Willst du sagen, dass sie im Moment nicht mitbekommt, was auf der Erde passiert?«

»Ja. Weder auf der Erde noch in ihrem eigenen Reich.« Wir sehen beide zum Herbst, der langsam nickt.

»Heilige Göttin«, zischt Isebill. Ich kann an den Augen meiner Tante erkennen, wie die Gedanken in ihrem Kopf rasen.

»Insa hat Angst, dass Panik ausbricht.«

»Verständlich.« Isebill seufzt erschöpft.

»Wieso denn das?«, hakt Jesien verwirrt nach.

»Weil die Menschen all ihre Hoffnungen und Sorgen auf Gaia legen. Wenn sie hören, dass sie alleine sind, bekommen sie Angst.« Besser kann ich es Jesien gerade nicht erklären.

»So wie ich«, murmelt meine Tante und steht auf. Sie geht auf wackeligen Beinen zur Anrichte und beginnt Tassen hin und her zu schieben.

»Wieso bist du mir gefolgt, Jesien?«, frage ich.

»Weil ich nicht wusste, was hinter diesem Portal wartet. Jedenfalls nicht direkt. Du hättest sonst wo sein können auf der Erde.« Er sieht mich wütend an. »Wie kann man nur so leichtsinnig sein? Außerdem schuldest du mir eine Erklärung.«

»Sie war schon immer eine kleine Entdeckerin«, sagt Isebill gedankenverloren mit dem Rücken zu uns und bewahrt mich damit davor, direkt etwas zu sagen. »Nur hat sie früher die Regeln der Göttin respektiert. Seit ihrer Erwählung ist das anders. Sie ist wie ein wildes Pferd, das friedlich war, bis man ihm das Zaumzeug angelegt hat.«

»Es tut mir leid, ich hatte doch keine Ahnung«, verteidige ich mich.

»Verdammt, Dahlia. Was ist so schwer zu verstehen an: Verlasse das Haus nicht?« Wütend funkelt mich der Herbst an und ich fühle mich, als hätte er mir ein Messer in die Brust gerammt. Es muss Melinda in mir sein, die sich verletzt fühlt. Dahlia hingegen wird wütend.

»Was ich mache, geht dich überhaupt nichts an. Du bist weder mein Vater, mein Mann noch mein Freund«, zische ich und Tante Isebill zieht scharf Luft ein. Ich spüre ihren Seitenblick in meinem Gesicht brennen. »Ich bin dir keinerlei Rechenschaft schuldig, Jesien.« Damit verlasse ich die Küche und gehe hinüber ins Wohnzimmer, wo ich anfange sein Nachtlager aufzuräumen. Tränen brennen in meinen Augen, doch ich schaffe es, sie zurückzuhalten.

»Dahlia«, ruft meine Tante, »so kannst du doch nicht mit einem Gott reden!« Ihre Stimme klingt klagend und verzweifelt.

»Du glaubst gar nicht, was ich alles kann, Tante«, murmele ich vor mich hin.

»Sie ist sonst nicht so«, höre ich, wie Isebill mich entschuldigt.

»Was ist hier los?«, fragt mein Onkel Werther aus dem Flur zwischen Küche und Wohnzimmer.

»Dahlia hat Jesien angeschrien.«

Werther gluckst amüsiert. »Das war nicht zu überhören.«

»Willst du dazu nichts sagen?«

»Nein, sie ist alt genug, um ihre eigenen Kämpfe auszutragen.« Werthers Schritte tragen ihn in die Küche. »Verzeiht, Jesien, aber ich hoffe, es ist Euch recht, wenn ich mich da heraushalte.«

Jesiens Antwort kann ich nicht hören. Sie ist mir auch egal. Zu sehr lastet das alles auf mir und ich habe das Gefühl, dass ich untergehe, wenn ich die Gefühle zulasse.

»Wo soll er schlafen?«, frage ich, nachdem ich das Wohnzimmer aufgeräumt habe und wieder in der Küche stehe. Werther und Isebill sehen sich an.

»Da er wegen dir in dieser Situation ist, kann er sicherlich dein Zimmer haben«, meint Werther und sieht dabei amüsiert aus. Ich mache den Mund auf und will etwas sagen, klappe ihn dann jedoch wieder zu. Immerhin habe auch ich meinen Stolz.

»Gut, dann schlafe ich bei Rosa«, sage ich und stecke die Schultern durch.

»Bei deinem Pferd?«, schrillt Tante Isebills Stimme durch die Küche. Ich sehe, dass Jesien etwas sagen will, doch sie unterbricht ihn.

»Kommt gar nicht in Frage. Deine Eltern werden uns was erzählen! Jetzt im Sommer ginge das ja noch, aber im Herbst wird es dort kalt werden.«

»Wie treffend«, sage ich und lache. »Wegen dem Herbst im Haus wird es mir im Herbst draußen zu kalt.«

»Es wird gar keinen Herbst …«, sagt Jesien, doch meine Tante fällt ihm wieder ins Wort. Es scheint ihn auch nicht großartig zu stören, denn sein Blick ist ganz abwesend. Das Herz in meiner Brust schreit und drängt danach, ihn zu trösten, doch mein Verstand weiß, dass ich die Letzte bin, bei der er das zulassen würde. Unser Ende ist schon längst geschrieben. Das bekommt nicht mal die Göttin wieder hin.

»Nein, nein, nein«, keift Isebill mit Nachdruck. »Werther, sag doch auch mal was!«

»Ach was wäre mein Leben ohne Frauen?«

Ich kann nicht anders, als kurz über Werthers Gesichtsausdruck zu lachen, auch wenn es vermutlich müde und falsch klingt.

»Dann schlafe ich eben bei Themo und Lent auf dem Boden«, schlage ich vor.

»Ich hole dir bei deinen Eltern eine Matratze«, meint mein Onkel und Tante Isebill scheint sprachlos zu sein.

»Ich kann gerne weiter im Wohnzimmer schlafen«, wirft Jesien ein, doch niemand geht auf ihn ein. Ich am allerwenigsten. Von ihm lasse ich mir nichts schenken. Der Stolz in meiner Brust verbietet es.

»Hm, lieber die Matratze bei den Jungs«, sage ich. »Dann ziehe ich mich jetzt um und gehe ins Gewächshaus.« Meine Tante hat mir am Morgen aufgetragen, mich dort um die Tomaten zu kümmern.

»Willst du nichts frühstücken?«, fragt mein Onkel.

»Mir ist glatt der Hunger vergangen, und wenn ich hier noch länger untätig rumstehe, schlage ich Wurzeln.«

Werther lacht. »Ein echtes Mädchen aus Hemera.«

Am Nachmittag sitze ich mit den Jungs am Küchentisch und helfe ihnen bei den Hausaufgaben. Onkel Werther ist im Grenzgebiet und Tante Isebill ist in die Stadt gefahren. Im Ofen habe ich einen Blumenkohlauflauf, auf den ich hin und wieder einen Blick werfe. Die Jungs sind fast fertig, als Jesien hereingehinkt kommt und sich zu uns an den Tisch setzt. Ich schlage kurz mit der flachen Hand auf die Platte, weil Themo und Lent jetzt nur noch ihn ansehen und sich nicht mehr konzentrieren.

»Nasen in die Bücher«, mahne ich. »Ihr seid fast fertig.«

»Hast du einen Moment, Dahlia?«, erklingt die warme Stimme aus meinen Träumen und ich kann Äpfel auf meiner Zunge schmecken. Wieso nur treibt ein Wort aus seinem Mund mein Herz so sehr an? Niemand sollte solche Macht über mich haben.

»Moment bitte, ich bin hier noch beschäftigt«, antworte ich ruhig, ohne ihn dabei anzusehen. Lent hat sich verrechnet.

»Schau doch noch mal hier. Fünf mal sechs … ist das wirklich vierzig?«

»Oh«, sagt Lent und errötet. »Zehn zu viel.«

Jesien sagt nichts weiter, sondern bleibt sitzen und beobachtet mich. Es ist, als würde sich sein Blick auf meiner Haut einbrennen. Nervös stehe ich auf und öffne den Ofen, um hineinzusehen.

»Es gibt gleich Essen. Ich hoffe, ihr habt Hunger.«

»Dahlia kocht ganz toll«, erklärt der kleine Themo dem Herbst.

»Tja, hier muss man was tun, wenn man was im Bauch haben will«, spreche ich meinen Gedanken laut aus. Ohne Jesien anzusehen, setze ich mich wieder an den Tisch. Als Themo und Lent schließlich fertig sind, schicke ich sie zum Händewaschen.

»Danach könnt ihr den Tisch decken«, rufe ich ihnen nach und schnappe mir die Topflappen, um den Auflauf aus dem Ofen zu holen.

»Was habe ich dir eigentlich getan?«, fragt Jesien. »Du behandelst mich wie Luft, dabei bist du es, die die Schuld an allem trägt.«

Meine Hände verkrampfen sich und ich muss kurz die Augen schließen. Ich will ihm sagen, wie leid mir das alles tut, wie nah mir sein Verlust geht und dass ich es zu schätzen weiß, dass er mich retten kommen wollte.

»Meine Schultern sind kräftig«, sage ich stattdessen, ohne weiter auf seine Anschuldigung einzugehen. Auch wenn sie mich mehr verletzt als ein grober Faustschlag ins Gesicht.

»Was hast du mit Sowa gemacht?« Seine Stimme ist leise und voller Schmerz.

»Nichts«, zische ich verzweifelt. »Die Eule ist plötzlich umgefallen.« Ich verdränge die Bilder in meinem Kopf.

»Ein unsterblicher Tiergeist stirbt nicht einfach so.«

Ich beginne damit, Teller aus dem Schrank zu holen. Lent und Themo stürmen herein und fangen an den Tisch zu decken. Mit einem Pfannenwender steche ich vorsichtig in den Auflauf. Er duftet köstlich und mir würde das Wasser im Mund zusammenlaufen, wenn ich nicht gerade unter der Last der Schuld zu zerbrechen drohen würde. Ich drehe mich zu Jesien um.

»Halten wir fest«, beginne ich. »Du magst mich nicht und ich dich auch nicht. Wir sitzen hier zusammen fest, bis deine Mutter zurück ist und uns holt, damit du wieder der Herbst sein kannst und ich deinen Bruder Aviv heirate.«

Jesiens Augen weiten sich, doch ich übergehe diese Gefühlsregung, obwohl sie mich brennend interessieren würde.

»Bis dahin schlage ich vor, dass wir Frieden schließen und uns, so gut es geht, aus dem Weg gehen«, beende ich tapfer meine Ansprache und verstecke meine zitternden Hände hinter meinem Rücken. Bevor ich noch etwas sagen kann, stört uns Lent, der mich zur Seite schiebt, um an die Besteckschublade zu kommen. Ich wuschele ihm über den Kopf und helfe ihm dabei, genug Gabeln herauszunehmen. Jede Ablenkung ist gut.

»Was gibt es als Nachtisch?«, fragt Themo.

»Dein Papa und ich haben gestern Beeren gepflückt.«

»Lecker«, jubeln die Jungs und beginnen schreiend und johlend durch die Küche zu laufen. Jesien beobachtet sie dabei wie Käfer. Kinder sind für ihn etwas vollkommen Fremdes.

»Los, an den Tisch setzen«, rufe ich zwischen ihr Spiel. Lent und Themo laufen noch eine Runde um den Tisch und setzen sich dann neben Jesien, so dass der Herbst von ihnen umringt ist. Ich stelle die Auflaufform auf den Tisch und sehe ihn an.

»Hunger?«

»Ja«, murmelt er perplex.

Ich klatsche ihm eine Portion auf den Teller und gebe dann den Kleinen etwas, bevor ich mich bediene.

»Mmmmh, lecker«, lobt mich Themo und stopft sich den Mund voll.

»Das ist heiß!«, warne ich ihn. »Mach langsam.«

Doch er sieht mich nur mit vollen Wangen kauend an. Lent hingegen pustet, als wolle er einen ganzen Geburtstagskuchen voller Kerzen ausblasen. Jesien probiert erst vorsichtig und fängt dann an richtig zu essen. Hatte er etwa Angst, ich würde ihn vergiften?

»Singst du nachher für uns?«, fragt Themo.

»Wenn ihr brav seid«, antworte ich und zwinkere ihm zu.

»Das Lied mit dem Meermädchen, bitte«, ruft Lent.

»Ob ich das noch auf die Reihe bekomme?«, grübele ich amüsiert.

»Wir können den Film anmachen«, schlägt Themo vor.

»Nein, lieber den mit den Löwen.« Lent sieht mich an, als erwarte er eine Entscheidung von mir.

»Macht das unter euch aus, aber es gibt nur einen Film, wenn ihr mir helft die Küche aufzuräumen.«

»Ich will nicht spülen«, motzt Lent.

»Dann trocknest du mit deinem Bruder ab und ich spüle.«

Die Jungs beginnen einen Disput darüber, wer was machen muss und welchen Film sie anschließend sehen wollen. Jesien lässt mich die ganze Zeit über nicht aus dem Blick. Es ist schon merkwürdig. Hier ist alles anders. Er ist hier ein Mensch. In meiner Welt. Hier bin ich diejenige, die im Vorteil ist. Er ist der Fremde, der die Regeln nicht kennt. Oder kaum.

Als ich mich am Abend auf das Sofa legen will, weil Onkel Werther nicht dazu gekommen ist, eine Matratze zu holen, hat sich Jesien dort bereits breitgemacht.

»Ich möchte schlafen«, teile ich ihm mit, »und du liegst in meinem Bett.«

»Du irrst«, brummt er. »Ich werde hier schlafen. Geh in dein Zimmer.«

Kurz überlege ich, was ich sagen soll. Mich bedanken? Bei ihm? Nein. Eher würde ich Tante Isebills Rindenmulch essen, mit dem sie die Pflanzen bedeckt. Ich entscheide mich für ein unverbindliches Schulterzucken und einen schweigenden Abgang. Auf der Treppe nach oben gratuliere ich mir selbst dazu und verschwinde in mein Zimmer. Ich atme tief durch, als ich die Tür hinter mir schließe. Wieso klopft mein Herz nur so aufgeregt? Ich lege den Morgenmantel ab und schlüpfe ins Bett. Doch meine Augen wollen sich nicht schließen. Sie können es nicht, weil meine Gedanken um Jesien kreisen. Hatte er solche Angst um mich, dass er freiwillig ins Unbekannte gesprungen ist? Vorbei an dem furchtbaren Monster. Oder hat er das getan, um Sowa zu rächen? Nein, das würde nicht zu ihm passen. Sein schönes Gesicht taucht vor meinem geistigen Auge auf und ich kann fühlen, wie meine Hände durch sein rotes Haar fahren. Oder sind es Melindas Finger, die in ihrer Erinnerung über sein männlich kratziges Kinn streichen? Ich wünschte, ich könnte ihn jetzt küssen, geht es mir durch den Kopf und lässt mich kaum einen Herzschlag später aus dem Bett hochfahren. Wie kann ich so etwas denken? Ich sehe zur Tür und eine große Sehnsucht umfängt mich ... zieht an mir. Vor Verzweiflung beginne ich leise zu singen. Das vergeht wieder. Es muss. Das ist nur Melindas Seele in meiner. Sehnsucht ist etwas Furchtbares ... Sie nimmt einem alle Kraft und es scheint, als wäre man ohne das, wonach man sich sehnt, nur ein Bündel voll ... nichts.

Am nächsten Morgen stehe ich mit vor Müdigkeit mühsam aufgerissenen Augen in der Küche und helfe Isebill das Frühstück vorzubereiten. Werther kommt herein und sieht besorgt aus.

»Was ist, Onkel?«, frage ich.

»Jesien geht es nicht gut. Der Junge hat Fieber und murmelt vor sich hin.«

Ich habe es befürchtet. Auch Nevis ist auf der Erde sehr krank geworden. Mayas Bericht dazu habe ich voller Mitleid gelesen.

Ich ziehe scharf die Luft ein, weil mich das gleiche Gefühl gerade für Jesien durchfährt.

»Göttin, lass ihn hier bloß nicht sterben«, murmelt meine Tante und verlässt die Küche. Vermutlich geht sie zu Jesien. Werther lässt sich auf einen Stuhl fallen und streckt ein Bein im schweren Wanderstiefel aus.

»Du kommst heute nicht mit mir, Kind«, meint er und kratzt sich verschlafen am Kopf.

»Was? Wieso?«, frage ich verwirrt.

»Du bleibst hier und hilfst deiner Tante mit dem Kranken. Er ist immerhin wegen dir hier.«

Ich knurre wütend in mich hinein. »Hab ich ihm gesagt, er soll mir nachlaufen? Nein.« Wut ist gut ... Sie vertreibt das nicht willkommene Mitleid in mir. Ich darf es nicht zulassen, denn es macht mich angreifbar und Jesien trifft mit jedem Wort direkt in mein Herz.

»Manchmal muss man Verantwortung für Dinge übernehmen, die man nicht hat kommen sehen.« Er gähnt. »So ist das eben, wenn man erwachsen ist.«

Ich seufze genervt. Müde bin ich zu nichts zu gebrauchen.

»Und jetzt soll ich den ganzen Tag neben ihm sitzen und seine Stirn fühlen?« Mein verräterisches Herz klopft bei dem Gedanken, ihn zu berühren, gegen meine Rippen.

Werther lacht. »Die Göttin bewahre, dass du mal Krankenschwester wirst.« Er scheint es sich gerade vorzustellen, denn sein Gesicht wird abwesend. »Es wären jedenfalls alle schnell wieder auf den Beinen. Sie hätten ja keine andere Wahl.«

Ich rolle mit den Augen und lasse meinen Onkel alleine. Im Wohnzimmer sehe ich meine Tante neben Jesien stehen. Er ist wach und spricht leise mit ihr. Alles zieht mich zu ihm, doch ich sperre diese Melinda-Anwandlung ganz weit nach hinten und gehe zur Wäschetruhe, um frische Bettbezüge zu holen. Wenn er Fieber hat, kann es nicht schaden, seine Laken zu wechseln.

»Dahlia?«, ruft meine Tante nach mir.

»Ja?«

»Ich bringe die Kinder zur Schule und hole den Arzt. Werther ist jetzt auch gleich weg, er will noch die Matratze holen, also musst du bitte nach Jesien sehen.«

»Alles klar!«, rufe ich und murmele leise hinterher: »Ich bringe ihm einen Spiegel, dann kann er nach sich selbst sehen.« Noch während ich die Bettwäsche heraussuche, höre ich die Jungs und dann die Haustüre. Werthers Stiefel folgen kurz darauf. Jetzt bin ich mit Gaias Sohn alleine.

»Na bravo«, seufze ich leise und packe die Laken unter meine Arme. Ich bereite schon die passenden Worte vor, um ihn vom Sofa hochzujagen, doch er ist mir zuvorgekommen. Jesien sitzt im Sessel. Durch sein blasses Gesicht wirkt sein rotes Haar wie Feuer. Die Tatsache, dass seine Augen immer noch so traurig sind, trifft mich wie ein Faustschlag in den Magen.

»Ich beziehe das Sofa neu für dich«, teile ich ihm mit und mache mich gleich an die Arbeit. Im Augenwinkel sehe ich, dass Isebill ihm etwas zu essen und zu trinken hingestellt hat. Die Stille bringt mich fast um, weshalb ich mit dem halb bezogenen Kissen in der Hand zur Mediaanlage gehe. Ich schalte die Musik ein und lausche. Eindeutig der Geschmack meiner Tante, aber besser als dieses erdrückende Schweigen.

»Was ist das für Musik?«, will Jesien wissen. Seine Stimme klingt rau und belegt. Melinda schreit in mir. Sie will ihn umarmen, trösten … küssen. Ich weigere mich zu glauben, dass dies auch meine Gefühle sein könnten.

»Das müsste 21. Jahrhundert sein, kurz vor der Katastrophe.« Ich mag eher die Musik der neuen Zeit, auch wenn es nicht allzu viele neue Lieder gibt. Nur wenige beschäftigen sich in ihrer spärlichen Freizeit mit den Künsten. Tante Isebill hört jedoch gerne eine Stilrichtung, die man damals Hip Hop nannte. Merkwürdige Gesänge … und der Name: Hip Hop. Wie ein Kaninchen. Das Lied wechselt und das nächste ist in deutscher Sprache. Tante Isebill hat in der Schule Deutsch als Wahlfach gehabt, regulär lernen wir nur Englisch. Ich hatte mich zusätzlich für Spanisch entschieden. Aber außer ¡Hola!, was Hallo heißt, kann ich leider nichts mehr. Englisch hingegen verstehen die meisten sehr gut wegen der alten Filme. Was ich dem Lied jedoch lassen muss, ist, dass es sehr tanzbar ist. Die Melodie ist so eingängig, dass ich unbewusst anfange mich bei der Arbeit im Takt zu bewegen.

»So«, sage ich, als ich fertig bin. »Du kannst dich hinlegen, wenn du magst.«

»Danke, Dahlia.« Jesien sieht mich nicht an und starrt auf die Tasse mit dampfendem Inhalt in seinen Händen. So wie es hier riecht, handelt es sich um Pfefferminztee. Er trinkt einen Schluck und verzieht angewidert das Gesicht.

»Das muss ekelhaft schmecken, sonst hilft es nicht.«

Jesien sieht auf, die Augen leer und glasig, als wäre er betrunken. Ich habe noch nie mit jemandem zu tun gehabt, der einen geliebten Freund verloren hat. Wie geht man damit um?

»Ist was?«, frage ich, weil er nichts sagt.

»Nichts.« Er stellt die Teetasse weg. »Hör zu, ich komme schon klar, bis deine Tante wieder zurück ist. Geh ruhig und mach, was immer du vorhattest.« Er will mich nicht bei sich haben.

»Tja, mein Tagesplan ist bereits Richtung Grenzgebiet aufgebrochen. Ich habe also nichts zu tun.« Ich sehe mich um, suche Ablenkung, damit ich mich nicht so weggestoßen fühle. »Vielleicht putze ich das Wohnzimmer.«

Jesien folgt meinem Blick. »Hier kann man vom Boden essen.«

»Dann gib mir einen Auftrag. Kann ich was für dich kochen? Ach nein, Essen hast du ja schon.«

Der Herbst erhebt sich und geht wackelig zu dem frisch bezogenen Sofa. Ich eile zu ihm und will ihn stützen. Verwundert sieht er mich an und ein merkwürdiger Moment entsteht zwischen uns. Ich weiche entmutigt von ihm zurück. Als er sich hinlegt, komme ich wieder näher und decke ihn zu. Ein amüsiertes Lächeln liegt dabei auf seinen Lippen, welches ich bezaubernd und hassenswert zugleich finde.

»Grins nicht so blöd«, zische ich. »Das ist nicht lustig.«

»Verzeih.« Er lacht noch mehr, auch wenn seine Augen etwas anderes ausstrahlen.

»Hey!«

»Wie wäre es, wenn du mir einen Film anmachst?«

»Super, das dauert genau zwei Minuten.«

»Nicht, wenn du mir vorher auflistest, was ihr alles habt.«

»Wir sind an die Mediathek des Ordens angeschlossen. Wir können uns jeden Film ansehen, der der Menschheit erhalten geblieben ist.«

»Gut ... auch Serien?«

»Natürlich.«

»Dann will ich was Spannendes.«

Ich überlege und gehe zum Fernseher, dort gebe ich den Namen einer Serie ein. Ich wähle die erste Staffel aus und schon beginnt der Vorspann.

»Habt ihr vielleicht noch etwas anderes zu trinken als diesen furchtbaren Tee?«

»Was möchtest du denn?«, seufze ich.

»Wein?«

»Hast du mal einen Blick auf die Uhr geworfen?«, frage ich erstaunt und Jesien lehnt sich tatsächlich vor, um auf die Standuhr von Großmutter Fiene zu sehen.

»Es ist früh am Morgen. Hier auf der Erde trinken wir erst am Abend Alkohol«, kläre ich den Gott des Herbstes auf.

»Wieso das denn?« Jesien scheint sichtlich verwirrt.

»Weil wir nicht betrunken wie die Strandhaubitzen über die Felder torkeln wollen.«

»Oh, richtig«, grübelt Jesien laut. »Ich werde ja jetzt betrunken.«

»Ja, und ich habe keine Lust, von meiner Tante mit dem Besen verjagt zu werden, weil ich Gaias Sohn nicht nur krank, sondern auch noch betrunken gemacht habe.«

»Aber ich habe solchen Durst!«

»Trink Wasser, ich hole dir welches.«

»Pfui«, mault der Herbst.

»Was ist an Wasser denn bitte Pfui?« Ich stemme die Hände in die Hüften.

»Es schmeckt nach Spucke.«

Ich reiße die Augen auf. »In Ordnung, ich werde bei Aviv kein Wasser trinken«, denke ich laut. »Also hier auf Erden ist es erfrischend und köstlich. Ich hole dir welches zum Probieren.«

Jesien sieht plötzlich wütend aus, doch ich ignoriere seine Stimmungsschwankungen. Er trauert, er darf launisch sein. Vielleicht ist er aber auch von einer alten Seele besessen wie ich? Ich lache über meinen Gedanken und fülle ein Glas mit Wasser. Als ich es ihm bringe, sieht er mich angewidert an.

»Trink!«, befehle ich. Er gehorcht. Genau wie beim Tee sieht er fast so aus, als wollte sein Mund vor dem Glas in seiner Hand flüchten. Schließlich nimmt er einen Schluck und sieht gar nicht begeistert aus.

»Wir haben noch Milch.«

Er seufzt verzweifelt. Was mache ich nur mit ihm? Mit Fieber muss man viel trinken, aber so wird das nichts.

»Kaffee?«, frage ich.

»Nein.«

»Gut, du Quälgeist«, brumme ich und mache mich auf den Weg in den Keller. Schnell finde ich das Weinregal meines Onkels und suche eine Flasche heraus. Oben angekommen öffne ich sie und bringe sie Jesien.

»Bitte. Aber du bekommst kein Glas. Trink erst dein Wasser aus, dann hast du wenigstens etwas anständige Flüssigkeit in dir.«

»Danke«, sagt Jesien und trinkt den Wein aus der Flasche ...

»Du ...!« Mehr fällt mir nicht ein und ich winke die Sache ab. Soll er sich doch betrinken. Solange er mich in Ruhe lässt, soll es mir recht sein. Ich verlasse das Wohnzimmer und beginne damit, in der Küche den Backofen sauber zu machen. Tante Isebill kommt zurück, als ich gerade kopfüber drinstecke.

»Wie geht es Jesien?«, fragt sie.

»Gut, denke ich.«

»Denkst du? Kind!« Tante Isebill geht, und als sie im Wohnzimmer ankommt, höre ich einen Aufschrei. »DAHLIA?«

»JA?« Im Backofen hallt meine Stimme nach.

»Hast du Jesien Wein gegeben?«

»Nein!«

»Er sagt, du hast!«

»Er lügt.« Ich kneife die Augen zu und beiße die Zähne zusammen.

»Dahlia!« Die Stimme meiner Tante ist plötzlich direkt hinter mir, so dass ich hochschrecke und mir den Kopf am Backofen stoße. Isebill kann schleichen wie eine Katze.

»Du kannst doch nicht zulassen, dass er sich betrinkt«, beginnt sie eine Strafpredigt, der ich aber nicht mehr folge, lieber beende ich meine Arbeit am Ofen.

»Du sagst ja gar nichts?«, endet Isebill.

»Was soll ich dazu auch sagen?« Ich seufze. »Er wollte absolut nichts anderes trinken. Wo er herkommt, trinkt er ständig Wein.«

»Dort ist er aber ein Gott! Hier ist er nur ein Mensch, und zwar einer, der sich lautstark im Wohnzimmer übergibt.«

Ich spitze die Ohren und verziehe den Mund. Meine Tante sieht mich mit einer hochgezogenen Augenbraue an und beginnt mit dem Fuß auf den Boden zu tippen.

»Du weißt, wo Mopp und Eimer sind.«

Ich will protestieren. Ihr sagen, dass Jesien das selbst wegputzen kann. Aber ich ahne, dass ich keine Chance habe, und gehe ins Wohnzimmer, um mir selbst ein Bild von seinem Zustand zu machen. Wenn er nur halbwegs im Stande ist zu putzen, dann ... Jesien liegt auf dem Boden ... und schnarcht.

»Heilige Göttin«, seufze ich aus Gewohnheit. Ich schlage mir die Hand vors Gesicht und sehe dann zur Decke. »Dein Sohn ist furchtbar. Komm ihn holen!« Nichts passiert. Wie auch? Gaia ist außer Reichweite, also gehe ich zu Jesien und stupse ihn sanft mit dem Fuß.

»Hey!«, mache ich auf mich aufmerksam. »Hey, aufstehen.«

»Heilige Göttin und ihre Söhne!«, stöhnt Isebill. »Könntest du mir vielleicht helfen ihn aufzuheben, statt ihn zu treten?« Sie rennt zu Jesien und rollt ihn zur Seite. Er schläft ungestört weiter.

»Lass ihn liegen, wer so säuft, hat es nicht besser verdient.« Vielleicht tritt er sich ja fest.

»Dahlia, du bist wirklich von der Göttin verlassen. Hilf mir.«

Ich gehe zu meiner Tante und packe Jesien am anderen Arm.

»Ich habe ihm Medizin mit einer Menge Alkohol drin gegeben«, sagt Isebill. »Zusammen mit dem Wein war das keine gute Mischung.«

»Das wusste ich nicht.« Ich sehe sie erstaunt an.

»Es sollte ihn entspannen und ihm beim Schlafen helfen.«

Ich sehe zum Herbst. »Erfolg auf ganzer Linie.«

Isebill lacht und ich weiß, dass sie mir vergeben hat.

»Nimm seine Füße, dann hieven wir ihn aufs Sofa.«

Ich nicke und tue, was sie mir sagt. Wir schaffen es, den Herbst aufs Sofa zu packen, und wischen uns danach beide den Schweiß von der Stirn.

»Betrunkene Männer sind ekelhaft«, denkt Tante Isebill laut. »Du hättest deinen Onkel nach der Hochzeit deiner Schwester sehen sollen.«

»So schlimm?«

»Er hat beim Esel im Stall geschlafen. Und das nicht freiwillig!«

Ich lache und mache mich dann auf den Weg, um das Putzzeug zu holen.

»Wann kommt der Doktor?«, frage ich, als ich zurückkomme.

»Gegen Mittag, er war bei einem Notfall. Ich habe ihm eine Nachricht hinterlassen.« Tante Isebill steht neben Jesien und befühlt seine Stirn. »Es ist besser geworden.«

»Alkohol tötet Keime«, sage ich und mache mich dann mit angewidertem Gesicht daran, das Ergebnis von zu viel Alkohol von den Dielen meiner Tante zu wischen.

»Ich glaube, ich mache heute ein gutes altes Irish Stew«, denkt meine Tante laut nach und ich frage mich, wie sie jetzt an Essen denken kann.

»Klingt gut«, sage ich und versuche durch den Mund zu atmen.

»Ich sehe mal nach, was wir noch an Fleisch dahaben.« Damit lässt sie mich alleine. Ich vollende meine Arbeit und entsorge das dreckige Wasser hinter dem Haus. Einen Moment lang bleibe ich stehen und sehe den Weg entlang, an dessen Ende in der Ferne Hemera friedlich in der Mittagssonne liegt. Der Wind steht günstig, so dass ich einen Hauch des würzigen Duftes der Stadt einatmen kann. Ich will hier nicht weg, geht es mir durch den Kopf, als sich das Licht plötzlich merkwürdig bricht.

»Was …?«, murmele ich leise. Ein Spiel aus Licht und Schatten projiziert plötzlich vor meinen Augen einen Namen auf die Wand des Hauses. *Jesien?* Ich schalte sofort. Es ist der Sommer!

»Sol?«, rufe ich. Ob er mich wohl hören kann?

Ja, erscheint auf der Wand und der Name des Herbsts verschwindet kurz, bevor er dann wieder auftaucht. Aufgeregt sehe ich mich um und deute dann ins Haus.

»Er ist krank!«, rufe ich.

Schreib!, steht an der Wand. Er kann mich nicht hören. Ich sehe mich um und komme auf eine Idee. Mit der Gießkanne befeuchte ich etwas Erde und nutze sie als Farbe. Da ich nicht weiß, wie weit Sol nach unten sehen kann, gehe ich davon aus, dass ein Blatt Papier nicht reichen würde. Ich nehme eine Handvoll Matsch und beschmiere die Hauswand damit.

Jesien ist hier.

Hole ihn, antwortet Sol.

Ich nehme noch mehr Dreck und schreibe unter meine alte Nachricht: *Er ist krank. Schläft.*

Morgen Mittag. Anscheinend kann Sol in der Mittagssonne am besten kommunizieren.

Gut, schreibe ich.

Bis morgen.

Ich nicke ihm zu und die merkwürdige Brechung des Lichts verschwindet. Als ich die Schweinerei an der Hauswand sehe, nehme ich mir sofort die Gießkanne und spüle den Dreck ab. Während ich das tue, denke ich darüber nach, was geschehen ist. Die Jahreszeiten können uns Menschen beobachten. Ob sie das häufiger tun? Zumindest wenn ihre Jahreszeit dran ist, denn ich bin mir fast sicher, dass sich sonst Nevis gemeldet hätte. Immerhin kennt er sich am besten auf der Erde aus. Allerdings hat man sich im Orden erzählt, dass sich Nevis einmal bei Mayas Freundin gemeldet hat, und soweit ich weiß, ist dies nicht im Winter geschehen. Vielleicht hat der Winter wegen dem vielen Eis um uns herum immer Zugriff? Ich friere in der heißen Sommersonne, wenn ich nur an die gespenstische Stadt ein paar Kilometer von hier entfernt denke. Mein Blick schweift zu den Bäumen im Grenzland. Es ist gut, dass sie dort stehen. Dadurch fühle ich mich etwas sicherer.

»Was machst du da, Kind?«, fragt meine Tante und ich zucke zusammen. Dann berichte ich ihr aufgeregt, dass ich mich gerade mit dem Sommer unterhalten habe. Sie sieht zur Sonne und atmet tief durch.

»Unglaublich, wie nah sie uns sind«, flüstert sie voller Ehrfurcht, dann lächelt sie. »Das ist beruhigend.«

Ich wünschte, ich hätte ihr Vertrauen in die Göttin und ihre Söhne …

2. ARBEIT AUF DEN FELDERN

Mittags kommt der Arzt und untersucht Jesien. Machen kann er jedoch nicht viel. Er empfiehlt uns ihn etwas fiebern zu lassen und ihm nur etwas zu geben, wenn die Temperatur zu hoch wird. Als er sagt, dass er viel trinken soll, brechen meine Tante und ich in Gelächter aus. Der Cousin meiner Tante muss ein Problem mit seiner Nase haben, denn er scheint nicht zu bemerken, wie betrunken der Herbst ist. Oder er sagt aus lauter Ehrfurcht nichts. Wir lassen Jesien schlafen, und statt ihn zu bewachen, sehe ich meiner Tante über die Schulter, wie sie Irish Stew kocht. Neben ihm zu stehen würde mich nur aufwühlen. Dennoch ist es, als würde mir seine Anwesenheit im Nachbarzimmer im Nacken brennen. Mein Kopf will sich ständig umdrehen und ich muss mich zwingen mich zu konzentrieren. Meine Gedanken kreisen um all das, was passiert ist und was Jesien für mich auf sich genommen hat. Ich schätze, das wird ihn für immer zu meinem Helden machen. Auch wenn er offensichtlich den Verstand verloren hat und so dumm war, mir zu folgen.

»Irland muss früher wundervoll gewesen sein«, denke ich laut und lenke mich von dem anderen Thema ab.

»In Filmen sieht es jedenfalls so aus.« Tante Isebill gibt Kartoffeln zum Fleisch in den großen Topf. »Das wird Jesien wieder auf die Beine bringen.«

»Wenn er überhaupt essen mag«, antworte ich, zwinge meine Gedanken jedoch in Irland zu bleiben. Ich weiß, dass wir in dem Gebiet sind, was man früher Schweden nannte. Wie die grüne

Insel in Eis gepackt wohl aussieht? Und was ist mit dem Meer? Ist es eingefroren oder tobt es mit hohen, ungebändigten Wellen gegen die Eisschollen? Zum zweiten Mal wird mir eiskalt beim Gedanken an das viele Eis, und das obwohl mir der Schweiß auf der Stirn steht.

»Ich gehe jetzt die Jungs abholen«, sagt meine Tante und dreht den Herd etwas runter. »Halte das Essen und Jesien im Auge.«

»Kann ich sonst etwas tun?«

»Ich habe noch Näharbeit in meinem Korb neben dem Bett. Wenn du damit anfangen könntest, wäre ich dir sehr dankbar.«

»Sicher doch, Tante.« Ich will mich schon auf den Weg machen, da hält sie mich am Arm fest. Ihre Augen wirken gütig und sie lächelt.

»Egal wie viel Ärger wir im Moment haben, ich bin froh dich hier zu haben, Kind.«

Ich umarme Isebill und lasse mir danach von ihr die Haare richten. Egal für wie schrullig die Menschen sie in Hemera halten, sie ist eine gute Tante und eine noch viel bessere Mutter. Ich kann nicht beschreiben, wie gut es tut zu hören, dass man irgendwo willkommen ist.

»Bis nachher.« Sie streichelt mir mit einer Hand über die Wange.

»Die Göttin sei mit dir, Tante.«

Isebill ist kaum durch die Tür, da höre ich ein Stöhnen aus dem Wohnzimmer. Ich mache einen Abstecher ins Schlafzimmer von Isebill und Werther, um das Nähzeug zu holen, bevor ich mich in den Sessel zu Jesien setze. Er hat einen Arm über die Augen gelegt, so dass ich nicht sehen kann, ob er wach ist oder noch immer schläft.

»Nie wieder Wein auf der Erde«, sagt er mit belegter Stimme. Ich sehe zur Uhr. Er hat sechs Stunden geschlafen, mit Sicherheit ist der Alkohol noch nicht ganz aus seinem Blutkreislauf verschwunden. Seine Stimme lässt darauf schließen, dass ich mit der Vermutung nicht so falschliege.

»Schlaf noch etwas«, sage ich leise, weil ich ihm nicht noch mehr Kopfschmerzen bescheren möchte. Davon hat er seiner Haltung nach schon genügend. »Oder möchtest du einen Schluck Wasser?«

Er schüttelt den Kopf kurz und hält dann mit einem Stöhnen wieder inne.

»Dann schlaf.« Ich sehe mir die Hose von Themo in meiner Hand an und überlege, wo ich am besten ansetze sie zu flicken. Ich merke erst gar nicht, dass mich glasige braune Augen dabei beobachten.

»Untätig sein ist nicht deine Welt, oder?«, fragt er.

Ich lächele die Nadel in meinen Fingern an. »Ich kenne es nicht anders.«

»Gibt es Momente, in denen du mal innehältst?«

»Natürlich.«

»Zum Beispiel?«

Ich überlege. »Aber bilde dir jetzt nichts drauf ein, klar?«

Die müden braunen Augen werden groß. »In Ordnung.«

»Ich liebe den Herbst«, beichte ich. »Ich lege mich dann gerne draußen irgendwo hin und betrachte am Abend die feuerrote Herbstsonne, wenn sie hinter den Wäldern verschwindet.« Ich lache leise. »Sie ist die Einzige, die es mit ihrem Licht schafft, aus meinem blassen Blond ein schönes goldenes zu zaubern.«

»Dahlia Abendsonne sitzt beim Herbst und erzählt ihm, dass sie die Abendsonne im Herbst liebt«, fasst Jesien zusammen und wir lachen beide, doch er hört sofort wieder auf und packt sich an den Kopf.

»Wie gesagt, bilde dir nichts drauf ein, aber deine Jahreszeit ist für mich die schönste.« Ich überlege. »Also stirb hier gefälligst nicht.«

»Ich gebe mir Mühe«, verspricht er und ich kann in seiner Stimme hören, dass ihm das Thema Tod viel zu nah ist.

»Übrigens hat Sol mich heute Mittag kontaktiert«, wechsele ich schnell das Thema.

Jesien setzt sich auf und braucht einen Moment, bis sein Kreislauf der schnellen Bewegung nachgezogen ist. »Wie?«

»Er hat das Licht ganz merkwürdig gebrochen und mit Schatten auf die Hauswand geschrieben. Morgen Mittag soll ich dich rausbringen. Ich denke, deine Brüder wollen sichergehen, dass du noch in einem Stück bist.«

»Hm«, brummt der Herbst.

»Beobachtet ihr uns öfter?«

»Wenn Herbst ist, mache ich das ganz gerne mal, ja. Aber wir sehen ja nur, was außerhalb eurer Häuser passiert, und ihr arbeitet den ganzen Tag.«

»Nun, vor uns erscheint kein magisches Essen auf dem Tisch«, gluckse ich und beiße den Faden durch, da ich die Naht fertig habe.

»Ich habe erst einmal absichtlich etwas für einen Menschen verändert«, grübelt Jesien. »Es war vor ungefähr zehn Jahren.«

»Was hast du gemacht?«, frage ich neugierig.

»Es war ein Mädchen. Ich weiß noch, dass sie ein fliederfarbenes Kleid trug, aber als wollte sie rebellisch sein, trug sie hohe Stiefel dazu.«

Meine Augen werden groß und mein Herz setzt aus.

»Sie sprang durch jeden Blätterhaufen.« Jesien lächelt beim Gedanken daran. »Sie hatte solche Freude daran, die Blätter aufzuwühlen und sich darin zu wälzen, dass ihr Kleid dreckig wurde und riss. Doch statt sich darüber zu ärgern, machte sie weiter.«

»Bis plötzlich die Blätter wie in einem Tornado nach oben gesaugt wurden und um sie herumwirbelten«, beende ich die Geschichte.

Jesien legt den Kopf schief und starrt mich an.

»Das Mädchen war ich.«

»Nein?« Jesien klingt heiser.

»Doch.« Ich schlucke und atme dann tief durch. »Danke. Nachträglich«, sage ich und lächele Themos Hose an. »Ich gucke mal schnell nach dem Stew.« Die Erinnerung an das Ereignis vor zehn Jahren kommt wieder in mir hoch. Damals habe ich in den wehenden Blättern getanzt ... und ... ungefähr zu der Zeit begannen die merkwürdigen Träume. Damals waren sie noch harmlos ... unschuldig. Nur Gefühle, keine Worte. Jesien hat mich als Kind berührt und damit etwas in meiner Seele geweckt. Die Erkenntnis trifft mich wie ein Schlag.

»Alles in Ordnung?«, fragt der Herbst plötzlich hinter mir. Ich rühre aufgewühlt im Topf und atme tief durch.

»Klar, wieso nicht?«

»Weil du so schnell abgehauen bist.« Er setzt sich auf einen Stuhl in der Küche, wenn ich die Geräusche hinter mir richtig deute. Ich versuche mich ein wenig zu sammeln und sehe mich zu ihm um. Soll ich von Melinda erzählen? Aber würde er mir das glauben? Er hat das mit dem Lavendel damals nicht gut aufgenommen. Sie ist sein schwacher Punkt, seine Achillesferse. Irgendwas sagt mir, dass ich das besser lassen sollte. Nicht dass er mir wieder vorwirft ihn absichtlich im Orden ausspioniert zu haben. Außerdem ist Sowas Tod noch viel zu nah. Das ist definitiv der falsche Zeitpunkt.

»Es ist nur …«, sage ich und überlege, »meine Mutter hat damals ziemlich mit mir geschimpft. Wegen dem Kleid, meine ich.« Das ist die Wahrheit und eine willkommene Ausrede. Ich drehe mich um und lächele den Herbst an. Er erwidert es. Jesien sieht so atemberaubend schön aus, wenn er das tut, und der Geschmack von Äpfeln stiehlt sich in meinen Mund. Eine Erinnerung an seine Küsse legt sich über meine Lippen. Ich lecke sie heimlich ab und atme tief durch.

»Du hast es kaputt gemacht, bevor ich eingegriffen habe«, verteidigt er sich.

»Ich weiß.« Ich lächele leise. »Es war nicht das erste und auch nicht das letzte Kleidungsstück, das mir zum Opfer gefallen ist.«

»Das kann ich mir gut vorstellen.«

Irgendetwas in Jesiens Blick macht mir Angst, weshalb ich mich schnell wieder zum Kochtopf drehe.

»Dahlia?« Er steht auf und kommt hinkend zu mir.

»Bleib besser weg«, warne ich ihn. »Dir wird vom Anblick und dem Geruch des Essens nur schlecht.«

»Mir ist schon schlecht«, sagt er ein wenig amüsiert. Ich spüre seinen Atem in meinem Nacken, direkt hinter mir.

»Dann gehe ins Wohnzimmer.« Ich sehe ihn unsicher über meine Schulter hinweg an.

»Würdest du mir morgen deine Eltern vorstellen?«

»Wieso?« Ich drehe mich zu ihm um. Er steht näher, als ich zunächst dachte. Viel zu nah, aber hinter mir ist der Herd und ich kann nicht zurückweichen.

»Wenn ich schon mal auf der Erde bin, dann würde ich gerne Hemera sehen.«

»Ich soll mich aus der Stadt fernhalten.«

»Wer sagt das?«

»Insa, die oberste Hüterin. Es könnte sonst zu viel Gerede geben.«

Jesien sieht überrascht aus. »Du wirkst nicht wie eine Frau, der das viel ausmachen würde.«

»Ich schütze meine Familie. Früher oder später bekommt jemand Wind von dieser ganzen Geschichte. Ich musste mir ja auch so eine unverkennbare Narbe zuziehen.« Ich seufze. »Aber noch versuchen wir alles stillzuhalten, bis Insa etwas Offizielles herausgegeben hat.« Ich sehe Jesien ernst an. »Und wenn du dich zeigst, bricht die Hölle los, das ist dir klar, oder?«

»Wir müssen ja keinem sagen, wer ich bin.«

Ich lache. »Ach … und woher kommst du …? In Hemera kennt man sich … zumindest vom Sehen her.«

»Ich wurde von Wölfen im Grenzgebiet großgezogen«, sagt Jesien aus Spaß. Ich lache und boxe ihn gegen die Brust. Es ist aus Reflex geschehen und ich zucke kurz, als ich bemerke, was ich da getan habe.

»Entschuldige.«

»Ich mag vielleicht noch etwas Alkohol im Blut haben, Dahlia, aber ich werde nicht umfallen wie ein gefällter Baum.« Jesien grinst mich an und ich muss den Drang niederkämpfen, ihn erneut zu berühren. Melinda tobt und wütet in mir. Ihre Liebe glüht in meiner Brust und ergreift Besitz von mir. Doch ich kann ihr nicht nachgeben. Sie ist nicht ich. Und dennoch ... Ein Blick in seine Augen, und ich weiß nicht mehr, wer was in mir fühlt.

»So wie du heute Morgen auf den Boden gefallen bist?«, frage ich und schiebe Melinda innerlich beiseite. Es funktioniert mehr schlecht als recht und mein Herz klopft weiter heftig in meiner Brust. Würde Jesien nicht immer noch nach Alkohol riechen, ich fürchte, ich könnte mich nicht beherrschen.

»Ich erinnere mich nicht daran.« Jesien wirkt erstaunt und weicht etwas zurück. Er fährt sich durchs Haar. »Ich bin hingefallen?«

»Ja, nachdem du dich auf den Boden übergeben hast.«

»Ach du liebe Güte.« Jesien geht zurück zum Tisch und setzt sich. Sein Gesicht ist eine interessante Mischung aus Röte und Blässe, die ihm unheimlich gut steht. »Das tut mir leid, Dahlia.«

»Ich hätte dir keinen Wein geben dürfen«, sage ich und winke die Sache ab, froh, dass wieder Abstand zwischen uns ist. Ich entscheide mich das Thema zu wechseln. »Meine Eltern wissen noch nichts von dir.«

»Wir müssen ihnen ja nichts sagen.«

»Doch ... wenn ich recht überlege, ist das eine gute Idee. Vielleicht geht es ihnen besser, wenn sie aus erster Hand erfahren, dass Gaias Söhne ganz nett sind.« Und ausgerechnet Jesien dient als Beispiel ... Na bravo.

Er hustet. »Ganz nett?«, fragt er. Hat er sich verschluckt?

»Na ja, manchmal kannst du ganz nett sein.« Ich sehe ihn an und lächele etwas unbeholfen.

»Ich werde mir alle Mühe geben.«

»Das rate ich dir. Ich weiß, wo mein Onkel die Spaltaxt hat.«

Jesiens Husten beruhigt sich und er sieht mich herausfordernd an. »Ich habe noch nie eine so freche Person wie dich erlebt.«

»Schläfst du immer, wenn Sol anwesend ist?«

Jetzt bricht Jesien in Gelächter aus und die Blässe seiner Haut scheint besser zu werden. Offensichtlich bringe ich seinen Kreislauf in Schwung. Wenn man nicht gerade mit ihm über Melinda spricht, scheint er jemand zu sein, mit dem man richtig Spaß haben kann. Sein Lachen hallt in mir wider und ich fühle mich ... glücklich. Leider hält es nicht lange an und Jesiens Gesicht wird wieder ernst. Schmerz und Verlust ziehen seine Mundwinkel nach unten.

»Sobald dein Fieber weg ist, reiten wir zu meinen Eltern. Mutter zeigt dir sicher gerne Hemera.«

»Ich werde deine liebe Mutter dazu überreden, dass wir Insas Befehle übergehen und gemeinsam mit dir durch die Stadt gehen.«

»Es ist doch nun wirklich egal, wer dich begleitet, oder?«

»Nein.« Wieder so ein Blick, der mich unruhig werden lässt.

»Insa weiß auch noch nicht, dass du da bist.« Jedenfalls nicht, wenn Hester Stillschweigen gewahrt hat.

»Dann besuchen wir auch die Hüterinnen. Ich will nicht herumschleichen müssen, sondern die Zeit hier genießen.«

»Offensichtlich hast du große Pläne«, wundere ich mich. »Du solltest dich aber noch etwas schonen und warten, bis ...« Ich schaffe es nicht, Sowa zu erwähnen. Die Angst schnürt mir die Kehle zu.

»Ja.« Seine Stimme wird ruhig und ernst. »Aber wenn ich diesem goldenen Käfig schon mal entkommen bin, dann will ich das auch auskosten.« Bei ihm zu Hause wartet nur noch die Einsamkeit auf ihn. Ich schlucke und schiebe den Gedanken beiseite, um nicht mein Gesicht vor ihm zu verlieren.

»Und was sagen wir den Leuten?«, frage ich und kann Jesien sehr gut verstehen. Mir wäre es auch lieber, wenn ich Hemera noch mal in vollen Zügen genießen könnte.

»Schieb es auf mich und ich werde sagen, dass es das Geheimnis meiner Mutter ist.«

In dem Moment könnte ich ihn küssen. Ich, nicht Melinda.

»Niemand wird mich in Frage stellen.« Er zwinkert mir selbstsicher zu. »Außer dir natürlich. Wie immer.«

Ich beiße mir auf die Unterlippe und sehe ihn funkelnd an. »Jeder braucht mal einen Dämpfer«, erkläre ich.

»Aber im Ernst: Schon deine Wahl war außergewöhnlich, da wird es für die Menschen aus Hemera nicht allzu schwer zu glauben sein, dass wir hier sind. Sicher gehen sie davon aus, dass wir Flitterwochen machen oder so etwas.« Wieder ein Augenzwinkern.

»Na toll«, sage ich und merke, dass ich rot werde.

»Keine Sorge, ich werde alles dementieren und auf Mutters Geheimnis verweisen.«

»Danke.« Ich lache und mir fällt auf, dass ich das in Jesiens Gegenwart ziemlich oft tue. Irgendwie fühle ich mich erleichtert. Ich bin ihm so dankbar, dass ich mich bald frei in Hemera bewegen kann, und niemand wird sich das Maul über meine Familie oder mich zerreißen. Wobei mir Letzteres egal wäre. Meine Familie ist es mir allerdings nicht. Am liebsten würde ich Jesien dafür umarmen. Ich weiß nicht, ob es Melinda in mir ist, aber ich bin mir fast sicher, dass es Dahlia ist, die das dann tatsächlich tut. Ich gehe zu Jesien und schlinge meine Arme um seine Schultern.

Er steht auf und ich rutsche etwas hinunter. Ich bin so klein und er so groß. Er erwidert die Umarmung und drückt mich gegen seine Brust, auf der nun mein Gesicht liegt.

»Womit habe ich das verdient?«, fragt er, lässt mich dabei aber nicht los. Ich bin unfähig zu antworten, denn ich spüre, wie er sich an mich klammert und die Nähe förmlich inhaliert. In mir kribbelt alles und ich versuche ruhig zu atmen.

»Dahlia?«

»Hm?«

»Womit habe ich das verdient?«

Ich weiche wie vom Blitz getroffen von ihm zurück. »Weil du meine Familie vor großem Ärger bewahrst.«

Er legt den Kopf schief und seine Arme fallen wieder nach unten. Es scheint, als hätten sie mir einen Moment lang nachgetrauert. Hat die Umarmung Ähnliches in ihm ausgelöst? Fühlte er auch diese ... Verbundenheit?

»Gerne.« Er räuspert sich. »Würdest du mir nur bitte sagen, was mit Sowa passiert ist? Ich meine ...« Da ist es. Das Thema, vor dem ich solche Angst habe.

»Ich habe dich nicht belogen«, unterbreche ich ihn nervös. »Deine Eule ist einfach umgefallen. Ich hatte wahnsinnige Angst. Vor dir, vor Gaia.«

Er glaubt mir, jedenfalls vermute ich das.

»Es tut mir so unglaublich leid.«

Jesien setzt sich wieder und sieht einen Moment lang aus dem Fenster, bevor sein Blick zu mir zurückkehrt. »Ich schätze, Mutter wird es mir erklären können.«

»Oh, das hoffe ich.« Ihr wird er sicher alles glauben. Auch das mit meiner Seele. Von mir darf er es auf keinen Fall erfahren, jetzt, wo wir uns halbwegs verstehen. Ich will gerade noch etwas sagen, da höre ich Isebill mit den Kindern.

»Geh am besten ins Wohnzimmer. Hier wird es gleich laut«, warne ich ihn. Jesien sieht zum Flur und lächelt müde. Mir wird klar, dass er auf dem Sofa keine Ruhe finden wird. Ich halte ihm meine Hand hin.

»Komm.«

Mit einem fragenden Blick ergreift er sie und erhebt sich.

»Du solltest dich in meinem Bett etwas ausruhen. Dort ist es still und viel bequemer.«

»Aber …«, will er widersprechen.

»Kein Aber.«

Ich höre ein leises Lachen. Es klingt erschöpft und dankbar.

»Wo geht ihr denn hin?«, ruft meine Tante im Flur von der Haustür herüber. Die Jungs brüllen und toben, während ich versuche dem kranken und verletzten Jesien eine Stütze zu sein. Zum Glück bin ich ziemlich klein und habe dafür genau die richtige Größe. Ich passe perfekt unter seinen Arm.

»Ich bringe ihn nach oben«, antworte ich Isebill und deute auf Lent und Themo, die sich gerade mit Schuhen bewerfen. Meine Tante lacht und nickt. Oben angekommen öffne ich die Tür zu meinem Zimmer und räume meine Klamotten vom Bett.

»Entschuldige«, sage ich.

»Die fleißige Dahlia hat tatsächlich etwas Unordnung im Zimmer«, amüsiert er sich.

»Morgens muss hier alles schnell gehen. Tiere versorgen, Frühstück machen, Kinder ins Bad scheuchen und dann überwachen, dass sie satt und ordentlich in die Schule gehen«, verteidige ich mich.

»Ich wollte dich nur ein wenig aufziehen, Dahlia.« Jesiens Stimme ist so warm und sanft. »Es ist nicht zu übersehen, was ihr hier jeden Tag leistet.«

Ich decke das Bett auf. »Soll ich es frisch beziehen?«

»Nein, du hast ja nicht getrunken«, sagt Jesien und legt sich hinein. Ich decke ihn zu, was ihn wieder zu amüsieren scheint. Ohne es zu beachten, lege ich eine Hand auf seine Stirn. Hätte ich das nur besser gelassen, denn unsere Blicke kreuzen sich und das warme Braun in seinen Augen zieht mich in den Bann. Als ich seinen Kopf wieder loslasse, weiß ich nicht, ob seine Stirn heiß gewesen ist.

»Schlaf jetzt«, sage ich leise. »Ruf, wenn du was brauchst.«

»Ein Glas mit Wasser wäre nett.«

Ich lächele. »Soll ich für den besonderen Geschmack vorher hineinspucken?«

»Bitte nicht.«

Ich zwinkere ihm zu, und als ich ihm wenig später das Glas Wasser bringe, ist er schon eingeschlafen. Leise stelle ich es neben ihm auf dem Nachttisch ab und betrachte ihn eine Weile. Wie kann es nur manchmal so leicht und schön zwischen uns sein und dann wieder nicht?

Beim Essen erzähle ich Isebill und Werther von Jesiens Idee und sie sind begeistert. Danach verhört mein Onkel seine Söhne, ob sie auch brav ihren Mund über Jesiens Anwesenheit gehalten haben. Für mich klingt es, als wären sie brav gewesen und hätten auf ihre Eltern gehört. Ich genieße das Irish Stew und habe ungewöhnlich gute Laune. Dann spreche ich etwas an, was ich mir am Nachmittag überlegt habe.

»Wenn Jesien sich in Hemera mit mir zeigt, wäre es vielleicht besser, wenn wir wieder zu meiner Familie ziehen. Nicht nur, dass er dort im Haus ein Zimmer hätte, sondern auch weil es dann keine Ausrede dafür gibt, warum wir bei euch leben. Die Menschen werden davon ausgehen, dass wir da sind, um meine Eltern zu besuchen.«

»Das habe ich eben auch gedacht«, sagt mein Onkel und sieht ein wenig traurig aus. Auch Tante Isebill seufzt.

»Ihr kommt uns aber besuchen, oder?«, will sie wissen.

»So oft es geht«, verspreche ich und sehe zu Werther. »Und ich hoffe, dass ich ab und an trotzdem mit dir ins Grenzgebiet darf?«

Er lacht und tätschelt meinen Kopf. »Gerne.«

»Immerhin ist ja noch nicht ganz klar, ob Gaia mich nicht doch verstoßen hat.« Die Chance, dass alles eine Inszenierung der Göttin gewesen ist, ist real.

»Wenn es so ist, dann darfst du wieder zu uns kommen und dein Onkel macht eine ehrenwerte Grenzerin aus dir«, sagt Tante Isebill, ohne mich dabei anzusehen. Ich hätte nicht gedacht, dass ihr mein Auszug so nah geht.

»Ich danke euch. Für alles.«

»Da gibt es nichts zu danken«, sagt Onkel Werther.

»Wir sind deine Familie.« Tante Isebill sieht mich weiterhin nicht an und seufzt tief. Ich schlucke und wechsele das Thema.

Als ich am Abend zu Bett gehen will, sehe ich bei Jesien ins Zimmer. Das Glas Wasser ist leer, doch er schläft tief und fest. Einen Moment lang beobachte ich ihn und frage mich, was ein Gott träumt. Ich nehme sein Glas und fülle es mit frischem Wasser, bevor ich nach unten gehe. Die Matratze hat meine Tante schon bezogen, weshalb ich mich direkt hinlegen kann. Da Onkel Werther davon ausgegangen ist, dass Jesien darauf schlafen würde, liegt sie hier und nicht bei den Jungs im Zimmer. Obwohl ich den Tag über so gut wie nichts getan habe und die dünne Matratze kaum etwas von der Härte des Bodens nimmt, falle ich dieses Mal direkt in tiefen Schlaf. Der Mond scheint noch durch das Fenster, als ich in der Nacht geweckt werde. Jesiens rote Haare verraten ihn. Selbst in der Dunkelheit scheinen sie kaum etwas an Farbe einzubüßen.

»Ist etwas passiert?«, frage ich und richte mich auf.

»Nein, ich will nur, dass du in dein Bett gehst«, sagt er.

Ich reibe meine Augen. »Leg dich bitte wieder hin, Jesien.«

»Ich habe ein schlechtes Gewissen, wenn du hier schlafen musst.«

»Das hättest du nicht haben müssen. Jetzt aber schon, weil du mich geweckt hast.«

Er lacht leise und hustet dann. Ich fühle seine Stirn. Warm.

»Geh wieder ins Bett, wir reden morgen. Einverstanden?«

»Es ist ein großes Bett. Können wir es uns nicht einfach teilen?«

»Meine Tante würde dir … nein, du bist Gaias Sohn, also würde sie mir die Ohren lang ziehen.«

»Das Risiko nehme ich in Kauf«, meint er, und ehe ich mich's versehe, hat er mich samt der Decke gepackt und trägt mich aus dem Raum.

»Jesien!«, zische ich leise, um niemanden zu wecken. »Ich habe schon eine Narbe im Gesicht, willst du, dass ich auch noch Ohren wie ein Elefant verpasst bekomme?«

»Ich erkläre es deiner Tante. Außerdem habe ich nicht vor dich deiner Jungfräulichkeit zu berauben.« Damit trägt er mich die Treppe hinauf.

»Lass mich runter, ich kann laufen.«

»Ja, bevorzugt weg«, gluckst er.

»Eins zu null für dich«, seufze ich. »Trotzdem, du bist krank, du solltest mich nicht durch die Gegend tragen!« Und seine armen Füße erst.

»Du wiegst doch so gut wie nichts, das wird mich nicht überfordern.« Er legt mich auf der anderen Seite des Bettes ab und schiebt mir eines der Kissen zu. »Darauf habe ich nicht gelegen, außerdem habe ich das Fenster geöffnet. Ich hoffe, man riecht den Wein nicht.«

»Nein«, sage ich wahrheitsgemäß. »Alles gut.«

Er steigt neben mich ins Bett und nimmt seine Decke. »Tut mir leid, aber dass eine Frau wegen mir auf dem Boden schläft, möchte ich nicht.«

»Du Held.« Ich rolle mit den Augen.

»Du sagst das, als wäre es etwas Schlimmes.«

»Ich bin zu nichts zu gebrauchen, wenn ich müde bin«, informiere ich ihn und ziehe mir die Decke bis zur Nase hoch. Ein leises Lachen erklingt neben mir und ich muss leise mit einfallen.

»Gute Nacht, Melinda«, höre ich ihn sagen und wir beide halten die Luft an. »Dahlia, verzeih.«

»Schon gut«, sage ich bedrückt. »Gute Nacht, Jesien.« Jetzt wäre mir nach einer Flasche Wein zu Mute. Oder gleich zweien.

Melinda. *Ein heißer Körper schmiegt sich an meinen. Meine Augen sind geschlossen und ich genieße seine Nähe. Ich gebe mich ihm hin, zerfließe und brenne gleichzeitig. Mit dunkler Stimme höre ich Worte, die er mir in den Nacken flüstert. Sein Atem kitzelt verführerisch.*

Jesien, *sage ich.* Jesien. *Der Körper neben mir wird wärmer … und er rüttelt an mir.*

»Dahlia?« Ein weiteres Rütteln. »Dahlia? Was ist los?«

Ich öffne die Augen und sehe in Jesiens Gesicht.

»Du hast schlecht geträumt«, informiert er mich und könnte nicht falscher liegen. »Du hast meinen Namen gerufen.«

Mein Verstand wird langsam wach und ich merke, dass ich Jesiens fiebernden Körper in meinen Traum eingebunden habe.

»Danke, dass du mich geweckt hast«, murmele ich mit vom Schlaf belegter Stimme. Was soll ich auch sonst sagen? Die Wahrheit geht nicht. »Du bist ziemlich warm. Ich werde dein Fieber messen.«

»Nicht nötig, es geht mir gut.«

Ich fasse seine Stirn an. »Lügner.« Damit steige ich aus dem Bett und laufe schlaftrunken nach unten, wo meine Tante das Fieberthermometer im Medizinschrank hat. Das fiebersenkende Mittel nehme ich gleich mit.

»38,9 Grad«, stelle ich fest, nachdem ich ihm das Thermometer an die Stirn gehalten habe. »Hier, nimm die mit etwas Wasser.« Ich reiche ihm ein Ibuprofen und er tut, worum ich ihn gebeten habe. Danach schlüpfe ich wieder ins Bett und lege das Thermometer neben mich auf den Nachttisch.

»Möchtest du mir erzählen, was du geträumt hast?«, fragt Jesien in die Dunkelheit hinein.

»Nein, besser nicht.«

»Wieso?« Er lacht leise. »Ist es dir peinlich?«

»Nein, ich fürchte, dass du wütend auf mich wärst.«

»Wie meinst du das?« Er ist verwirrt, das höre ich.

»Erkläre ich dir ein anderes Mal, einverstanden?«

»Ja, in Ordnung.«

»Jetzt schlaf, damit du schnell wieder gesund wirst.« Ich drehe mich zur Seite, weg von ihm. Die Sehnsucht nach ihm wächst in mir, es ist, als würde Melinda in meinem Inneren toben und wüten. So nah an ihm ist sie nicht zu halten. Ich möchte Jesien küssen und gleichzeitig ohrfeigen. Es fiel mir alles deutlich leichter, als wir uns aus dem Weg gegangen sind. Je mehr ich ihn mag, desto schwerer fällt es mir, ihn anzulügen. Und wenn ich es riskiere und ihm die Wahrheit beichte? Nein, er würde es nicht verstehen. Ich muss warten, bis Gaia da ist. Und wenn sie nie zu mir kommt, sondern Jesien einfach verschwinden lässt? Dann bekomme ich nie die Chance, ihm zu sagen, was mit meiner Seele los ist. Es ist zum Verzweifeln. Ich weiß nur, dass der Frieden zwischen uns viel zu brüchig ist, als dass ich jetzt schon damit anfangen könnte. Es ist, als hätte Jesien seinen Verstand verloren, wenn es um Melinda geht.

Ich falle in einen leichten Schlaf, aus dem ich gefühlte Sekunden später schon wieder herausgerissen werde. Eine Eule ruft draußen laut ihre Artgenossen, doch das ist es nicht, was mich geweckt hat. Es ist Jesien, dessen Atem unregelmäßig und schluchzend geht. Ich brauche eine Weile, um die Situation zu erfassen. Müde und mit schwerem Kopf wird mir klar, dass der Herbst … weint. Der Grund dafür heult draußen in irgendeinem Baum. Mein Herz zerspringt fast, als mir erst jetzt so richtig bewusst wird, dass Jesien das Wesen verloren hat, das ihm wahrscheinlich am nächsten gestanden hat. Der leise Eulenruf erinnert ihn an Sowa.

Hastig überlege ich, was ich tun soll. Er liegt noch immer mit dem Rücken zu mir, aber ich kann seinen Schmerz nicht einfach ignorieren. Ich fühle ihn in mir, er nimmt mir fast den Atem.

Vorsichtig rutsche ich näher an ihn heran. Er zuckt, als er spürt, dass ich wach bin, und ich kann ihn schlucken hören – genau wie den verkrampften Versuch, normal zu atmen. Ich presse meinen Körper an ihn heran, lege den Arm um seine Taille und suche mit meiner Hand die Stelle, wo sein Herz schlägt. Genau dort lege ich sie hin, in der Hoffnung, es davor zu bewahren zu zerbrechen.

Eine warme Hand legt sich über meine, als ich meine Stirn an seinen Hinterkopf lege. Draußen erklingt erneut der Ruf der Eule und ich spüre, wie Jesien zuckt. Wir sprechen kein Wort. Es gäbe auch nichts, was ihn trösten könnte. Irgendwann beginne ich leise und tröstend zu summen. Es wirkt. Sein Atem wird ruhiger und schließlich schläft er ein. Zumindest vermute ich das, denn trotz der Eule bleibt er ganz ruhig. Ich schlafe jedoch nicht mehr ein und ein Blick auf die Uhr verrät mir, dass ich genauso gut aufstehen kann.

»Wo gehst du hin?«, fragt der Herbst. Offensichtlich hat er doch keinen Schlaf gefunden.

»Ich kann nicht mehr schlafen und gehe die Tiere versorgen.«

»Ja ... in Ordnung.« Das ist es nicht. Ich höre, dass er lügt ... und trotzdem gehe ich. Ein Gefühl von Taubheit macht sich in mir breit, genau wie die Wut auf mich selbst.

Als ich wieder ins Haus komme, sitzt die Familie bereits am Frühstückstisch. Jesien ebenfalls.

»Dahlia«, begrüßt mich Werther gut gelaunt. »Weib, was haben die Tiere dir getan?«

»Wieso?« Ich übergehe mal einfach, dass er mich Weib genannt hat.

»Du hast geflucht wie ein Kanalreiniger.«

Jesien würgt ein Stück Käsebrot herunter, bevor er leise lacht.

Ich habe das Gefühl, schreien zu müssen. Er soll nicht lachen. Seine Augen verraten mir nämlich etwas ganz anderes.

»Ich habe nicht gut geschlafen«, teile ich allen mit und setze mich. Tante Isebill schüttet mir einen Becher Kaffee ein und der Duft belebt mich etwas. Doch selbst nachdem ich die Tasse geleert habe, vergeht das Gefühl nicht, auf Jesien einschlagen zu wollen, um ihn anschließend leidenschaftlich zu küssen. Die Widersprüche in mir zerreißen mich. Wieso macht er mein Leben so kompliziert? Was ist das für eine Macht, die er über mich hat? Jesien und ich sind wie zwei Planeten, die von einem schwarzen Loch angezogen werden. Sie zerstören sich gegenseitig, bevor sie im Nichts verschwinden. Ich belege mir ebenfalls ein Brot mit Käse und lausche Themos Erzählungen darüber, was er gestern in der Schule gelernt hat.

»Ich kann mir gar nicht vorstellen, dass Menschen damals zu verschiedenen Göttern gebetet haben und sich deshalb sogar gegenseitig umgebracht haben«, grübelt Lent.

»Es war aber so«, ergreift Jesien das Wort. »Nur wenige haben begriffen, worin wahre Göttlichkeit liegt. Nicht im Tod, sondern im Leben und denen, die es schenken.«

»Frauen«, sagt Tante Isebill stolz.

»Ohne einen Mann hättet ihr es aber schwer«, wirft Jesien ein und zwinkert ihr zu.

»Das stimmt schon.« Meine Tante lächelt peinlich berührt.

»Leben erschaffen und behüten. Das macht meine Mutter aus.«

Ich rühre in meiner zweiten Tasse Kaffee und versuche dem Gespräch zu folgen. Zumindest hat es meine Wut ein wenig gedämpft. Ich hätte ihn gerne gefragt, wie dann diese Wächter ins

Bild passen, aber den Kindern und meiner Tante zuliebe halte ich den Mund.

»Du siehst heute schon viel besser aus«, sagt Werther zu Jesien. »Vielleicht solltest du mal mit Dahlia einen kleinen Spaziergang machen, das bringt den Kreislauf in Schwung.«

»Gerne«, sagt Jesien.

»Nein«, rufe ich gleichzeitig. Alle starren mich an. »Seid ihr verrückt, er holt sich den nächsten Virus oder irgendwelche Bakterien.«

»Sein Körper kann dem aber nur was entgegensetzen, wenn er sich abhärtet und fit bleibt.« Werther räuspert sich. »Wenn du mich fragst, haben das die Wei… Frauen im Orden mit dem Winter damals falsch gemacht.«

Jesien lächelt. »Nevis musste im Orden bleiben, sonst hätte Mutter ihn direkt wieder geholt. Es ist ein heiliger Ort, wo Gaia nicht schalten und walten kann, wie sie möchte.«

»Wieso sollte Gaia so etwas erschaffen?«, fragt mein Onkel ungläubig.

»Wegen der Balance.«

»Hä?« Ich bin zu müde für eine gewählte Ausdrucksweise. Tante Isebills Seitenblick ignoriere ich einfach.

»Es muss einen Ort geben, wo die Menschen vor Gaia Zuflucht finden können. Frag mich nicht, wieso, ich bin nur ihr Sohn.« Jesien lacht.

»Klug, ihn dahin zu machen, wo ihre treuesten Diener sind«, denke ich laut, woraufhin meine Tante fast rückwärts vom Stuhl fällt.

»Hier in meinem Haus wird die Göttin nicht in Frage gestellt«, zischt sie. »Reiß dich am Riemen, Dahlia.«

»Entschuldige, Tante.« Ich betrachte mein Frühstück.

»Aber sie hat Recht«, kommt mir Jesien zu Hilfe und ich weiß nicht, ob ich ihn dafür hassen oder lieben soll. »Meine Mutter will wirklich nur das Beste für die Menschen, aber sie ist nicht dumm und sollte nicht unterschätzt werden. Niemals und von niemandem.« Und genau deshalb besteht die Chance, dass Gaia mich verstoßen hat.

Nach der zweiten Tasse Kaffee fühle ich mich besser und gehe mit Tante Isebill auf das kleine Kartoffelfeld gut hundert Meter vom Haus entfernt. Jesien begleitet uns. Tante Isebill breitet ihm neben dem Feld eine Decke aus und befiehlt ihm wie ein General in den alten Militärfilmen sich hinzusetzen und nicht zu rühren.

»Halt dein Gesicht in die Sonne, das ist gut für die Gesundheit«, teilt sie ihm mit und Jesien folgt mit einem amüsierten Grinsen im Gesicht ihren Anweisungen.

»Wir dürfen Sol heute Mittag nicht vergessen«, sage ich und binde mir den Jutebeutel um, in den ich die Kartoffeln werfen werde.

»Nicht schlimm, er findet mich auch hier«, meint Jesien und Müdigkeit schwingt in seinen Worten mit.

»Gut, wenn du das sagst.«

Tante Isebill ist schon ins Feld gegangen. Wir wollen nur ein paar Kartoffeln holen. Alles, was hier wächst, ist für die Familie und nicht zum Tausch bestimmt. Es macht nicht viel Arbeit und Kartoffeln sind ein wichtiges Nahrungsmittel.

»Singst du uns was vor, Dahlia?«, fragt meine Tante und blinzelt gegen die Sonne an, um mich zu sehen. »Wusstest du, dass sie eine traumhaft schöne Stimme hat, Jesien?«

»Ja, das habe ich schon mitbekommen.«

Ich schnaube und überlege. »Was hättet ihr denn gerne?«

»Das Lied vom Tiger«, wünscht sich Tante Isebill. Ich sehe zu Jesien, der mir bedeutet loszulegen. Also knie ich mich in die Kartoffeln, beginne mit einer kleinen Spitzhacke zu graben und zu singen. Es ist ein Lied aus der alten Welt und der Text ist auf Englisch. Meine Tante singt hier und da schief mit, was mich zwar nicht stört, aber immer wieder zum Lachen bringt. Von hier aus kann ich die Koppel beobachten, wo Rosa mit dem Esel und Werthers beiden Pferden herumtollt. Sie scheint sich hier richtig wohlzufühlen und es tut mir leid für sie, dass sie bald wieder wegmuss. Plötzlich schreit meine Tante, und ehe ich zu ihr sehen kann, ist Jesien bereits hochgeschossen und rennt zu ihr. Er beachtet seine verletzten Füße gar nicht. Ich lasse meinen Sack mit Kartoffeln fallen und laufe ihm nach.

»Aua«, jammert Tante Isebill und kneift die Augen zusammen.

»Sieht aus, als hätte sie sich den Knöchel verletzt«, meint Jesien.

»Ich bringe sie ins Krankenhaus«, sage ich und will ihr helfen aufzustehen, da hat Jesien sie schon auf den Arm genommen. Tante Isebill muss starke Schmerzen haben, denn sie beschwert sich nicht.

»Wo ist eure Kutsche?«, fragt Jesien.

»Am Haus«, sage ich und renne los, um meinen und Tante Isebills Beutel zu holen. Jesien ist schon auf halbem Wege, als ich ihn einhole.

»Geht es?«, frage ich ihn.

»Natürlich.«

»Da vorne.« Ich zeige ihm die Kutsche und Jesien setzt meine Tante darauf ab.

»Ich hole ein Pferd, kannst du die Kartoffeln in die Kammer bringen? Sie müssen kühl und dunkel lagern, sonst treiben sie zu schnell aus«, sage ich zu ihm.

»Geht klar.«

»Und warte vor dem Haus wegen deinem Bruder«, rufe ich ihm noch zu.

»Wie sie das nur wieder gemacht hat?«, grübelt mein Onkel beim Abendessen.

»Sie ist in der Hocke über einen Stein gefallen«, sagt Jesien, der den Unfall beobachtet hatte.

»Das schafft auch nur meine Frau!«

Wir lachen alle und essen dann weiter die Pfannkuchen, die ich nach meiner Rückkehr aus dem Krankenhaus schnell zubereitet habe. Tante Isebill hat Schmerztabletten bekommen und schläft bereits. Sol und Jesien haben sich ein wenig unterhalten – soweit das eben möglich war. Sol wollte im Grunde nur wissen, wie es seinem Bruder geht, und ihm mitteilen, dass er Gaia schickt, sobald sie zurück ist. Das hat Jesien erwähnt, als ich beim Kochen war, und dank der Zeit draußen in der Sonne scheint es ihm wieder gut zu gehen. Das Fieber ist nicht zurückgekommen und seine Haut sieht rosiger aus. Wir könnten zu meinen Eltern.

»Sieht so aus, als könntet ihr morgen umziehen«, meint mein Onkel.

»Nein, nicht wenn Tante Isebill krank ist«, protestiere ich.

»Umziehen?«, fragt Jesien verwirrt.

»Ja, zu meinen Eltern. Da ist mehr Platz und dank deiner Hilfe bleibt meiner Familie ja die Schande meines Versagens erspart.«

»Isebill hinkt morgen schon wieder hier herum«, meint mein

Onkel amüsiert. »Aber es wäre wirklich schön, wenn ihr noch ein paar Tage helft.«

»Aber sicher doch. Morgen wollen ohnehin Hester und Mildred hier vorbeischauen.«

»Schon wieder Ordensfrauen im Haus«, seufzt mein Onkel und zieht an seinen Hosenträgern. Ich zwinkere ihm zu und stopfe mir ein Stück Pfannkuchen in den Mund.

»Ich muss die Tiere noch von der Koppel holen.« Werther sieht müde aus.

»Das kann ich doch auch tun«, sage ich. »Das Sitzen im Krankenhaus hat mich eh unruhig gemacht. Vielleicht reite ich auch noch ein wenig mit Rosa aus.«

»Ich begleite dich und helfe dir.« Jesiens Augen durchbohren mich, dulden keine Widerrede.

»Sicher?«, frage ich trotzdem.

»Ja.«

»Kannst du denn reiten?«

»Aber selbstverständlich«, meint der Herbst und sieht fast ein bisschen beleidigt aus.

»Das teste ich. Du nimmst Mimi.«

Werther lacht laut auf.

»Ist das zufällig das zickigste Pferd?«, will Jesien wissen.

»Nein«, sagt Werther Pfannkuchen schmatzend.

»Das ist der Eeeeeesel«, verrät Themo und Lent kichert.

Ich strecke Jesien verspielt die Zunge raus, weil ich kurz vergessen habe, wer er ist. Doch bevor ich mich entschuldigen kann, macht er das Gleiche mit mir.

»Sehr erwachsen«, imitiert Lent die Stimme seiner Mutter und wir prusten alle laut los.

Nachdem Jesien und ich den Esel und eins von Werthers Pferden in den Stall gebracht haben, satteln wir die beiden anderen Tiere. Rosa ist ganz aufgeregt vor Freude, dass ich gleich mit ihr ausreiten werde.

»Das müsste Nepumuck sein«, sage ich zu Jesien und schaue mir die Blässe des braunen Pferdes neben ihm genauer an. »Ja, du bist Nepumuck.« Ich sehe zum Herbst. »Er ist ein ganz Braver.«

»Danke«, meint Jesien und mustert Rosa. »Sie sieht wild aus.«

»Sieht man es ihr so sehr an?«, frage ich amüsiert.

»Es glitzert in ihren Augen.« Er räuspert sich. »Und noch etwas anderes.«

»Was meinst du?« Ich lege den Kopf schief und betrachte Rosa.

»Sie liebt dich.«

Ich streiche Rosas Hals. »Und ich sie.«

Jesien und ich nehmen den Weg am Grenzgebiet vorbei. Hier ist es zwar sehr uneben und wir können nur langsam reiten, aber hier treffen wir höchstens auf einen Grenzer, der Feierabend macht. Die meiste Zeit schweigen wir, manchmal zeige ich Jesien etwas, wenn wir zwischen den Bäumen und Sträuchern auf Hemera sehen können.

»Was ist das?«, fragt er und deutet auf den großen weißen Bau, der das Labor beherbergt.

»Es passt nicht zum Rest der Stadt, was?«, frage ich amüsiert. »Dort befindet sich so ziemlich alles an Technik, was mit der alten Welt zu tun hat. Fernseher werden gebaut und repariert ... Musikchips, Küchengeräte. Nachrichten werden dort aufgezeichnet, aber auch das Krankenhaus ist da drin.«

»Es sieht aus wie ein großer Klotz«, meint Jesien und schnalzt mit der Zunge. »Unnatürlich und fremd.«

Ich halte Rosa an und Nepumuck bleibt ebenfalls stehen.

»Wie war das damals ... haben deine Brüder und du da auch schon die Jahreszeiten auf die Welt gebracht?« Aviv hatte das im Musikzimmer erklärt, als ich danach gefragt hatte, ob sie alle aus dem Ether kämen. Aber ich war so sehr in meine eigenen Gedanken verstrickt, dass ich nicht richtig zugehört habe.

»Nein, nicht direkt.« Jesien scheint zu überlegen, wie er mir das am besten erklärt, und ich lasse ihm Zeit. »Es war dieselbe Energie, aus der wir entstanden sind, nur mit dem Unterschied, dass sie ganz von selbst lief. Mutter hat nicht eingegriffen und nur beobachtet. So hat sie es übrigens auch mit der Menschheit gemacht. Sie nannte uns wohl schon damals ihre Kinder, aber eine Form gab sie uns erst mit der Wende.«

»Hast du Erinnerungen an die Zeit davor?«, frage ich neugierig.

»Manchmal, wenn ich schlafe. Es sind Erinnerungsfetzen, nichts Greifbares. Meistens ist es auch nichts Schönes. Flutwellen, Stürme, Tornados.« Es geht ihm wie mir ... bei Nacht quält ihn gelegentlich ein altes Leben. Ein Gefühl von Verbundenheit keimt in mir auf und ich kämpfe es schnell nach unten.

»Das kenne ich«, murmele ich leise und starre zur Hütte der Holzfäller-Grenzer. Sie liegt friedlich in der Abendsonne, umgeben von Setzlingen, die die Familie sicher demnächst einpflanzen wird. Sie holzen nicht nur den Wald ab, sondern sichern auch seinen Fortbestand.

»Wie bitte?«, dringt Jesiens Stimme durch meine Gedanken. Ich lächele ihn kurz verlegen an.

»Nichts, ich habe nur laut gedacht.« Für einen Moment schließe ich meine Augen, spüre die Sonnenstrahlen auf meiner Haut und inhaliere den würzigen Geruch Hemeras. Alles ist friedlich – und ich fühle es tief in mir. Als ich meine Augen wieder öffne und zu Jesien sehe, trifft mich sein Blick unverhofft. Da ist es wieder … dieses Gefühl von Panik in meinem Bauch, das ich nicht zuordnen kann. Schnell sehe ich weg und gebe Rosa mit meinen Schenkeln zu verstehen, dass sie weitergehen soll. Jesien folgt mir mit etwas Abstand. Für den Rest unseres kleinen Ausritts schweigen wir beide und ich werde das Gefühl nicht los, dass ich vor irgendwas die Augen verschließe.

Am nächsten Tag übernehme ich Tante Isebills Aufgaben. Sie hinkt hinter mir her und bellt mir ihre Befehle zu. Sicher hat sie Schmerzen, aber am Nachmittag bin ich davon so genervt, dass ich mich aus dem Haus stehle und zu Werther gehe, der draußen eine Wasserpumpe repariert. Jesien steht neben ihm und reicht ihm das Werkzeug. Da ich mitgedacht habe, habe ich Getränke dabei.

»Tag, die Herren«, mache ich auf mich aufmerksam, auch wenn Jesiens wache braune Augen mich längst entdeckt haben. »Durst?«

»Und wie«, sagt Werther. Da er jedoch noch die Hände voll hat, reiche ich Jesien zuerst ein großes Glas mit kaltem Wasser.

»Extra für dich«, sage ich und beiße mir innerlich auf die Zunge.

»Danke.« Er grinst und beim Anblick des Wassers leuchten seine wunderschönen Augen. Arbeit macht eben durstig. Da ist es egal, wenn es nur Wasser ist. Als er das Glas zum Trinken ansetzt, bemerke ich, dass er nur ein T-Shirt trägt. Ich habe Jesien vorher nie in etwas Kurzärmeligem gesehen. Gütige Göttin, woher hat er solche Muskeln? Und wieso ist das T-Shirt so eng? Der Herbst bemerkt meinen Blick, deutet ihn jedoch falsch. Oder tut zumindest so.

»Es gehört dem Cousin deiner Tante«, rechtfertigt er das zu enge Oberteil. »Er hat mir heute Morgen ein paar seiner Sachen gebracht.«

»Das ist nett von Zacharias«, stammele ich und kämpfe darum, meinen Blick zu lösen. »Und … es … äh, steht dir gut.«

Ich sehe im Augenwinkel, wie Werther zu mir aufsieht und dann still in sich hineinlacht.

»Was sagt er zu deiner Gesundheit?«, wechsele ich das Thema. Werther nimmt mir das Glas ab und leert es in einem Zug.

»Er meint, dass ich es überstanden habe.«

»Zumindest die ersten Viren oder Bakterien«, fügt mein Onkel hinzu und reicht mir das leere Glas. »Warte ab, bis es dir mal aus allen Öffnungen gleichzeitig rauskommt.«

Jesiens braune Augen sehen mich weit aufgerissen an. Ich muss lachen und klopfe meinem Onkel mit der freien Hand auf die Schulter.

»Werther, du bist wie immer sehr mitfühlend.«

»Ist doch so.«

Jetzt lacht Jesien mit mir mit und trinkt dann sein Wasser aus. Dankend gibt auch er mir das leere Glas zurück.

»Ich gehe dann mal wieder zum Feldwebel«, seufze ich.

»Sag dem General, dass ich nachher die Jungs abhole.«

»Mache ich, danke, Onkel.« Ich drehe mich um und gehe zurück zum Haus, wo Tante Isebill hoffentlich im Schmerztabletten-Rausch auf dem Sofa liegt und schläft. Doch bis dahin komme ich nicht.

»Komm, halt mal hier fest, Junge«, höre ich Werther noch zu Jesien sagen, dann gibt es einen Knall, der mir die Gläser vor Schreck aus den Händen reißt. Ich drehe mich um und die Männer stehen dort im Sprühregen einer großen Wasserfontäne. Zu ihren Füßen malt die Sonne einen Regenbogen in die Luft.

»Scheiße«, sagt mein Onkel, bleibt aber, genau wie Jesien, regungslos stehen. Ich fange so laut an zu lachen, dass ich glaube, meine Lunge würde gleich zerreißen.

»Hör auf zu lachen, Weib!«, ruft Werther beleidigt. Leider kann ich ihm den Wunsch nicht erfüllen, denn ich krümme mich schon. Da werde ich plötzlich gepackt, und ehe ich mich's versehe, bin ich in Jesiens Armen und werde in den Regen getragen. Seine Nähe wird mir schmerzlich bewusst und dank der Nässe scheint nun auch noch seine Haut durch das Shirt. Die Feuchtigkeit intensiviert seinen Geruch nach ... Mann. Zum Glück ist das Wasser eiskalt und ich kreische laut auf, als es mich berührt. Jesien setzt mich ab ... nein, er lässt mich viel mehr an sich herunterrutschen und am liebsten wäre ich wieder an ihm nach oben gekrochen. Dahlia, reiß dich zusammen!, schreie ich mich selbst innerlich an.

»Das hast du jetzt davon, uns auszulachen«, meint der Herbst und verschränkt selbstzufrieden die Arme vor der Brust. Ich breite meine aus und sehe hoch in den Sprühregen. Der Wunsch zu tanzen wächst in meinen Armen und Beinen. Bin das ich oder Melinda? Ich gebe ihm nach und beginne mich zu bewegen. Meine Augen schließen sich und mein Herz übernimmt. Ich tanze, bis der Regen aufhört. Onkel Werther war nicht untätig und hat das Wasser abgeklemmt.

»Gütige Göttin«, flucht er leise vor sich hin und schüttelt sich dann wie ein Hund. Ich sehe lachend zu Jesien und mir vergeht die gute Laune. Er sieht mich schockiert an.

»Was ist?«, frage ich.

Er schluckt und blinzelt. »Nichts.«

»Jesien?«, unterbricht Werther den Moment. »Du musst das hier bitte kurz festhalten. Da ist ziemlich Druck drauf, schaffst du das?« Mein Onkel sieht Jesien an. »Danach sollten wir uns umziehen.«

Der Herbst nickt und ich entscheide die Männer alleine zu lassen, doch Jesiens Gesichtsausdruck lässt mich für den Rest des Tages nicht mehr los. Die ganze Zeit frage ich mich, was ich falsch gemacht habe.

3. GEHEIMNISSE KOMMEN ANS LICHT

Eine Woche lang ignoriert mich Jesien die meiste Zeit. Was auch immer passiert ist, es hat ihn nachdenklich gemacht. Erst als mein Onkel seine Kutsche für unseren Umzug fertig gepackt hat und wir uns verabschiedet haben, richtet Jesien wieder das Wort an mich: »Deine Eltern haben keine Ahnung, dass ich mitkomme?«

Wir sitzen uns hinten im Karren gegenüber. Erschrocken darüber, dass er mich angesprochen hat, brauche ich einen Moment, bevor ich antworten kann: »Wir wollten sie nicht unnötig in Aufruhr versetzen. Immerhin bekommen sie nicht jeden Tag göttlichen Besuch.«

Jesien nickt und sieht zur Stadt hinter meinem Rücken. Die Kutschfahrt rüttelt uns ordentlich durch, doch je näher wir Hemera kommen, desto besser werden die Wege. Werther wird nicht direkt durch die Stadt fahren, aber nah dran vorbei. Man wird mich sehen ... und erkennen. Die Frage ist, ob die Leute erraten, wer Jesien ist.

»Die Göttin zum Gruß, Werther«, höre ich die erste Stimme und Nervosität breitet sich in mir aus. Sie muss mir anzusehen sein, denn Jesien wechselt die Seite und setzt sich neben mich. Seine Wärme ist beruhigend und aufregend zugleich. Eine große Hand legt sich über meine und umschließt sie sicher.

»Alles wird gut gehen«, flüstert er und ist mir so nah, dass seine feuerroten Haare die meinen berühren. Ich kann ihm nicht ins Gesicht sehen, denn ich weiß nicht, was seine Rehaugen dann mit mir anstellen würden. Also sehe ich über den

Rand des Karrens. Menschen queren unseren Weg, doch bisher gehen alle ihrer Wege und keiner wirft einen genaueren Blick auf Werthers Ladung. Ich betrachte Jesiens Hand auf meiner. Er hat in der letzten Woche etwas Farbe bekommen. Die Arbeit in der Sonne seines Bruders hat ihm gut getan. Er hat kein Fieber mehr bekommen und hat sich überall nützlich gemacht, wo er nur konnte. Wenn er nicht Gaias Sohn wäre, würde er einen vortrefflichen Hemeraner abgeben.

»Hallo Werther, hallo Ise…« Die weibliche Stimme stockt und das Gesicht kommt in mein Blickfeld. Es ist Lisandra, die Frau des Metzgers, der ich die Seife für ihr Neugeborenes gebracht habe. Es kommt mir vor, als wäre das Jahre her. Sie sieht in den Wagen, stutzt und sieht noch mal hin. Werther hat eine Begrüßung gemurmelt und fährt einfach weiter.

»Dahlia?«, ruft Lisandra.

»Die Göttin sei mit dir!«, grüße ich und winke ihr im Wegfahren zu. Ich tausche einen Blick mit Jesien. »Und los geht's«, murmele ich. Meine linke Hand liegt noch unter seiner, doch meine rechte, mit der ich Lisandra gewinkt habe, fühlt sich jetzt irgendwie verloren. Mit Sicherheit rennt die Metzgersfrau jetzt heim und schaltet den Fernseher ein, in der Hoffnung, eine Stellungnahme des Ordens zu finden. Doch die Hüterinnen dort sind bis auf zwei Ausnahmen auch noch ahnungslos. Mildreds Baby ist leider krank geworden, weshalb sie mich bei meiner Tante nicht mehr besucht hat, aber ich hoffe, dass sie das bald nachholt. Oder ich würde sie besuchen, denn es kann nicht lange dauern, bis man Jesien und mich in den Orden bittet.

Ich atme auf, als wir uns wieder von Hemera entfernen und durch die Felder meiner Kindheit fahren. Schon von weitem kann ich Benji und meinen Vater sehen. Ich krabbele zum Rand des Karrens und winke ihnen.

»Vater! Benji!«, rufe ich. Die beiden sehen auf und brauchen einen Moment, um zu realisieren, dass ich es bin, die sie da ruft. Sie winken zurück, doch ich kann selbst auf die Entfernung ihre Verwirrung sehen. Als ich Jesiens Anwesenheit neben mir spüre, zeige ich auf die Männer auf dem Feld.

»Das da ist mein Vater, der mit dem Strohhut ... und dahinter, das ist mein Cousin Benji. Er und seine Freundin wohnen bei meinen Eltern, weil sie die Felder bestellen helfen.«

»Wolltest du das nie selbst mit deinem Mann tun?«, fragt Jesien.

»Nein. Ich hätte es getan, bevor es meine Eltern im Alter alleine hätten tun müssen, aber es kam ohnehin alles anders.«

»Der Unterton verrät mir, dass du nicht glücklich über die Erwählung bist.«

»Du weißt doch, wie ich darüber denke.«

»Ja ... ja.« Jesiens Stimme spricht auch Bände. Weshalb ist er so bedrückt deswegen? Er würde mich doch sowieso nicht wollen, da kann es ihm doch egal sein. Oder?

»Werther? Die Göttin zum Gruß«, höre ich meine Mutter rufen. Ich stehe auf, um sie zu sehen.

»Heilige Göttin, Kind, setz dich!«, ruft Mutter mir zu. »Du fliegst noch mit deinem Sturkopf voran herunter.« Sie kommt auf mich zugelaufen und ich beuge mich vom Karren, um sie zu umarmen. »Komm doch erst mal runter«, sagt sie schließlich und erblickt dann Jesien. »W-Wer ... wer ist das, Dahlia?«

»Darf ich dir vorstellen, Mutter? Das ist Jesien, der Herbst.«

»Was?« Ihre Augen weiten sich vor Schock.

»Gaias Sohn, Jesien«, wiederhole ich und kann Mutter noch gerade so halten, bevor sie mit dem Kopf aufschlägt. Jesien springt vom Karren und nimmt sie mir ab.

»Es scheint, als müsse ich ständig Menschenfrauen durch die Gegend tragen«, gluckst er amüsiert und hebt Mutter hoch.

»Du hast eben eine umwerfende Ausstrahlung.«

Das erste Mal seit Tagen sehe ich Jesien wieder lachen.

»Ja, man könnte sagen, ich haue die Leute einfach um.« Er schaut zu Mutter in seinem Arm. »Wohin kann ich sie bringen?«

»Komm rein, wir sehen nach, ob Zahra da ist.« Ich gehe voran, blicke aber noch mal über meine Schulter. »Ich hoffe, du kannst zwei Frauen tragen?«

»Ich komme besser mit«, meint Werther, der nur lachend den Kopf schüttelt.

Mein Vater atmet tief durch und massiert sich die Schläfen. Gemeinsam mit Werther haben Jesien und ich meine Familie in die Wahrheit eingeweiht und von der Lüge berichtet, die wir erzählen werden. In der Küche ist es eine Weile still.

»Dir ist schon klar, dass du den jungen Mann dann auch wählen musst«, meint Vater schließlich. Jesien und ich sehen uns kurz an.

»Wieso?«, frage ich.

»Sie wählt, wen sie wählen möchte«, redet meine Mutter dazwischen.

»Na, wenn sich herumspricht, dass du mit einer anderen Jahreszeit zusammengekommen bist, werden sich die Leute wundern.«

»Jetzt setze die beiden nicht so unter Druck, Esmael«, grummelt Mutter und straft Vater mit einem Blick, den ich nicht abbekommen möchte. »Sollen die in Hemera sich doch das Maul zerreißen.«

Vater erwidert etwas, doch ich bekomme es nur am Rande mit, denn ich muss über Zahras Gesichtsausdruck lächeln. Sie sieht Jesien an, als wäre er Gaia persönlich. Irgendwann erhebt sich meine Mutter und verneigt sich vor Jesien.

»Es ist mir eine große Ehre, Euch in meinem Haus zu haben, Herbst.«

»Das Vergnügen ist ganz auf meiner Seite. Ich bin Ihnen zu Dank verpflichtet.« Jesien erhebt sich ebenfalls und legt meiner Mutter eine Hand auf den Oberarm. »Ich habe hier auf Erden sonst keinen Ort, wohin ich gehen könnte.«

»Den Orden«, murmelt mein Vater. Was hat er gegen Jesien? Seine Abneigung ist deutlich zu spüren. Ich nehme mir vor ihn in einem günstigen Moment zu fragen.

»Ich werde hier helfen, wo ich kann«, verspricht Jesien meiner Mutter.

»Das geht nicht.« Sie schüttelt vehement den Kopf. »Ich kann keinen Sohn der Göttin auf meinen Feldern schuften lassen.«

Ich stehe ebenfalls auf und gebe Jesien einen herzhaften Klaps auf den Rücken, was ihn nicht mal im Ansatz aus dem Gleichgewicht bringt. Im Kreis meiner Eltern fühle ich mich plötzlich mutiger. Gefestigter. Es geht nichts über Wurzeln.

»Der packt das schon«, teile ich meiner Familie mit und hole mir ein Glas Wasser.

»Macht, was ihr wollt.« Vater sieht zu Benji. »Komm, Junge, die Ernte macht sich nicht von selbst.«

Benji nickt still und eilt dann meinem Vater hinterher.

»Bitte seid meinem Mann nicht böse, Herbst«, fleht Mutter. »Dahlia ist seine Lieblingstochter, und Euch jetzt zu sehen hält ihm vor Augen, an wen er sie verlieren könnte.«

Jesien schluckt und seine braunen Augen suchen einen Moment lang Halt in meinen. Ich nicke ihm über den Rand meines Glases hinweg zu.

»Liebe Frau Abendsonne, nennen Sie mich bitte Jesien. Es ist nicht nötig, mich mit der Hoheitsanrede anzusprechen.«

Mutter errötet.

»Und Ihren Mann kann ich gut verstehen. Es muss für sie alle nicht leicht sein, Dahlia nun erneut zu verlieren.«

»Danke, Jesien.« Mutter verneigt sich. »Und danke dafür, dass du meiner Tochter gefolgt bist. Sie hätte in großer Gefahr sein können.«

Ich verschlucke mich fast an meinem Wasser und fühle ein Brennen in der Brust, das ich nicht einordnen kann.

»Gern geschehen.«

»Ich bin übrigens Rachaela.«

»Danke für deine Gastfreundschaft, Rachaela.«

Mutter sieht zu mir. »Zeigst du Jesien bitte das freie Gästezimmer, Kind?«

Am Nachmittag miste ich gerade den Pferdestall aus, als mir Jesien im Hof auffällt. Er kniet am Rand des Lavendelfelds und betrachtet die Blüten. Ich stelle den Rechen beiseite und gehe zu ihm hinüber. Meine Gummistiefel verraten mich auf dem Kies schon von weitem.

»Dahlia«, begrüßt mich Jesien und neigt kurz den Kopf.

»Worüber denkst du nach?«, frage ich und hocke mich neben ihn.

»Über Blumen.«

Ich mache große Augen und ziehe meinen Zopf über die Schulter nach vorne. »Echt? Darauf wäre ich niemals gekommen.«

Jesien lacht leise und mustert mich dann eine Weile. »Du hattest Recht.«

»Womit?«

»Dein Haar wirkt selbst in der Sonne nicht golden.«

Ich betrachte den Zopf. »Nein, nur in der Abendsonne im Herbst.«

»Wollen wir hoffen, dass es die wieder geben wird.«

»Davon habe ich dann nichts mehr«, flüstere ich.

Jesien sieht weg. »Aviv wird dich glücklich machen.«

»Das rate ich ihm«, versuche ich zu scherzen. »Ich nehme meinen Rechen voll Pferdeäpfel mit.«

Die braunen Augen des Herbstes betrachten weiter den Lavendel, ohne jede Regung. Wie kann ein Mann wie Jesien, groß, schlank, dennoch von kraftvoller Statur, nur so sanfte Rehaugen haben? Im Gegensatz zu meinem nimmt sein Haar die Sonnenstrahlen gut auf und lässt das Rot förmlich brennen. Ein starker Kontrast zu dem lilafarbenen Lavendel direkt vor uns.

»Das damals in deinem Zimmer in Mutters Haus tut mir leid, Dahlia«, sagt er unverhofft. Kurz weiß ich nicht, was ich sagen soll, und entscheide mich dann für etwas Unverfängliches.

»Längst verziehen.«

»Es ist nur so ...« Er überlegt, während er aufsteht und mit seinen Augen das weite Lavendelfeld absucht. »Melinda ... Sie ... Ihr Verlust hat Narben in mir hinterlassen.«

Ich stehe ebenfalls auf und warte geduldig darauf, dass er weiterspricht.

»Ihr Name und alles, was mit ihr zu tun hat, reißt alte Wunden auf.« Er seufzt und es klingt verzweifelt. »Ich weiß bis heute nicht genau, wie ich es Tag für Tag schaffe, nicht den Verstand zu verlieren.«

Ein glühender Schmerz durchbohrt mich, doch ich kämpfe ihn herunter. Lasse ihn nicht zu. Sperre ihn weg, denn ich kenne seinen Namen: Eifersucht.

»Ich weiß, wie du dich fühlst«, sage ich in die Stille hinein, die entstanden ist, nachdem er aufgehört hat zu sprechen.

Jesien sieht mich überrascht an.

»Es ist, als wäre gestern ein furchtbarer Sturm über das Land gezogen. Und heute ist der Tag danach. Man versucht alles wieder aufzubauen und dennoch … es liegt eine Spannung in der Luft, die prophezeit, dass es jederzeit wieder von vorne losgehen könnte. Die unheimliche Stille, der finstere Himmel und der Geruch von Rosen, deren Blätter in der Nacht überall verteilt wurden, so dass es aussieht, als würde der Boden bluten.« Ich fühle seine braunen Augen in meinem Gesicht. Kurz spüre ich den Wunsch, meine Narbe zu bedecken, doch ich lasse meine Hände unten. »Dennoch bauen wir alles wieder auf, denn irgendwann scheint die Sonne wieder und die Angst vor einem weiteren Sturm verschwindet in die tiefen Schatten der Erinnerung. Dort packt sie uns, wenn wir Glück haben, nur noch im Schlaf und hinterlässt kaum bleibende Schäden.«

Jesien und ich schweigen für lange Zeit.

»Du machst mich immer wieder sprachlos, Dahlia Evangeline Abendsonne«, sagt Jesien schließlich mit rauer Stimme.

Da ist es wieder, das merkwürdige Gefühl in mir. Ich muss mich ablenken.

»Willst du mir bei den Pferden helfen? Ein bisschen Pferdedung wird dich auf andere Gedanken bringen.« Ich stoße ihn mit meiner Hüfte an. Da ich so klein bin, treffe ich nur seinen Oberschenkel.

»So ein Angebot kann ich unmöglich ausschlagen.« Er schenkt mir ein Lächeln, das seine Herbstaugen in der Sommersonne leuchten lässt.

»Komm«, sage ich, bevor ich mich in ihnen verlieren kann. »Da wartet eine Menge Mist auf dich.« Ich höre ihn schnauben. »Und ich meine das wörtlich.«

Nicht ohne dich, Melinda.

Wir umarmen uns. Über seine Schulter hinweg sehe ich Gaia in einem Wirbel aus Blättern. Die Szene kommt mir so vertraut vor. Ich träume ... ich bin wieder Melinda und es ist das erste Mal, dass ich das bewusst weiß.

Hundert Jahre sind vorbei, *sagt Gaia und in ihren Regenbogenaugen liegt großes Bedauern.*

Nein, Mutter, bitte. Es muss einen anderen Weg geben.

Mein Herz blutet und verkrampft sich, als ich Jesien um Melinda flehen höre. Ihre Augen sehen jedoch weiter zur Göttin, so dass ich den Herbst nur neben mir spüre. Seine warmen Hände halten Melinda ... mich ... fest. Doch wir werden ihm entrissen und die Luft weicht aus meinen Lungen. Ich höre Jesien schreien und flehen. Doch Melindas Augen sind auf etwas zu seinen Füßen gerichtet. Dort liegt eine große gelbe Dahlie. Wunderschön und blass wie das Blond meiner Haare. Melindas Augen schließen sich für immer und nur der verzweifelte Schrei ihres Geliebten hallt in ihrem Körper wider, als eine beruhigende Stille sie umfängt.

Ich wache weinend auf. Die Tränen haben mein Kissen durchnässt. Getrieben von einer inneren Unruhe stehe ich auf. Ich habe das Gefühl, dass im Raum zu wenig Luft ist. Also reiße ich zuerst das Fenster auf, bevor ich die Flucht nach unten und zur Haustür heraus antrete. Ich renne zu dem Ort, wo ich mich schon als Kind vor der Welt versteckt habe. Der Lavendel schlägt gegen mein Nachthemd, als ich dem Mond entgegenlaufe. An meinen Füßen klebt Erde, als ich endlich anhalte und wieder frei atmen kann. Groß und rund leuchtet der silbrige Mond auf mich hinunter. Die Hitze des Tages liegt noch immer über den Feldern und hat kaum an Kraft verloren. Ich schließe meine Augen und atme tief durch, während die Tränen weiter meine Wangen hinunterlaufen.

»Erlöse mich von diesem Fluch, Mutter«, flüstere ich in die Nacht. Einen Herzschlag später werde ich von warmen Armen gepackt und herumgewirbelt. Haselnussbraune Augen mustern mich entsetzt.

»Was hast du, Dahlia? Was machst du hier draußen?« Jesien klingt besorgt. Ich stoße ihn von mir, wütend auf die ganze Welt.

»Spionierst du mir nach?«

»Nein, ich war wach und saß auf der Bank vor dem Haus, als du an mir vorbeigestürmt kamst, als wäre jemand hinter dir her.«

Wir sehen uns einen Moment lang an, dann wische ich mir die Tränen mit dem Hemdärmel ab.

»Warte«, sagt Jesien und ich halte inne. Er hebt seine Hände an mein Gesicht und beginnt mit seinen Daumen über meine Wangen zu streichen.

»Lass das«, zische ich, weiche jedoch nicht zurück.

»Was hast du, Dahlia?«

»DU!«, schreie ich. »Du bist das Problem!«

Jesien lässt mich los. In seinem Blick liegt eine Mischung aus Wut und Entgeisterung. »Was habe ich dir getan?«

»Du hast mich verflucht, als du damals die Blätter für mich aufgewirbelt hast.«

»Wie bitte?« Jesien sieht mich an, als hätte ich den Verstand verloren. Sogar das schwache Mondlicht reicht aus, um das zu erkennen.

»Damals haben diese bescheuerten Träume angefangen.« Ich atme zitternd durch und balle meine Hände zu Fäusten. »Seither träume ich ... Nacht für Nacht. Viele Jahre waren es nur harmlose Gefühle, doch dann kamen Wort- und Bildfetzen hinzu.« Ich sehe zu den vielen Sternen am Himmel. »Und immer wieder nannte mich eine männliche Stimme Melinda.«

»Was redest du da?« Jesien klingt jetzt nur noch wütend. Ich sehe ihn an und halte seinem Blick stand.

»Das hat deine Mutter alles gut eingefädelt. Sie wusste es ... und Sowa ebenfalls. Deine Eule sagte mir, dass ich Melindas wiedergeborene Seele wäre, und fiel danach tot um, damit Gaia für dich das Gleiche tut wie für Nevis. Was auch immer das heißen mag.«

»Bist du von der Göttin verlassen, Kind?«, brüllt Jesien. Dass er mich Kind nennt, tut mir weh und macht mich zugleich noch wütender.

»Wieso wählt Gaia sonst ein Mädchen aus Hemera?« Ich ziehe meinen Zopf über die Schulter. »Und schenkt dir eine blassgelbe Dahlie?« Damit gehe ich an Jesien vorbei und laufe strammen Schrittes zurück zum Haus.

»Woher weißt du davon?«, schreit er wütend hinter mir und packt mich am Arm. Wir bleiben stehen und er dreht mich etwas zu hart zu sich um.

»Willst du mir den Arm abreißen?«, frage ich lautstark und befreie mich aus seinem Griff. Hätte er mich festhalten wollen, hätte ich vermutlich keine Chance gehabt.

»Woher weißt du von der Dahlie?«

»Ich habe von ihr geträumt. Genau wie vom Traubenpressen.« Ich schließe meine Augen. »In meinen Träumen habe ich sogar schon das Bett mit dir geteilt.« Ich werde rot.

Jesien presst die Lippen zusammen und sieht weg.

»Ich wünschte auch, dass alles anders wäre. Gerne würde ich darauf verzichten, immer wieder mitzuerleben, wie Gaia euch beide trennt.« Ich atme tief durch. »Ich schlage vor, du sparst dir deine Wut für deine Mutter auf.«

»Du lügst«, zischt Jesien. »Mutter kann die Seelen nicht beeinflussen und erst recht nicht, welche Namen sie später tragen.«

»Ach, und woher weiß ich das dann alles?«, frage ich ihn herausfordernd.

»Was weiß ich, was alles in den Aufzeichnungen der Hüterinnen steht.«

»Geh in den verdammten Orden und lies sie!«, schreie ich verzweifelt. »Lies von mir aus alles. Mehr als den Namen Melinda und Mayas kurze Beschreibung wirst du nicht finden.«

»Das werde ich tun und dann wird es dir leidtun, du kleine Lügnerin.«

Ich hole aus, weil ich ihm eine Ohrfeige geben will. Er fängt meinen Arm in der Luft ab und sieht mich hasserfüllt an. Dieses Mal lässt er mich jedoch nicht los.

»Verschwinde«, flüstere ich leise und sehe zur Seite. »Die Straße dort bringt dich zum Orden.«

Er stößt mich von sich und geht. Einfach so. Er wirft mich weg wie faules Obst. Ich stehe noch lange da und sehe ihm nach, selbst nachdem die Nacht ihn verschluckt hat, kann ich mich nicht rühren. Immer wieder frage ich mich, warum er solche Macht über mich hat. Warum mir seine Worte so wehtun, dass wieder Tränen meine Wangen benetzen? Selbst nach dem, was er mir gerade an den Kopf geworfen hat.

Dann wird es mir klar. Dieses Gefühl, das ich nie zuordnen konnte ... ich habe mich gegen jede Vernunft in ihn verliebt.

»Ich«, sage ich laut. »Nicht Melinda.«

Am nächsten Morgen lasse ich die Schimpftirade meiner Mutter über mich ergehen und betrachte dabei meinen Vater, der zufrieden in sich hineinlächelt. Erst als ich Mutter erzähle, worüber wir uns gestritten haben, und damit zum ersten Mal meinen Eltern von meinen Träumen beichte, wird sie still.

»Deshalb nimmt man dich uns weg«, seufzt mein Vater und wirkt auf einmal um Jahre gealtert. »Wieso will der Kerl das denn nicht einsehen?«

»Was empfindest du denn für ihn?«, will Mutter wissen.

»Ich mag ihn sehr, sehr gerne.«

»Du oder diese Melinda in dir?«, fragt Vater.

»Ich. Melinda liebt ihn. Gemeinsam sehnen wir uns nach seiner Nähe.« Es ist alles so verworren.

»Bist du verliebt?« Mutter sieht mich gütig an und ich nicke. »Ich muss gestehen«, sagt sie und nimmt mich in den Arm, »dass ich es schön fände, den Mann kennenzulernen, bei dem du dein

Leben verbringen wirst. Es wäre für deinen Vater und mich beruhigend.«

»Er will mich nicht, er denkt, ich lüge«, erinnere ich sie.

»Nein, er ist nur verletzt. Melinda war seine einzige wahre Liebe und ihr Verlust macht ihn blind. In seinen Augen war sie perfekt und du ... es ist für ihn schwer zu begreifen, dass du nun sie bist.«

»Ich bin nicht perfekt«, sage ich ergeben und fahre mit meinen Fingern über meine Narben.

»Selbst wenn du makellos wärst, hätte er so gehandelt«, versucht Mutter mich weiter zu trösten. »Er wird im Orden lesen und dann zur Vernunft kommen.«

»Spätestens wenn die Göttin ihm den Kopf wäscht«, mischt sich Vater ein. Mutter lässt mich los und ich falle in seine Arme.

»Was soll ich jetzt tun?«

»Warten, Dahlia.« Vaters Stimme brummt an meinem Ohr, weil mein Kopf an seinem Brustkorb ruht. »Halte deinen bezaubernden Kopf hoch und vergiss deinen Stolz nicht.« Er schiebt mich sanft von sich und legt eine Hand an mein Kinn. »Du bist mutig, klug, fleißig und wunderschön. Er wird zur Besinnung kommen und ich glaube, dass er schon längst Gefühle für dich hat.«

»Deshalb warst du so abweisend zu ihm?«, frage ich und lächele. Vater verkneift sich ein Grinsen und weicht meinem Blick aus. Ich werte das als ein Ja.

»Wir sollten uns auf Besuch vom Orden einstellen«, sagt meine Mutter, die bereits zum Fenster hinausschaut. »Es kann nicht lange dauern, bis eine von ihnen hier auftaucht.«

»Was sagen wir Benji und Zahra?«, frage ich.

»Dass Jesien zum Orden gegangen ist, um dort mit den Hüterinnen zu reden. Mehr müssen sie nicht wissen«, entscheidet Mutter und Vater brummt zustimmend.

Mildred kommt mit dem Baby am späten Nachmittag. Mutter macht uns Limonade und wir setzen uns draußen zu ihren Rosen. Hier duftet es himmlisch, genau wie das friedlich schlafende Baby in meinen Armen.

»Im Orden ist jetzt jedenfalls ein großer Aufruhr und Jesien hat sich mit Insa in der Bibliothek verschanzt«, endet Mildred ihren Bericht von der Ankunft des Herbsts und wie ihm zuerst niemand glauben wollte. Sie sieht mich mit ihren Mandelaugen an. »Wer hätte gedacht, dass deine Träume so eine tiefe Bedeutung haben?«

Ich lächele sie kurz wissend an. Mir wäre das auch nie in den Sinn gekommen. Mae lacht im Schlaf und ich kann nicht anders, als mit der Kuppe meines Zeigefingers über ihr winziges Gesicht zu streichen.

»Wollen wir hoffen, dass Insa ihm klarmachen kann, dass meine Dahlia ihr Wissen unmöglich aus Büchern haben kann«, sagt Mutter und nimmt einen Schluck Zitronenlimonade.

»Ist mir auch egal«, murmele ich.

»Wie bitte?«, fragt Mutter.

»Wenn er etwas für mich empfinden würde, hätte er mir geglaubt.«

Mildred nickt. »Das sehe ich auch so.«

»Ach Kinder, so einfach ist die Welt nicht«, seufzt Mutter und wischt sich den Schweiß von der Stirn. Sol meint es heute sehr gut mit uns.

Vier Tage später bin ich in meinem geliebten Lavendelfeld und pflücke ein paar Blüten für die Schneiderin, die damit die Motten von ihren Stoffen fernhalten möchte. Als ich vom Haus her Rufe höre, erhebe ich mich und sehe über den Lavendel hinweg zur Quelle der Stimmen. Jesien ist zurückgekehrt, in Begleitung von Hester und Insa. Sie unterhalten sich mit meiner Mutter, doch bevor mich jemand sehen kann, tauche ich wieder zwischen den Blumen ab. Ich bin noch nicht bereit dafür, ihn wiederzusehen. Wie soll ich reagieren? Wird er sich entschuldigen? Oder wird man es von mir verlangen? Dafür, dass ich angeblich gelogen habe. Eher würde ich meine Zunge verschlucken.

»Dahlia?«, höre ich die Stimme meiner Mutter. Ich schließe die Augen und hoffe, dass sie nicht direkt im Feld nach mir suchen werden.

»DAAAHLIA?«

Nein, ich will nicht. Nicht jetzt. Dafür bin ich noch zu wütend auf Jesien.

»Kind, wo bist du?« Die Stimme meiner Mutter klingt jetzt näher. Sie muss direkt am Feld stehen, ich bin ziemlich mittig. Ich höre sie reden, verstehe aber nicht, was sie sagt. Offensichtlich gehen sie nicht davon aus, dass ich mich nicht melden würde, und entfernen sich. Vorsichtig sehe ich zum Haus und kann gerade noch erkennen, dass sie darin verschwinden.

»Uff«, mache ich und setze mich wieder zwischen den Lavendel. Was mache ich jetzt? Ich habe keine Lust auf eine Entschuldigungsszene mit anschließendem bitteren Verzeihen, das nicht von Herzen kommt. Zumindest Insa und Hester sollen wieder gehen. Vor ihnen möchte ich das erst recht nicht. Mir bleibt nur eins. Ich muss es ungesehen zum Stall schaffen und mit Rosa davonreiten. Wieder hebe ich den Kopf über den Lavendel und sehe zum Stall. Wenn sie im Wohnzimmer aus dem Fenster schauen, werden sie mich sehen. Also muss ich schnell sein. Verflixt schnell. Ich krabbele auf allen vieren zum Rand des Feldes und verfluche mich selbst dafür, heute kurze Hosen angezogen zu haben. Ich schürfe mir die Knie auf, doch ich mache weiter. Als ich am Rand ankomme, sehe ich zum Haus. Alles ruhig, und hinter den Fenstern des Wohnzimmers kann ich nichts erkennen, aber die Sonne steht auch ungünstig. Für einen Moment schließe ich die Augen und atme tief durch, dann renne ich los. Ich öffne den Stall, dann Rosas Box.

»Dahlia!«, höre ich Mutter, die mich vermutlich vom Fenster aus ruft.

»Keine Zeit zum Satteln«, sage ich zu Rosa, springe auf und halte mich vorsichtig an ihrer Mähne fest. »Lauf, Mädchen … Lauf!«

Wir schießen zum Stall hinaus, wo mein nur fahrlässig geflochtener Zopf sich löst, so dass mir die Haare lockig ums Gesicht wehen. Ich sehe zum Wohnzimmerfenster, wo Mutter und Jesien stehen.

»Dahlia, komm bitte rein«, ruft Mutter. Jesien bleibt still und ich kann fühlen, was er in meinen Augen sieht. Das Gleiche wie in Rosas. Wildheit. Ich gebe Rosa mit meinen Schenkeln zu verstehen, dass sie rennen soll, und wir lassen mein Zuhause hinter uns. Mutters Rufe verhallen ungehört. Erst als wir weit genug weg sind, lasse ich Rosa langsamer laufen. Der Ritt ohne Sattel hat Kraft gekostet und ich bin völlig außer Puste. Erschöpft fahre ich mir durch die Haare und ziehe sie mir damit aus dem Gesicht.

»Braves Mädchen«, raune ich Rosa zu und streichele ihren Hals. Sie schnaubt wissend. Im Trab lasse ich mich von ihr zum Waldrand bringen. Irgendwann steige ich ab und gehe zu Fuß, Rosa folgt mir treu ergeben. Es ist still, nur ein paar Grillen zirpen uns ein Lied, bis ich Hufe hinter mir höre. Ich drehe mich um und erkenne sofort das Pferd meines Vaters. Obwohl der Weg uneben ist, hält der Reiter sich nicht zurück. Die roten Haare verraten seine Identität. Kurz überlege ich aufzusetzen und davonzureiten, doch Jesien ist alleine, also halte ich an, damit er langsamer werden kann und das arme Tier sich nicht noch etwas bricht.

»Was willst du, Jesien?«, frage ich, als er in Hörreichweite ist. Der Herbst springt von dem schnaubenden Pferd und sieht mich ernst an.

»Wieso bist du abgehauen?«

»Ist das nicht offensichtlich?«

Jesien zuckt mit den Schultern und sieht mich abwartend an.

»Ich will nicht mit dir reden.«

»Du bist so ungestüm wie dieses Pferd.« Es liegt keine Wertung darin, es ist nur eine Feststellung. »Und du hast den gleichen Fluchtinstinkt.«

»Und wennschon ... also leg los, was willst du?«

»Mich bei dir entschuldigen.«

»Fein«, keife ich. »Entschuldigung nicht angenommen.« Ich deute an, einen Hut zu ziehen. »Ein schönes Leben wünsche ich.« Damit drehe ich mich um und gehe weiter. »Komm, Rosa.«

»Jetzt warte doch ...«

»Worauf?«, frage ich, ohne anzuhalten. Ich kann an den Hufen hören, dass nicht nur Rosa, sondern auch Jesien mit seinem Pferd mir folgt.

»Lass mich doch ausreden.«

»Dann sprich.«

»Du stures Weib.« Er lacht. »Genau wie Melinda. Ich war so blind.«

Ich weiß nicht, ob ich mich über sein Einsehen freuen soll oder über den Vergleich mit Melinda … wütend und … eifersüchtig werden.

»Hör zu, ich werde es wiedergutmachen.«

»Wozu die Mühe, Jesien?«

»Das ist doch offensichtlich, oder?«

Ich bleibe stehen und drehe mich zu ihm um. »Für mich nicht.«

»Mutter will uns zusammen sehen, also sollten wir uns vertragen.«

Erneut keimt in mir der Verdacht auf, dass Gaia das alles so eingefädelt hat, um uns beiden Zeit zu verschaffen.

»Es ist mir egal, was Gaia will. Wenn ich zurückmuss, wähle ich Aviv und mache mit Nutty einen drauf.«

Jesien sieht mich geschockt an und einen Moment kocht Wut in seinen Augen auf, doch er schluckt sie deutlich sichtbar herunter.

»Wozu also das Ganze?«, frage ich.

»Wie die Dame wünscht«, sagt er. »Offensichtlich habe ich mich in dir geirrt.«

»Und ich mich in dir.«

»Es tut mir leid, Dahlia.« Er wendet das Pferd.

»Lebwohl, Jesien. Ich erwarte von dir, dass du in den Orden zurückkehrst«, rufe ich ihm nach.

»Da muss ich dich enttäuschen«, sagt er über seine Schulter. »Ich habe dich einmal verloren und habe nicht vor das ein weiteres Mal zu tun.« Damit führt er das Pferd von mir weg und lässt mich sprachlos zurück.

Als ich am Abend heimkehre, sitzt Jesien mit meinen Eltern am Tisch und isst zu Abend. Keiner sagt mehr als einen Gruß und ich bin mir sicher, dass Jesien sie darum gebeten hat. Er will mir Vorwürfe für mein Wegrennen ersparen. Da ich keinen Hunger habe, verabschiede ich mich für die Nacht und gehe auf mein Zimmer. Eine halbe Stunde später klopft es an meiner Tür.

»Herein.« Ich bin abgekühlt, die Wut ist verraucht, doch jetzt zieht ein unangenehmes Gefühl in meinem Bauch. Jesien öffnet die Tür und kommt herein.

»Kann man jetzt mit dir reden?«, fragt er mit ruhiger Stimme.

»Ja«, antworte ich. Ich liege auf meinem Bett, den Blick zur Decke gerichtet.

»Ich werde mich so oft bei dir entschuldigen, Dahlia, bis du es aus ganzem Herzen annehmen kannst. Ich kann es verstehen, wenn du darauf nichts erwiderst.« Er räuspert sich. »Also: Entschuldige mein Verhalten. Melinda ist mein wunder Punkt und der Gedanke, dass du sie bist, ist mir ehrlich gesagt schon gekommen, aber ich konnte es nicht glauben. Sie ... dich ... euch ... noch einmal zu verlieren ... ich verrenne mich gerade, entschuldige.« Er atmet hörbar aus. »Ich will nicht, dass du denkst, dass ich dich nur deshalb für mich gewinnen will.«

»Gib es auf, Jesien«, sage ich müde. »Ich war schon immer ein Freund von Taten statt Worten. Vielleicht laufe ich deshalb immer weg. Deine Worte verrennen sich allerdings wirklich gerade.«

»Tut mir leid.«

»Ich mag mir mit Melinda eine Seele teilen, ja, aber trotzdem bin ich ein anderer Mensch.«

»Ich weiß … und das ist gut so.«

Mein Blick wandert zu Jesien, der in seinem weißen T-Shirt so gut aussieht, dass mein Herz schneller zu schlagen beginnt. Wie gerne würde ich meinen Kopf an seine Schulter legen, seinen Herzschlag hören und meine Finger über seine Brust gleiten lassen. Mich an seinem Duft und seiner Wärme berauschen.

»Du gehörst zu mir, Dahlia«, sagt er und sein Blick wandert langsam an mir herunter und wieder hoch. »Und ich weiß, dass du es auch fühlst.«

Ich schlucke, weil mir die Worte fehlen und mein Mund plötzlich ganz trocken ist.

»Ich werde dich nicht an Aviv verlieren und ich werde es nicht dulden, dass wir wie Nevis und Maya enden. Ich habe es miterlebt, Dahlia. Du kannst dir nicht vorstellen, wie sehr die beiden gelitten haben. Sowas Opfer wird nicht umsonst gewesen sein.« Damit steht er auf und lässt mich alleine. Ich friere, obwohl es warm ist. Jesiens Worte gehen mir nicht aus dem Kopf und verlassen mich auch im Schlaf nicht. Das erste Mal träume ich von uns beiden. Von mir und ihm. Keine Melinda.

Am Vormittag des nächsten Tages mache ich mich fertig, um mit Mutter nach Hemera zu gehen und Waren zu tauschen. Ich komme gerade vom Feld, wo ich gestern überstürzt den gepflückten Lavendel habe stehenlassen.

»Heute Morgen lief die Nachricht im Fernsehen«, sagt Mutter und meint damit die Anwesenheit von Jesien und mir. »Gerüchte gab es ja weiß die Göttin schon genug.«

»Man hat uns gesehen, als Werther uns hierhergebracht hat.«

»Dürfte ich die Damen begleiten?«, fragt Jesien, der in der Tür steht. Ich muss zugeben, dass das T-Shirt ihm bedeutend besser stehen als die langen Shirts, die er bei Gaia immer getragen hat. Solche Arme sollte kein Mann verstecken.

»Sehr gerne«, antwortet Mutter. »Du kannst uns tragen helfen.«

»Mit Vergnügen.« Er kommt näher heran und betrachtet die drei Körbe, die Mutter voll bepackt auf den Tisch gestellt hat.

»Ist das dein erster Ausflug nach Hemera, oder hat man es dir vom Orden aus gezeigt?«, frage ich und richte damit seit unserem Gespräch in meinem Zimmer das erste Mal das Wort an ihn.

»Nein, es ist das erste Mal.« Er lächelt mich an und in seinen Augen liegt ein Friedensangebot.

»Schön«, meint meine Mutter und drückt Jesien den schwersten Korb in die Hand. »Ein paar starke Arme können wir gut gebrauchen.«

Auf dem Weg nach Hemera plappert Mutter beinahe ununterbrochen über die Felder und die Nachbarn, die wir passieren. Ich folge den beiden und singe leise vor mich hin. Jesien sieht immer wieder nach mir, teilweise sogar entschuldigend, weil Mutter ihn so in Beschlag hat. Als wir die ersten Häuser erreichen, schließe ich zu den beiden auf. Mit Jesien in der Mitte betreten wir den Hexenkessel der Gerüchteküche. Die Menschen bleiben stehen, tuscheln und sehen uns mit großen Augen an. Viele fallen sofort auf die Knie, um den Halbgott neben mir zu ehren. Ich kann spüren, wie unangenehm das für Jesien ist. Sein Atem stockt jedes Mal und das Lächeln auf seinen Lippen wirkt gepresst. Ich weiß nicht, was mich da reitet, vielleicht Melinda, aber ich ergreife seine Hand und drücke sie. Jesiens Blick gleitet zu mir herunter und eine unausgesprochene Frage steht zwischen uns. Doch ehe ich etwas sagen kann, löst er seine Hand aus meiner und legt den Arm um meine Taille. Als sich seine Lippen kurz darauf auf meinen Scheitel legen, fühle ich mich wie vom Blitz getroffen. Mein ganzer Körper kribbelt und Hitze breitet sich in mir aus. Ich will mehr.

»Danke«, flüstert Jesien in meine Haare.

»Kinder«, fährt meine Mutter dazwischen und zerstört den Moment. Auf Mütter ist eben immer Verlass. Jesien sieht zwar wieder auf, aber sein Arm ruht weiter um meine Taille.

»Wir müssen hier rein«, sagt Mutter und deutet auf die Apotheke. Hier tauschen wir nichts, wir geben lediglich ein paar Heilkräuter ab. Die Apothekerin bekommt ohnehin kein Wort heraus und starrt den Herbst an, als sei er ein Geist.

»Es ist ein wahrer Segen für deine Familie, Rachaela«, sagt sie schließlich doch noch und drückt die Hand meiner Mutter.

»Ja, das ist es.« Mutter sieht zu Jesien und mir. »Ein leibliches Kind unserer gütigen Göttin unter dem Dach zu haben ist mehr, als ich mir je erträumt hätte.«

»Wirst du ihn wählen, Dahlia?«, fragt die Apothekerin und merkt dann sofort, dass sie das nicht hätte fragen sollen. »Verzeih, ich vermute, es gehört sich nicht, so etwas zu fragen.« Unsicher sieht sie zu Jesien.

»Ich hoffe es jedenfalls«, antwortet dieser und der Druck an meiner Taille wird fester. Statt etwas zu sagen, lächele ich nur. Ich befürchte, dass alles, was mir einfallen würde, unangebracht oder falsch wäre. Wir verabschieden uns und gehen dann noch zum Bäcker und zur Metzgerei, um ein paar Waren zu tauschen. Dabei begegnen wir auch Lisandra und Umma, die uns in ihrem Laden begrüßen. Mutter läuft überall zur Hochform auf und scheint richtig mit Jesien und mir anzugeben. Der Herbst spielt freundlicherweise mit, während ich beginne mir zu wünschen für einen Moment mit ihm alleine zu sein. Auf dem Rückweg verlässt mich Jesiens Arm nicht. Erst als wir wieder zu Hause sind, löst er sich von meiner Seite und sein Blick verrät mir, dass es ihm nicht gefällt.

»Kann ich kurz mit dir sprechen?«, frage ich.

»Immer, Dahlia.«

Ich führe ihn ins Lavendelfeld, wo wir uns zwischen die Blumen setzen.

4. BRAUT DER JAHRESZEITEN

»Warst du gestern hier, als ich vom Orden zurückkam?«, fragt Jesien und sieht sich in unserem lilafarbenen Versteck um.

»Ja«, gestehe ich. »Ich liebe dieses Feld.«

»Hör zu, Dahlia, wenn du mir jetzt die Leviten lesen willst, weil ich dich im Arm gehalten habe, dann ...«

»Nein«, unterbreche ich ihn. »Ich will ernsthaft mit dir reden.« Ich sehe ihn an. Diese Augen, dieses Gesicht. Ich will ihn. Keinen anderen. Nicht Aviv, nicht Sol.

Jesien wirkt ein wenig erstaunt über meine Worte und sieht mich abwartend an.

»Ich will nicht den gleichen Fehler machen wie Maya und Nevis damals«, leite ich meine Erklärung ein und Jesien wird unruhig.

»Danke, Dahlia. Danke, genau das geistert mir auch ununterbrochen im Kopf herum. Ich habe deshalb in der Nacht nicht geschlafen und ...«

»Du lässt mich nicht ausreden«, necke ich ihn lachend und Jesien atmet tief durch, um mir dann mit einer Geste anzudeuten, dass ich sprechen soll. Dabei möchte ich ihn gerade eigentlich nur ... küssen.

»Ich empfinde viel für dich«, gestehe ich. »Deshalb konntest du mich auch so sehr verletzen mit deinem Misstrauen.«

»Nur eins, Dahlia«, wirft er dazwischen. »Ich habe dir geglaubt und genau das war das eigentliche Problem. Der Gedanke hat mir anfangs Angst gemacht.« Er nimmt meine Hände. »Du kannst Insa fragen, ich war zwar mit ihr in der Bibliothek, aber ich habe dort nicht gelesen.«

»Nicht?«, frage ich.

»Nein, ich wusste, dass du mich nicht angelogen hast. Ich habe etwas ins Buch der Hüterinnen geschrieben, deshalb waren wir dort.« Er streicht mir mit einer Hand über die Wange. »Ich mag ein Narr sein, der gerne Wein trinkt, aber ich erkenne die Liebe, wenn sie vor mir steht. Allerdings habe ich gegen sie angekämpft. Etwas, wovon ich Maya damals noch abgeraten habe.« Jesien lacht bitter und scheint sich einen Moment zurückzuerinnern.

»Und jetzt?«, frage ich. »Was machen wir jetzt?«

»Werde die Meine, Dahlia.«

Mein Herz setzt aus.

»Werde die Meine für hundert Jahre ... und danach ... Sowa ist tot. Ich hoffe, dass Mutter dich zu meinem Tiergeist macht, wie sie es mit Maya für Nevis getan hat.« Jesien scheint eher laut nachzudenken, als mit mir zu sprechen. Ich sehe den Schmerz in seinem Gesicht, als er den Namen seines Tiergeists erwähnt, und möchte ihn am liebsten sofort trösten. Doch ... Moment mal ...

»Maya ist Nevis' Tiergeist? Sie ist die weiße Wölfin?«, hake ich nach.

»Ja, es war der einzige Weg, sie in unserer Welt halten zu können.«

»Und wenn Gaia das mit mir nicht macht?«, frage ich und habe Angst vor seiner Antwort, gleichzeitig staune ich über Sowas Opfer. Die Eule muss Jesien sehr geliebt haben ... und er sie, denn auch wenn wir nie wirklich darüber gesprochen haben, habe ich sein Schluchzen noch heute im Ohr. Ganz zu schweigen von den traurigen Augen, die mir seelischen Schmerz zugefügt haben.

»Wir haben keine andere Wahl, Dahlia. Wir müssen diesen Weg gehen, denn jetzt, wo ich dich gefunden habe, werde ich dich nicht wieder hergeben.«

»Ich habe Angst, Jesien. So oft habe ich Melindas Schmerz gespürt, als ihr ... wir ... getrennt wurden. Meine Seele erinnert sich viel zu gut daran.«

Jesien zieht mich in seine Arme. »Ich werde das nicht noch einmal zulassen, Dahlia. Vertraue mir.«

»Das tue ich.«

Jesien hebt mein Gesicht an und kommt mir mit seinem entgegen. Unsere Augen finden einander, bis er schließlich die letzten wenigen Zentimeter überbrückt und mich küsst. Mein Herz, meine Seele und mein Körper erinnern sich an ihn, schmiegen sich an ihn. Die Welt um uns herum verschwindet, es scheint nur noch uns zu geben, in einem zeitlosen Universum aus Hitze und Haut. Als Jesien sich plötzlich von mir löst, habe ich das Gefühl zu fallen, doch seine starken Arme halten mich. Wir stehen gemeinsam auf.

»Werde die Meine, Dahlia«, fleht er erneut.

»Unter einer Bedingung«, sage ich.

»Die wäre?« Er lächelt, als hätte ich ihn zu irgendwas herausgefordert.

»Wir heiraten hier.«

Jesien legt den Kopf schief. »In Ordnung.«

»Das war einfach«, sage ich und grinse. »Sollten wir uns tatsächlich einmal so schnell bei etwas einig sein?«

»Das ist unheimlich«, grübelt er gespielt, »aber nehmen wir es so hin. Wir sind uns einig.«

Ich boxe ihn sanft auf die Schulter.

»Vorsicht«, warnt er verschmitzt. »Ich bin sensibel.«

Mit den Augen rollend nähere ich mich ihm wieder mit meinem Gesicht. Auf Zehenspitzen erreiche ich sein Kinn.

»So ein süßer Kussmund«, neckt er mich, weil ich nicht an seine Lippen reiche.

»Dich heirate ich nicht«, schimpfe ich und weiche zurück. Ich sehe zum Himmel. »Aviv? Komm und rette mich!«

Jesiens Arme legen sich um meine Taille. Sanft hebt er mich an, so dass ich ihm direkt ins Gesicht sehen kann.

»Niemals bekommt dich dieser Blümchenpflücker«, raunt Jesien und ich kann nicht anders, als meine Hände in seinen roten Haaren zu vergraben. Ich schließe mit einem erleichterten Seufzen meine Augen und küsse ihn. Gemeinsam sinken wir zu Boden, zwischen die Lavendelbüsche.

»Ich komme da nicht mit«, sagt meine Mutter und macht große Augen. »Jetzt wollt ihr plötzlich heiraten?«

»Konntet ihr euch nicht vor einer Stunde noch nicht ausstehen?« Vater sieht uns prüfend an.

»Was sich neckt, das liebt sich«, meint Benji. »Und ich finde es ehrlich gesagt schön, dass wir bei Dahlias Hochzeit dabei sein können.«

»Ja, ja, natürlich«, ruft Mutter aus. »Ich bin nur so ... baff ... und frage mich, ob wir das ohne Gaias Anwesenheit überhaupt tun sollten?« Mutter sieht zu Jesien.

»Es gibt bei uns keine Zeremonie. Die Braut geht einfach für immer mit in die erwählte Jahreszeit.« Der Herbst sieht sie entschuldigend an. »Aber es gibt eine Art Brautkleid für diesen letzten Übergang.«

»Mutter, weinst du?«, frage ich, weil sich ihre Augen gerade verräterisch röten.

»Noch nicht, aber gleich.«

»Rachaela«, sagt Vater tröstend und nimmt sie in den Arm. »Ich glaube, dass Benji Recht hat. Besser könnte es uns in der Situation gar nicht treffen. Wir wissen, bei wem Dahlia sein wird, und dürfen sogar ihre Hochzeit miterleben.«

Die Worte aus dem Mund meines Vaters bedeuten mir viel, da ich bis dahin nicht genau wusste, ob er es akzeptieren würde. Andererseits: Welche Wahl hat er schon? Er löst sich von Mutter und kommt zu mir.

»Kann ich dich kurz alleine sprechen?«

Ich nicke und lasse mich von ihm ins Wohnzimmer bringen.

»Hör zu, Dahlia«, kommt er gleich zur Sache. »Es besteht die Möglichkeit, dass Gaia dich wirklich verstoßen hat. Was ist, wenn es stimmt und du Jesien heiratest? Dann kommt die Göttin und nimmt dir irgendwann den Ehemann weg. Oder sie hat ihn ins Exil geschickt und du hättest im Grunde jeden heiraten können?«

»Es wäre immer Jesien, Vater«, sage ich mit fester Stimme und aus ganzem Herzen. »Es war immer er.«

»Das wollte ich hören.« Er lächelt mich väterlich an. »Dann habt ihr meinen Segen.«

»Danke.« Ich falle in seine Arme. Die Wärme, die mich dort erwartet, fühlt sich so sicher und vertraut an, dass ich mich plötzlich wieder wie eine Fünfjährige fühle. Genau wie das kleine Mädchen, das gedacht hat, dass ihr in diesen Armen niemals etwas Schlimmes passieren könnte. Vater küsst meinen Scheitel.

»Komm, gehen wir zu deinem Verlobten. Wir brauchen einen Anzug für ihn.«

»Und ich brauche ein Brautkleid.«

»Das ist die Abteilung deiner Mutter.«

Vater lächelt auf mich herab und führt mich dann einen Arm um meine Schulter gelegt zurück in die Küche.

»Alles in Ordnung?«, fragt Mutter.

»In bester Ordnung sogar«, antwortet Vater zufrieden und sieht Jesien an. »Wann gedenkt ihr zu heiraten?«

»So schnell wie möglich«, antworten Jesien und ich fast gleichzeitig.

»Mutter könnte uns jeden Tag abholen«, erklärt er dann weiter. »Und es ist Dahlia und mir wichtig, dass wir das noch hier auf der Erde machen.«

Vater und Mutter tauschen einen Blick.

»Ich reite zu Insa und sehe zu, dass wir das so schnell wie möglich vorbereiten können«, sagt Mutter und hält dann eine Hand vor ihre Stirn, während sie hastig nachzudenken scheint. »Und dann reite ich zur Schneiderin, ich brauche jede Menge Stoff.«

»Ich helfe dir«, bietet Zahra an.

»Ja, unbedingt.« Damit verschwindet Mutter und murmelt etwas von Pferdesatteln. Zahra kommt lächelnd auf mich zu.

»Wer hätte gedacht, dass du noch vor mir hier in Hemera heiratest?«, sagt sie und zwinkert mir freudig zu.

»Ihr zwei solltet so langsam auch mal mit dem Planen beginnen.«

»Lasst euch doch auch einen Termin geben, wenn ihr schon in den Orden reitet«, schlägt Jesien vor. Zahra sieht zu Benji, der nickt.

»Oh, das ... ja, das ... ja ...«, stammelt die ehemalige Hüterin und errötet. »Jesien ... würdest du ... vielleicht ... also wenn du noch hier bist ...«

»Ja«, unterbricht er Zahras Gestammel. »Kläre das mit den Hüterinnen vorher ab, aber ich würde euch sehr gerne trauen.«

»Wahnsinn«, höre ich Benji murmeln.

»Das ist so ... lieb von dir! Danke!«, freut sich Zahra und rennt dann meiner Mutter hinterher. Vater sieht mich an.

»Du solltest zu Liliana reiten und es ihr erzählen«, sagt er und sein Blick schweift zu Jesien. »Wir zwei unterhalten uns jetzt.«

Der Herbst nickt Vater zu und gibt mir dann einen Kuss. Als die beiden durch die Tür verschwinden, sehe ich, wie Vater meinem Verlobten auf den Rücken klopft. Ich muss mir also keine Sorgen über ihr Gespräch machen. Oder doch? Ich schüttele alles ab und mache das, was Vater mir gesagt hat. Im Stall sehe ich in Rosas Augen.

»Verheiratet oder nicht«, flüstere ich, die Stirn an ihre gelehnt, »wir werden uns nie zähmen lassen.«

Als ich am Abend von meiner Schwester zurückkehre, erwartet Jesien mich bereits vor der Tür. Er lehnt an der Hauswand und schaut zum Himmel. Im schummrigen Abendlicht scheinen seine roten Haare zu brennen.

»Wartest du auf mich?«, frage ich.

»Schon immer«, antwortet er und kommt auf mich zu. Er nimmt Rosas Zügel und ich bin erstaunt, dass sie es mit sich machen lässt. »Ich habe mich mit Sol unterhalten.«

»Oh!« Erstaunt sehe ich in sein Gesicht, versuche daraus bereits die Antwort meiner nächsten Frage zu lesen: »Hast du es ihm gesagt?«

»Ja, meine Brüder wissen jetzt, dass du mich gewählt hast.«

»Es war sicher keine Überraschung, oder?«

»Konnte ich anhand eines *Herzlichen Glückwunsch* in Schattenschrift schwer einschätzen.« Jesien grinst amüsiert zu mir hoch und sieht dabei trotz seiner Größe und Statur wie ein kleiner Junge aus. »Irgendwie habe ich ein schlechtes Gewissen, weil Mutter mich dieses Mal so bevorzugt hat.«

Ich streiche ihm über die stoppelige Wange. »Gute Menschen verdienen Gutes.«

»Danke.«

Ich werfe mir die Haare über die Schulter. »Warum dann ausgerechnet du so etwas Tolles wie mich bekommst, verstehe ich allerdings auch nicht.«

Ehe ich auch nur schreien kann, hat mich Jesien vom Pferd gezogen und küsst mich.

»Sucht euch ein Zimmer«, höre ich irgendwo hinter mir Benji rufen und dann das Geräusch von Hufen auf Kies. Als ich mich von Jesiens Kuss löse, ist Rosa weg. Im Stillen danke ich Benji und sehe meinen Verlobten abwartend an.

»Deine Eltern sind wegen der Hochzeit unterwegs«, informiert mich dieser.

»Wann ist sie?«

»Morgen.«

»Was?«, rufe ich erstaunt aus. »Schon morgen?«

Jesien vergräbt sein Gesicht in meinen Haaren. »Ich kann es kaum erwarten.«

Ein Schauer läuft mir vom Nacken über den Rücken, während sich Hitze in meinem Schoß ausbreitet. Jesien presst meinen Körper fest an seinen, was meinen Bauch zum Kribbeln bringt.

Er duftet nach frischem Heu, sicher hat er mit den Pferden geholfen.

»Morgen gehörst du mir«, raunt er in meinen Nacken.

»Das tue ich bereits jetzt«, sage ich mit belegter Stimme und räuspere mich.

»Wirklich?« Seine braunen Augen suchen nach der Wahrheit in meinen. Er findet sie und ich nicke. Eine Sekunde später liege ich in seinen Armen und er trägt mich ins Haus, die Treppe hinauf in mein Zimmer. Sanft legt er mich auf meinem Bett ab.

»Ich kann nicht mehr warten, Dahlia«, flüstert er und küsst mich. Ich ziehe ihn zu mir heran, so dass er halb auf mir liegt. Das Gewicht seines Körpers fühlt sich willkommen und vertraut an. Ich schließe meine Augen und lasse mich von meinem Herzen führen.

Am nächsten Morgen starre ich eine gefühlte Ewigkeit in den Spiegel. Sehe ich anders aus? Ich bin eine Braut und seit der letzten Nacht auch … eine Frau. Unbewusst befeuchte ich meine Lippen und ein Lächeln stiehlt sich auf mein Gesicht. Es klopft an der Tür.

»Dahlia?« Meine Mutter tritt herein. Ihre Wangen sind gerötet vor Aufregung und über ihrem Arm liegt das, was ich als mein Brautkleid vermute. »Ich habe die ganze Nacht mit Zahra drangesessen.« Erst jetzt fällt mir auf, wie müde ihre Augen aussehen, doch die Hochzeit hält sie aufrecht. »Bitte probiere es an, damit ich es notfalls noch ändern kann, bevor ich mich noch etwas hinlege.«

Die Trauung findet am Abend statt. Es war Jesiens Wunsch, der mich fast in den Wahnsinn treibt. Was soll ich den ganzen Tag tun?

»Hier«, unterbricht Mutter meine Gedanken und legt das bauschige Kleid aufs Bett. Sie hat eine große Tagesdecke darumgeschlagen. Vermutlich, damit Jesien es nicht vorher sieht. Ich gehe zum Bett und schiebe die Abdeckung beiseite. Mein Atem stockt.

»Rot?«, frage ich erstaunt.

»Nicht nur«, sagt Mutter aufgeregt und drängt mich es ganz auszupacken. »Komm, zieh es an.«

Ehe ich mich's versehe, ertrinke ich im Rauschen und Rascheln von Tüll und Stofflagen. Mutter schnürt mich oben herum fest ein, und als ich mich umdrehe, um mich im Spiegel zu sehen, bleibt mir der Mund offen stehen. Es ist trägerlos und die Korsage ist dunkelorange. Nach unten hin wird die Farbe immer dunkler und verläuft bis zum weit ausgestellten Rock in ein kräftiges Rot. Am unteren Saum und unter meiner Brust befinden sich raffinierte goldene Stickereien. Beim genaueren Hinsehen erkenne ich kleine Blätter.

»Du bist die Braut des Herbstes, mein schönes Kind«, raunt meine Mutter ehrfürchtig hinter mir. Ich sehe ihr tränenüberströmtes Gesicht im Spiegel.

»Ich bin sprachlos, Mutter«, sage ich und ergreife ihre Hand an meiner Taille. »Danke.«

»Niemand soll sagen, dass wir Menschen aus Hemera den Göttern keine wunderschöne Braut stellen können.« Sie drückt meine Hand, dann fällt ihr noch etwas ein. »Jetzt haben wir glatt das Wichtigste vergessen.«

»Was denn?«, frage ich verwirrt. Mutter deutet auf einen Beutel, der noch in der Tagesdecke liegt. Sie öffnet ihn und holt einen goldenen Schleier heraus sowie eine Haarspange, geschmückt mit roten und goldenen Blättern.

»Das haben Frauen aus Hemera heute Morgen gebracht.«

Ich nehme die Haarspange in die Hand. »Sie ist himmlisch!«, rufe ich aus und streiche vorsichtig über die kleinen Blätter aus Filz. Natürlich ist es kein Metall, wie es die Frauen früher getragen haben. Solche Dinge gibt es kaum noch, das Material wird für wichtigere Sachen benötigt. Mutter bindet mir die Haare zur Probe flüchtig zu einem Dutt hoch. Dann steckt sie den Schleier unten dran fest und die Spange an die Seite. Ich sehe aus wie ... eine Braut. Meine Augen füllen sich mit Tränen. Es ist nicht unbedingt das Kleid ... sondern die Tatsache, dass ich diesen Moment mit meiner Mutter erleben darf.

»Die Menschen aus Hemera haben die ganze Nacht gearbeitet und sich viele schöne Dinge für euch ausgedacht.«

Ich nicke, zu mehr bin ich nicht im Stande.

»Komm, Kind, zieh alles wieder aus. Du solltest dich noch etwas ausruhen.«

»Ich will das hier nie wieder ausziehen.« Ich drehe mich vorsichtig und genieße das Rascheln der Röcke. Wenn doch nur meine Haare nicht so silbrig wären ...

Meine Mutter schafft es doch noch, mich dazu zu bringen, mein Kleid wieder auszuziehen. Irgendwie bekomme ich auch ein leichtes Frühstück herunter. Jesien wurde von Benji zu meiner Schwester gebracht, um dort den Tag zu verbringen. Er kommt mir in den langen Stunden bis zum Abend unerreichbar weit weg vor. Den Vormittag verbringe ich auf Befehl meiner Eltern im Bett, um mich auszuruhen, doch auch wenn ich die Nacht nicht viel geschlafen habe, wollen sich meine Augen nicht schließen. Meine Gedanken kreisen um Jesien, Gaia und meine Zukunft. Als Zahra und Mutter am Nachmittag an meine Tür klopfen, rutscht mir das Herz vor Aufregung in die Hose.

»Wir kleiden dich an und frisieren dich«, sagt Zahra, die – genau wie meine Mutter – bereits ihre Haare gemacht hat. Es dauert über eine Stunde, bis mein Kleid und die Haare perfekt sitzen. Um meine Narben am Hals zu verdecken, legt Mutter mir eine Kette an, die zu meiner Haarspange passt. Die Frau, die sie gefertigt hat, hat sie erst vor einer Stunde vollendet. Ich betrachte mich im Spiegel und die Aufregung lässt mich zittern. Als Erstes darf Vater mich sehen. Als er das Wohnzimmer betritt, in dem sich die Frauen meiner Familie versammelt haben, füllen sich seine Augen mit Tränen.

»Wenn das nicht eines Gottes würdig ist, dann weiß ich auch nicht«, sagt er leise, schluckt und atmet tief durch. Geräusche von außerhalb ziehen meine Aufmerksamkeit auf sich.

»Halb Hemera steht auf unserem Hof und will dich mit Musik zum Orden begleiten«, erklärt Vater. Nun bin ich diejenige, die schlucken muss.

»Gehen wir raus und zeigen den Leuten die Braut«, sagt Mutter und die Aufregung in ihrer Stimme spiegelt mein Innerstes wider. Vater hält mir seinen Arm hin und ich hake mich ein. Doch etwas fehlt ...

»Ich habe noch keine Blumen«, sage ich.

»Bekommst du«, höre ich Zahra irgendwo hinter mir sagen. Dann spüre ich ihre Hand an meiner. Ich drücke sie und lächele ihr über die Schulter zu.

»Auf geht's«, meint Vater und führt mich durch den Flur zur Haustür. Mutter öffnet sie und gibt den Blick auf eine Menschenmenge frei, die sofort zu jubeln und zu klatschen beginnt. Mein

Herz flattert vor Aufregung wie ein kleiner Vogel. Musik erklingt und die Stimme einer Frau erhebt sich. Es ist ein altes Lied, keltischen Ursprungs, wenn ich mich nicht irre. Vater geht vor mir durch die Tür und reicht mir dann die Hand, um mir hindurchzuhelfen. Ein Raunen geht durch die Masse von Menschen und vereinzelt höre ich, wie vor Freude mein Name gerufen wird. Ich weiß nicht, wie ich mit alldem umgehen soll, also lächele ich einfach und winke den Hemeranern zu. Vater führt mich auf den Hof, wo Rosa bereits gesattelt auf mich wartet. Er und die Frauen meiner Familie helfen mir hinauf und drapieren mein Kleid. Vom Pferd aus kann ich die Menschenmenge um mich herum besser sehen. Unglaublich, wie viele Leute heute Abend erschienen sind. Hemera muss gähnend leer sein. Dann, ganz plötzlich, bricht das Licht über mir und die Menschen rufen erstaunt aus.

»Sol!« Ich sehe nach oben zum Himmel. Der Farbton verändert sich, wird rötlich-golden ... wie im Herbst. Einzelne helle Lichtstrahlen tanzen um mich herum und ich führe meine Finger an die Lippen und schicke einen Kuss nach oben. »Danke!«, rufe ich ihm entgegen.

Eine Frau kommt mit einem großen Strauß leuchtend roter Dahlien auf mich zu.

»Wie?«, frage ich verwirrt. Es sind Herbstblumen.

»Euer Zukünftiger hat sie mir gebracht, damit ich sie für dich binde«, sagt die Frau, deren Name mir vor Aufregung gerade nicht einfallen will. »Er sagte, dass sein Bruder sie für dich hat wachsen lassen.«

Spätsommer, geht es mir durch den Kopf. Dahlien wachsen auch im Spätsommer. Jesien hat das mit Sol geplant ... die herbstliche Abendsonne, die mein Haar golden schimmern lässt, und die Dahlien. Gerührt nehme ich der Frau den hübschen Strauß ab und danke ihr von ganzem Herzen.

»Dann können wir wohl los«, sagt mein Vater und führt Rosa an den singenden und jubelnden Menschen Hemeras vorbei, die uns dann in einem langen Zug folgen. Mutter geht neben meinem Pferd und hat eine Hand über meine an den Zügeln gelegt. Ihre Nähe gibt mir die Kraft, nicht von Rosa herunterzufallen. Als wir am Orden ankommen, warten noch mehr Menschen auf mich. Instrumente spielen auf und der Gesang wird lauter. Jesien tritt an Insas Seite heraus, und als unsere Blicke sich treffen, beginnen bei mir Tränen zu fließen. Er rennt auf mich zu und hilft mir vom Pferd herunter. Dann weicht er etwas zurück und betrachtet sprachlos mein Kleid. Er braucht nichts zu sagen ... Seine braunen Augen sprechen bereits Bände. Die Musik um uns herum verstummt und Gemurmel erklingt.

»Dahlia, du siehst schöner aus als die herbstliche Abendsonne, die du so liebst«, flüstert mir Jesien ins Ohr und küsst dann meine Wange. Es ist mir im ersten Moment unangenehm, weil es die Seite mit der Narbe ist, aber dann entspanne ich mich, als ich in Jesiens Blick versinke. Es scheint für wenige Sekunden nur uns beide zu geben. Es ist genau der Moment in dem ich fühle, wie sehr ich ihn mit jeder Faser meines Herzens liebe. Mit seinen Daumen wischt er meine Tränen weg und sieht dann an sich herunter.

»Und?«, fragt er und posiert in seinem Anzug. Der Kummerbund hat die gleiche Farbe wie sein Haar ... und mein Kleid. Ich muss lachen und atme dann zitternd durch.

»Du kannst dich auch sehen lassen«, sage ich, worauf er mich unter seinen Wimpern hindurch ansieht. Dieser Blick jagt einen wohlig warmen Blitz durch mich hindurch.

»Darf ich?«, fragt er und hält mir seinen Arm hin. Ich ergreife ihn und die Musik um uns herum erklingt erneut. Insa winkt uns zu sich. Wir folgen ihr in den Saal, wo die Trauungen stattfinden. Die Hüterinnen haben ihn über Nacht mit Blumen und Kerzen geschmückt, doch das alles nehme ich nur am Rande wahr. Die kurze Zeremonie zieht an mir vorbei, weil ich nur an Jesien neben mir denken kann. Wie Magnete pressen wir unsere Seiten aneinander und ich kann es nicht erwarten, wieder mit ihm alleine zu sein. Als uns Insa schließlich als verbunden erklärt, erwache ich aus meiner Trance und falle Jesien um den Hals.

5. GÖTTLICHKEIT AUF ERDEN

Nevis meint es diesen Winter gut mit uns. Jesien, Vater und Benji haben hart daran gearbeitet, alles winterfest zu machen. Durch das Fehlen des Herbstes sind viele Pflanzen eingegangen, doch das meiste konnten wir retten. Zahra sitzt in der Küche und streichelt den kleinen Bauchansatz, der so langsam ihren Zustand verrät, während ich versuche die Hose zu flicken, die Jesien gestern im Stall zerrissen ist.

»Ich reite nachher noch mit Mutter nach Hemera«, erzähle ich Zahra. »Brauchst du etwas?«

»Nein, ich werde dann kochen.«

»Wir haben noch einen Braten im Kühlraum.«

Zahra erhebt sich. »Dann hole ich ihn, damit er heute Abend fertig ist.« Sie sieht zum Fenster hinaus, wo dicke Flocken zur Erde herabschweben. »Die Männer können etwas Deftiges gut gebrauchen nach der Kälte.«

»Das dachte ich auch«, seufze ich und trenne den Faden mit den Zähnen ab. »Fertig, das sollte halten.« Ich betrachte mein Werk. »Und wenn nicht, muss er ohne gehen.«

»Du lässt mich also nackt laufen, Frau?«, höre ich die geliebte Stimme hinter mir. Jesien steht in der Tür zur Küche und begrüßt Zahra und mich mit einem Lächeln.

»Ich hole den Braten«, sagt meine Freundin und lässt uns alleine. Jesien kommt zu mir und küsst mich.

»Na, was steht an?« Er nimmt einen der letzten Äpfel, die wir noch haben, und beißt hinein. Irgendwie hat Jesien es geschafft, einen Baum so zu pflegen, dass wir trotz des Aussetzens des Herbstes ein paar Äpfel bekamen. Wenn auch sehr spät.

»Näharbeiten«, maule ich, weil das keine meiner liebsten Beschäftigungen ist.

»Wir haben draußen ein vom Frost gerissenes Rohr repariert. Das war nicht einfach ... Es scheint mir fast, als wollte mein Brüderchen uns ärgern.«

Ich denke an Nevis und muss lächeln.

»Kannst du ihm nicht sagen, er soll das lassen?« Ich sehe zum Fenster und betrachte dann die schneenassen Haare meines Mannes.

»Wieso? Ich finde das toll.«

»Ja, weil du den Winter noch nie erlebt hast«, ziehe ich ihn auf und küsse ihn auf die Wange. Jesien hat sich auf der Erde gut eingelebt. Ich genieße es, abends seinen von der Arbeit erschöpften, aber zufriedenen Ausdruck im Gesicht zu sehen. Er hat wie alle Männer auf Erden einen gesegneten Appetit entwickelt und das Leben hier hat seinen Körper gestählt. Beide wollen wir nicht an den Tag denken, an dem die Göttin kommt und uns hier abholt. Jesien hat meine Familie ins Herz geschlossen und er freut sich über den Trubel, der hier im Haus herrscht. Unser einziger Trost ist, dass wir zusammen sein werden. Wir haben auch beschlossen, dass wir seine Felder mit der Hand bewirtschaften werden und er dafür nicht seine Kräfte nutzen wird. Mal sehen, ob wir das durchhalten, zumal die Felder in einer göttlichen Welt sicher nicht mit denen auf der Erde zu vergleichen sind. Ich schließe den Nähkasten und räume ihn wieder in die kleine Kommode, wo Mutter ihn abgestellt hatte. Jesien folgt mir und schließt seine Arme um meine Mitte. Sein Mund küsst von meiner

Schulter eine heiße Spur bis zum Ohr hinauf. Ich schmelze wie Wachs.

»Können wir kurz hochgehen?«, raunt er in mein Ohr. Ich drehe mich in seiner Umarmung und das glühende Braun seiner Augen trifft mich.

»Ja«, hauche ich heiser. Er hebt mich hoch und trägt mich die Treppen nach oben. Wir schließen die Tür hinter uns ab. Während der Schnee still und eisig vor dem Fenster zur Erde fällt, wärmen wir uns gegenseitig. Unsere Körper verschmelzen zu einem, kosten voneinander und schenken uns Liebe.

Eingehüllt in die Decke stehe ich etwas später am Fenster und sehe hinaus. Jesien kleidet sich wieder an und stellt sich dann zu mir.

»Zahra und du, ihr solltet nicht mehr nach Hemera reiten«, sagt er und küsst meinen Scheitel.

»Das Gleiche dachte ich auch gerade.« Dann, ganz plötzlich, erscheint ein heller Lichtblitz auf dem Feld unter uns. Noch bevor das Licht Gestalt angenommen hat, bricht Panik in mir aus.

»Mutter«, sagt Jesien und seine Stimme klingt beinahe tonlos. Die Göttin steht, geschmückt mit Blüten, im weißen Schnee und sieht zu uns nach oben. Aus der Entfernung kann ich nicht sagen, ob sie lächelt oder wütend aussieht.

»Zieh dich schnell an«, sagt Jesien und wirkt dabei nervös. Ich folge seiner Aufforderung und ziehe mir Hose und Pullover über. Meine Haare binde ich nur schnell mit einem Band zusammen.

»Deine Mutter hat sie entdeckt«, informiert mich Jesien, der noch am Fenster steht und hinaussieht. »Sie gehen ins Haus.«

»Gut«, seufze ich, »dann ist es jetzt wohl so weit und wir müssen uns verabschieden.« Mein Herz wird schwer, doch Jesien legt einen Arm um meine Schulter und es wird ein wenig leichter.

»Wir sind zusammen, nur das zählt«, tröstet er mich. »Wir sollten uns dankbar für die Zeit hier zeigen.«

»Du hast Recht«, sage ich und lehne meinen Kopf an seine Seite. »Gehen wir runter.«

Gaia steht im Wohnzimmer und lächelt meine Eltern an, die hastig umherlaufen und versuchen ihr jeden Wunsch von den Augen abzulesen.

»Ihr habt zueinandergefunden«, sagt die Göttin und dreht sich dann um. Als ihr Blick mich trifft, ändert sich ihr Gesichtsausdruck. Gerade hat sie noch gelacht, jetzt sieht sie ernst aus. Mein Herz bleibt fast stehen. Sie atmet tief durch, während die Blumen um sie herum plötzlich ihre Köpfe hängen lassen. Für einen Moment schließt sie die Augen und schluckt.

»Mutter?« Jesien klingt besorgt, er hat es ebenfalls gemerkt. »Was ist mit dir?«

»Ich bin gekommen, um euch zu holen«, sagt die Göttin und klingt erschöpft.

»Das dachten wir uns und wir sind bereit.« Jesiens Arm drückt mich an ihn.

»Nein«, sagt Gaia und sieht ihren Sohn entschuldigend an. Die Regenbogenfarben ihrer Augen wirken verblasst. »Du musst zurück.«

»Mit Dahlia.« Jesien drückt jetzt zu fest.

»Das geht nicht.«

»Was? Nein!«, schreit Jesien, während ich noch wie versteinert bin und fühle, wie in mir alles zerbröckelt. Gaia kommt auf uns zu und sieht zu meinem Bauch. Sie legt eine Hand darauf und sieht mir dann tief in die Augen.

»Dahlia trägt dein Kind, Jesien.«

Stille herrscht im Raum. Sie ist so groß und schwer, dass sie mich zu erdrücken droht. Schwanger? Ich erwarte ein Kind?

»Was?«, wiederholt sich Jesien, nur leiser.

»Dein Kind wächst unter ihrem Herzen«, erklärt Gaia noch einmal mit ruhiger Stimme. »Sie kann so nicht mit in deine Welt.«

»Aber sie kann auch nicht hierbleiben«, meint Jesien. »Ich gehe nicht ohne sie.« Er schiebt mich zurück und stellt sich vor mich. Panik schießt durch mich hindurch. Mir wird klar, dass ich ihn verlieren werde.

»Mutter, bitte«, flehe ich, während mir Tränen über das Gesicht laufen. »Ich kann das Kind doch austragen und du holst mich dann?«, schlage ich voller Hoffnung vor. »Meine Eltern ziehen es bestimmt groß.«

Gaia lächelt traurig. »Nein, Dahlia. Das wirst du nicht wollen, glaube mir.«

»Doch!«, protestiere ich laut, was meine Mutter scharf Luft einziehen lässt. »Ich bleibe nicht ohne Jesien hier.«

»Bitte verabschiedet euch jetzt«, sagt die Göttin und dreht sich dann von uns weg, als wolle sie ihre Traurigkeit vor uns verbergen.

»Ich werde mich nicht verabschieden«, schimpft Jesien. »Ich gehe nicht ohne sie. Du kannst nicht von mir verlangen, dass ich meine Frau verlasse, Mutter. Erst recht nicht, wenn sie mein Kind unter dem Herzen trägt. Mutter!« Das Braun in seinen Augen glüht vor Wut.

»Es tut mir so leid.« Die Stimme der Göttin ist kaum mehr als ein Flüstern.

Dann ist Jesien plötzlich verschwunden. Ich greife ins Leere, drehe mich um mich selbst. Mit wild klopfendem Herzen suche ich den Raum ab, denn mein Herz will nicht glauben, was mein Verstand längst erfasst hat.

Er ist weg.

Für immer.

NEIN! Ich renne auf die Göttin zu, will sie schütteln, sie anbrüllen, doch meine Eltern halten mich fest.

»Es tut mir so unendlich leid, Dahlia.« Damit ist auch Gaia verschwunden.

»NEIN!«, schreie ich aus ganzer Seele. »NEIN! JESIEN?« Ich rufe seinen Namen so lange, bis meine Mutter und mein Vater mich mit vereinten Kräften zum Sofa ziehen.

»Kind, bitte«, schluchzt meine Mutter.

»Ich muss mit Gaia reden«, schreie ich und versuche mich aus dem Griff meines Vaters zu lösen. »Das kann sie mir nicht antun.«

»Sie ist die Göttin«, erinnert mich Vater. »Sie kann alles.«

»Ich will das Kind nicht, sie soll es aus mir rausmachen«, klage ich und kann meine Eltern abschütteln. Ich renne zu dem Fleck, wo Jesien zuletzt gestanden hat. Panisch suche ich den Boden ab, versuche seinen Duft noch einmal zu riechen. Aber ...

Nichts.

Er ist weg.

Entrissen.

Einfach so.

Ich lege mich auf den Boden und weine.

Kein Abschiedskuss.

Nie wieder die Wärme seiner Haut auf meiner.

Nie wieder seine Stimme hören.

Kein letzter Liebesschwur.

Weg.

Kein Trost.

Nur hoffnungslose Sehnsucht. Und die Gewissheit, dass Jesien in ein Exil aus Einsamkeit geschickt wurde. Bei ihm ist niemand, der ihn auffängt.

Kein Trost.

Nur Einsamkeit.

Stille.

Kälte.

Sowas Opfer war umsonst.

Er hat rotes Haar und braune Augen. Wie sein Vater. Er ist alles, was mir von Jesien geblieben ist. Mein Herz ist an dem Tag gestorben, als Gaia ihn mir genommen hat. Ich habe es im Lavendelfeld begraben. Dort, wo wir uns zum ersten Mal geküsst haben. Ich weiß nicht, wie ich weiterleben soll. Er ist dort ganz alleine. Ich habe unser Kind, ein Teil von ihm. Aber er ist haltlos.

Zu viel Schmerz.

Zu viele Erinnerungen ...

Es ist der erste Herbsttag. Ich hülle Espen in eine Decke und trete hinaus. Die Abendsonne blendet mich, weil ich schon lange nicht mehr draußen gewesen bin. Espen ist wach und sieht mich forschend an. Genau wie sein Vater es immer getan hat. Ich gehe zur Mitte des Hofes und hocke mich hin. Den Blick zum Himmel gerichtet verharre ich dort einige Zeit. Wir müssen nicht lange warten, bis ein ungewöhnlicher Wind über uns hinwegstreicht. Er bringt Blätter mit sich, die um uns zu tanzen beginnen. Ich habe gedacht, dass ich keine Tränen mehr hätte, dass meine Augen für immer ausgetrocknet sind. Doch ich habe mich geirrt. Als der Wind abflaut und ich erkenne, dass Espen und ich in einem Herz aus Blättern stehen, weine ich schon längst.

»Ich vermisse dich so sehr«, rufe ich unter Tränen zum Himmel, wohl wissend, dass er mich nicht verstehen kann. Ich drücke Espen an mich und küsse verzweifelt seine Stirn. Er ist alles, was mir von Jesien geblieben ist. Der Aufschrei meiner Mutter, die aus der Tür kommt, lässt mich vollkommen unberührt. Ich fühle mich alleine. Mein verstorbenes Herz krampft sich bei dem Gedanken daran, wie einsam er sein muss, zusammen. Er kann Espen sehen.

Aber nicht berühren.

Er wird nie seine Stimme hören.

Nie erfahren, wie gut er duftet.

Niemals die Wärme seiner Haut spüren.

»Kann ich dir helfen, Mutter?«, frage ich, als ich sehe, dass sie alleine versucht die Stufen der Treppen herunterzukommen. Espen stürmt an ihr vorbei und reicht ihr eine Hand.

»Danke, du gutes Kind«, sagt Mutter zu meinem Sohn, der sie anlächelt.

»Themo hat mir versprochen, dass er mich heute mit ins Grenzgebiet nimmt«, erzählt er stolz und ich muss lächeln. Das Aussehen mag er von seinem Vater haben, aber in ihm schlägt mein wildes Herz.

»Du hast morgen Geburtstag«, sage ich, »was wünschst du dir für einen Kuchen?«

Espen und Mutter kommen unten an und er läuft auf mich zu, küsst meine Wange. Mit seinen fast vierzehn Jahren ist er schon längst größer als ich.

»Apfelkuchen«, teilt er mir mit.

Ich schlucke und sehe einen Moment weg, was Espen sofort bemerkt.

»Oder Schokolade? Wenn dir das lieber ist, dann mach Schokoladenkuchen.« Unsicher suchen seine braunen Augen mein Gesicht ab.

»Nein, du bekommst Apfelkuchen«, sage ich tapfer. »Du bist das Geburtstagskind und sollst bekommen, was du dir wünschst.«

»Das wird schwer.« Espen wirkt traurig.

»Warum?«, frage ich aufgeregt, weil ich will, dass er glücklich ist.

»Ich ... kann nicht«, druckst er herum und ich packe ihn bei den Armen.

»Espen Jesien Abendsonne!«

»Oh-oh, mein ganzer Name.«

»Du wirst mir sagen, was du dir wünschst.«

Er sieht mich ernst, aber sanft an. »Dass du einen Tag lang glücklich bist.« Damit läuft er weg.

Verwirrt bleibe ich stehen ...

Es fühlt sich an, als würde mein totes Herz bluten.

Espen pustet die achtzehn Kerzen auf seinem Geburtstagskuchen aus und lacht hinüber zu Mae, Mildreds Tochter. Ihr langes schwarzes Haar und die Mandelaugen hat sie von ihrer Mutter geerbt. Mildred und ich haben schon vor zwei Jahren angefangen zu spekulieren, ob unsere Kinder vielleicht ein Auge aufeinander geworfen haben, und es wird immer offensichtlicher, dass unsere Vermutungen richtig sind.

»Da werde ich wohl bald ohne sie im Orden sein«, flüstert mir Mildred zu und nimmt dabei meine Hand. Ich drücke sie sanft.

»Sieht so aus, als wären wir bald verwandt.«

»Ist das nicht toll?«, freut sich Mildred und ich nicke ihr müde lächelnd zu. Über all die Jahre war sie mir immer eine treue Freundin gewesen, half mir mit Espen, wenn meine Kraft am Ende war und meine Mutter nicht konnte.

Nachdem wir alle ein Stück Kuchen gegessen haben, sehe ich Espen in einer Ecke der Küche mit Mae sprechen. Sie lacht und nickt und die beiden verschwinden. Ich stoße Mildred mit dem Ellenbogen an und deute mit dem Kinn auf Espen und Mae.

»Wie gerne ich ihnen jetzt nachgehen würde«, sagt Mildred und seufzt theatralisch. »Junge Liebe.«

»Sagt die Hüterin, die davon keine Ahnung hat«, ziehe ich sie auf.

»Dafür du zu viel.« Mildred sieht mich traurig an. Sie weiß, dass es mir an Espens Geburtstagen immer besonders schlecht geht, auch wenn ich mit allen Mitteln darum kämpfe, glücklich zu wirken. In meinen Augen beginnt es zu brennen.

»Entschuldige mich einen Moment, ja?«, sage ich und renne aus der Küche und die Treppe hoch in mein Zimmer. Dort breche ich mitten im Raum zusammen.

»Ich kann nicht mehr, Mutter«, flehe ich Gaia an. »Erlöse mich, bitte.« Ich sehe zum Fenster hinaus in den Himmel. »Espen ist jetzt groß und schafft es alleine.« Tränen laufen über meine

Wangen. »Bring mich zu Jesien, bitte. Nur für einige wenige Jahre. Von mir aus auch nur Tage oder Stunden. Ich gäbe mich schon mit Minuten zufrieden.« Ich schluchze laut auf. »Er fehlt mir, Mutter. Lass ihn mich trösten. Es kann doch nicht dein Wunsch sein, dass er leidet?«

Nichts passiert. Wie immer. Irgendwann schaffe ich es, mich zu erheben. Ich trockne meine Tränen und atme tief durch. Als ich aus dem Fenster sehe, erblicke ich Espen und Mae im Lavendelfeld. Ein Lächeln stiehlt sich auf meine Lippen. Sie küssen sich. Ich lege meine Hand auf die Scheibe und streiche mit den Fingerkuppen sanft über Espens Gestalt. Er sieht aus wie sein Vater. Die roten Haare brennen förmlich zwischen dem lilafarbenen Lavendel.

Am Abend räume ich die Küche auf. Mildred hilft mir, als Espen und Mae hereingestürmt kommen. Sie wirken verstört.

»Großmutter war hier«, sagt Espen.

Ich runzele die Stirn. »Natürlich, ich habe sie gerade zu Bett gebracht, die Feier hat sie angestrengt.«

»Nein.« Er sieht mich mit einem merkwürdigen Blick an, den ich nicht deuten kann. »Die andere.«

Es dauert einen Moment, dann wird mir klar, was er meint. Der Teller, den ich gerade abgetrocknet habe, fällt mir aus den Händen.

»Gaia?«, rufe ich und Mildred holt hörbar Luft.

»Ja.«

Ich will an ihm vorbeirennen, um zu sehen, ob sie noch da ist, doch Espen hält mich fest.

»Sie ist wieder weg, Mutter.«

»W-was hat sie gesagt?«, stammele ich. Mildred zieht einen

Stuhl hervor, um sich zu setzen. Im Augenwinkel sehe ich, wie sich Mae zu ihr gesellt und dann leise die Scherben wegräumt.

»Sie hat mir einen Kuss auf die Wange gegeben.« Espen legt gedankenverloren eine Hand auf die Stelle.

»H-hat sie n-nichts gesagt?«

»Sie meinte, dass sie stolz auf mich sei und ich mich prächtig entwickelt hätte.«

In mir schreit alles, dass sie mich dann endlich holen könnte, doch vor Espen halte ich mich im Zaum. Nervös fahre ich mir durch die Haare.

»Mehr nicht?«

Mein Sohn schüttelt wie unter Schock den Kopf.

»Der Brief, Espen«, erklingt Maes sanfte Stimme.

»Oh ja, stimmt.«

»Welcher Brief?«, dränge ich auf meinen Sohn ein, weil mein Herz mir bis zum Hals schlägt. Espen zieht ein Stück Papier aus seiner Hosentasche.

»Von Vater.«

Ich schluchze laut auf, bevor ich etwas sagen kann. Mildred ist sofort an meiner Seite und stützt mich. Meine Augen sind so voller Tränen, dass ich alles verschwommen sehe.

»Lies ihn uns doch vor«, sagt Mildred zu Espen, welcher nickt. In seinen Händen faltet mein Sohn das Papier auseinander und atmet tief durch. Dass er zittert, kann ich nur am Rascheln des Papiers hören, denn meine Augen sind tränenverhangen. Ich löse mich von Mildred und gehe zu ihm. Selbst zitternd, schlinge ich meine Arme um seine Taille, während er einen um meine Schultern legt. Ich wappne mich für die ersten Worte, die ich von Jesien zu hören bekomme ... seit achtzehn langen Jahren.

An meinen Sohn.
Es fällt mir sehr schwer, diese Zeilen zu schreiben. Ich kenne nicht einmal Deinen Namen. Aber so, wie ich Deine Mutter kenne, ist es ein schöner.

Ich schließe die Augen und presse mein Gesicht an Espens Brust. Er atmet schwer und kämpft mit sich, das fühle ich ... und als seine Mutter schmerzt das bis tief ins Innerste. Versunken in meine Trauer bin ich nie auf die Idee gekommen, für Jesien den Namen seines Sohnes irgendwo groß hinzuschreiben. Der Herbst ist für mich ohnehin zur schwersten Jahreszeit geworden. Ich ertrage den Gedanken nicht, dass Jesien mich beobachtet und dabei leidet, deshalb bleibe ich meistens im Haus.

Es fällt mir schwer, Dich anzusehen, doch jedes Mal wenn ich es tue, weiß ich, dass Du und Deine Mutter das einzig Richtige seid, was ich in meinem Leben getan habe. Ich bin so ...

Espen bricht ab, weil er nicht mehr vorlesen kann. Mae kommt zu uns herüber und ich nehme ihm den Brief ab. Ich gebe Espen in die tröstenden Arme von Mildreds Tochter. Es fällt mir schwer, aber ich versuche stark zu sein. Ich wische mir die Tränen aus den Augen und lese weiter.

... stolz auf Dich. Auf Euch.
Ich möchte, dass Ihr wisst, dass ich immer bei Euch bin. Auch wenn Ihr mich nicht sehen oder hören könnt.
Meine Gedanken sind bei Euch.

Immer.
Ich liebe Euch.
Mehr als alles andere.
Jesien

Ich streiche über seinen Namen und versuche nicht zusammenzubrechen. Das ist seine Schrift. Er hatte den Zettel in seinen Händen. Ich schluchze laut auf, weil ich es nicht ertragen kann. Mildred steht vor mir. Stille Tränen laufen aus ihren Mandelaugen, während sie sich eine Hand vor den Mund hält.

Am nächsten Morgen machen Espen und ich uns an die Arbeit. Wir pflanzen Dahlien auf ein großes Feld. Wir ordnen sie so an, dass sie im nächsten Herbst in voller Blüte seinen Namen schreiben werden. Doch plötzlich höre ich, wie Espen erschrocken aufatmet.

»Was ist los?«, frage ich und wische mir mit dem Ärmel Schweiß von der Stirn. Da Espen nichts sagt, erhebe ich mich und gehe zu ihm herüber. Er starrt mit großen Augen eine rote Dahlie an.

»Was zur Göttin ...«, nuschele ich.

»Ich habe nur die Samen eingepflanzt«, stottert Espen und sieht von der Blume zu mir. »Plötzlich war sie da.«

Ich knie mich neben ihn.

»In Ordnung, atme tief durch und überlege, was du getan hast«, sage ich und lege eine Hand auf sein Bein.

»I-ich ... ähm, ich h-habe überlegt, wie sie wohl aussieht, wenn sie ... blüht.«

»Dann ist das passiert?« Ich deute auf die Blume.

»Ja.« Espen nickt langsam.

»Versuche es bei der hier noch mal.«

Mein Sohn legt seine Hand auf die frisch aufgewühlte Erde, in der der Samen liegt, doch es passiert nichts.

»Hm«, grübele ich gerade, als die Pflanze durch den Boden stößt und unter Espens Händen erblüht.

»Das habe ich wohl von Vater«, meint er und es ist das erste Mal seit vielen, vielen Jahren, dass ich aus vollem Herzen lache. Es ist nicht tot, liegt nur im Koma und wurde für einen kurzen Moment wach. Espen sieht mich fast erschrocken an und stimmt dann mit ein. Ich erhebe mich und halte meinen Bauch, der ans Lachen nicht mehr gewöhnt ist.

»Na, von mir hast du das jedenfalls nicht.« Ich überlege und denke an Gaia. Ob sie mit ihrem Kuss seine Kräfte geweckt hat? Aber wozu? Und Jesien war hier ein Mensch. Espen ist der lebende Beweis dafür. Woher kommt also die Magie des Herbstes in ihm?

6. DER HERBST

Ich stehe am Dahlienfeld und betrachte das Blütenmeer, das den Namen meines Sohnes schreibt. Ein Kreis aus Laub hat sich über Nacht darum gebildet. Jesien hat es gesehen. Ich stehe bestimmt über eine Stunde nur da und betrachte sein Werk, als plötzlich Wind aufkommt. Ich sehe zum Himmel. Das Laub erhebt sich und wirbelt um mich herum. Ich schließe meine Augen und spüre, wie der Wind und die Blätter mich umkreisen. Genau wie damals als Kind. Als sie ruckartig zu Boden fallen, stehe ich erneut in einem Herz aus Laub. Beim letzten Mal war Espen noch ein Baby. Doch dieses Mal gilt es mir alleine. Es ist mein Geburtstag und Jesien hat es nicht vergessen. Ich lege mich in das Herz und spüre, wie die Sonne auf meiner Haut immer wärmer wird. Er ist bei mir.

»Oh Göttin, was hast du getan?«, frage ich, als ich später zurück ins Haus komme und die Küche als Schlachtfeld vorfinde. Espen präsentiert stolz einen Schokoladenkuchen, während Mae neben ihm steht und mich entschuldigend ansieht.

»Ich durfte nicht helfen«, verteidigt sie sich. Ich lächele und nehme Espen den Kuchen ab.

»Der duftet köstlich«, lobe ich ihn und sehe mich dann verzweifelt in meiner Küche um.

»Wir machen nachher sauber«, verspricht er und gibt mir einen Kuss auf die Wange. »Herzlichen Glückwunsch zum Geburtstag, Mutter.«

»Danke dir.« Ich küsse ihn ebenfalls. »Du bist der beste Sohn, den sich eine Mutter nur wünschen kann.«

»Ich habe noch ein Geschenk, das ich gerne mit dir besprechen möchte.« Aufgeregt funkeln mich seine braunen Augen an, die die gleiche Farbe wie die Nüsse auf dem Kuchen haben. Ich stelle sein Kunstwerk auf dem Küchentisch ab und setze mich.

»Da bin ich gespannt.«

Espen sieht zu Mae. Sie nicken sich zu und nehmen ebenfalls Platz.

»Wir haben nachgedacht«, beginnt mein Sohn und ich ahne Übles. Innerlich mache ich mich auf alles gefasst.

»Wenn ich doch jetzt Vaters Gaben habe, dann …« Espen sieht mich ernst an. »Mutter, ich habe geübt. Ich bin jetzt wirklich gut und ich dachte … dass ich vielleicht in den Orden gehen könnte und zu Gaia beten.«

»Wofür?«, frage ich und richte mich im Stuhl auf.

»Den Platz mit Vater zu wechseln«, lässt Espen die Bombe platzen.

»Nein!«, rufe ich aus. »Auf keinen Fall gehst du dorthin. Du bleibst hier bei mir, wo du hingehörst.« Ich sehe zu Mae. »Was ist mit ihr? Sie ist für dich aus dem Orden ausgetreten!«

»Sie nehme ich mit«, sagt Espen. »Du hast mir doch das mit den Tiergeistern erzählt.«

Ich sehe zu Mae. »Möchtest du wirklich ewig leben und die meiste Zeit davon als Eule? Du darfst dir das nicht so einfach vorstellen.«

»Für Espen und dich würde ich das tun«, antwortet Mae und klingt dabei ernst.

»Was wird deine Mutter wohl dazu sagen?« Ich schüttele meinen Kopf. »Das ist lieb von euch, Kinder, aber nein. Schlagt euch das aus dem Kopf.«

»Mutter.« Espen ergreift meine Hand, als ich gerade aufstehen und den Raum verlassen will. »Du musstest wegen mir hierbleiben. Seit ich denken kann, warst du immer traurig und du sehnst dich nach nichts mehr als nach meinem Vater.«

»Das stimmt ja alles, aber du bist mein Blut, meine Liebe … alles, was ich habe. Niemals werde ich dich dorthin gehen lassen.«

»Ich bin alt genug meine eigenen Entscheidungen zu treffen, Mutter.« Die Härte in Espens Stimme trifft mich unerwartet. »Es ist an der Zeit für mich, dir etwas zurückzugeben.«

»Ich bin deine Mutter«, erinnere ich ihn atemlos. »Es ist nicht nötig, mir irgendetwas zurückzugeben. Alles, was ich für dich getan habe, geschah aus bedingungsloser Liebe zu dir. Liebe verlangt keine Rückzahlung.«

»Warum sonst hätte mir Gaia diese Kräfte wohl gegeben?«

Ich öffne den Mund, will etwas sagen, aber mir fällt nichts ein, was ihn entkräften könnte.

»Ich werde das versuchen, Mutter. Mae ist einverstanden.«

»Aber ich nicht«, sage ich und verlasse die Küche. Ich stürme die Treppe hoch und sehe aus Gewohnheit nach meiner Mutter. Sie liegt friedlich in ihrem Bett und scheint zu schlafen. Als ich näher herangehe, sehe ich, dass sie nicht mehr atmet. Vaters Seele ist bereits vor vier Jahren zur Göttin gegangen und nun hat auch meine Mutter diesen Weg eingeschlagen. Ich sinke neben ihr zusammen, lege meinen Kopf an ihre Schulter und schließe die Augen. Zu viel Leid, zu viel Schmerz. Ich weiß nicht, ob ich es ertrage, noch mehr Menschen in meinem Leben zu vermissen. Es hat bereits jetzt schon viel zu viele Löcher, die der Tod und Gaia hineingerissen haben. Mutters Rat und Zuspruch werden mir fehlen. Sie war immer für mich da, hat mich vor allen verteidigt. Nun hat auch sie mich verlassen. Alle verlassen mich.

Ein paar Tage später sinke ich nach der Beerdigung auf die Couch. Espen und Mae haben die Kinder von Benji und Zahra mitgenommen und bringen sie gerade ins Bett. Ich bin meinem Cousin und seiner Frau dankbar, dass er sich um alles gekümmert hat. Dabei hatten es die beiden selbst nie leicht. Es hat ewig gedauert, bis die Göttin sie mit den lang ersehnten Kindern beschenkt hat. Das Warten darauf hat Nerven und Kraft gekostet.

»Mein armes Kind«, erklingt eine merkwürdig vertraute Stimme im Zimmer. Ich sehe auf und springe förmlich hoch.

»Gaia!«, rufe ich und traue meinen Augen kaum. Die Göttin trägt ein weißes bodenlanges Kleid. Sie ist barfuß und in ihren Haaren blühen Callas. Als sie zu mir herüberkommt, sieht es fast aus, als würde sie schweben. Sie nimmt mich in die Arme und ich lasse es geschehen. Ein lange nicht mehr gefühlter Frieden kehrt in mir ein. Ich fühle mich für den Moment der Umarmung erlöst und glücklich, als sie mich jedoch wieder loslässt, trifft mich mein Leid mit voller Wucht. Regenbogenaugen mustern mich.

»Weshalb bist du hier, Mutter aller Dinge?«, frage ich und ahne bereits, worum es geht.

»Wegen mir.« Espens Stimme dringt von der Tür zu mir herüber. Ich schließe einen Moment die Augen und atme tief durch.

»Mutter, würdest du meinem Sohn bitte sagen, dass das nicht einfach so geht, was er sich da ausgedacht hat?«

»Das kann ich nicht«, sagt die Göttin, woraufhin ich sie anstarre. Ein Lächeln liegt auf ihren Lippen. »Ich bin hier, um Espen zu mir zu holen.«

»Was ist mit Mae?«, fragt mein Sohn, bevor ich etwas sagen kann. Mir hat es ohnehin die Sprache verschlagen.

»Ich nehme sie mit, sobald du bereit bist.«

»Ich gehe«, sagt Espen.

»Nein!«, rufe ich.

Mae erscheint im Wohnzimmer und fällt sofort auf die Knie.

»Erhebe dich, Kind«, sagt die Göttin und betrachtet das schöne Gesicht meiner zukünftigen Schwiegertochter. »Du wirst ein Fuchs«, sagt sie. »Eine Eule passt nicht zu dir.«

Mae lächelt und ihre dunklen Mandelaugen leuchten auf.

»Die Kinder sind bereit, Dahlia«, sagt Gaia an mich gerichtet. »Verabschiede dich von ihnen.«

Mein Mund steht offen und alles, was ich kann, ist meinen Kopf zu schütteln. Nein, sie wird mir mein Kind nicht wegnehmen.

»Ich werde dir Jesien bringen.«

Als die Göttin die Worte spricht, verschlucke ich mich fast. Mein Herz setzt kurz aus und beginnt dann zu rasen.

»J-jesien?«, stottere ich. »Hierher?«

»Ja.« Sie nickt.

»Was sagt er dazu? Ich meine, weiß er, was sein Sohn vorhat?« Ich reibe mir hektisch die Hände, weil sie wie verrückt zittern.

»Er weiß es und er ist ihm unsagbar dankbar.« Gaia mustert mich eindringlich. »Allerdings glaubt er nicht, dass du ihn hergibst.«

Ich fahre mir durch die Haare. »Das ist brutal ... mich zwischen meinem Sohn und dem Mann, den ich mehr als alles andere liebe, entscheiden zu müssen.« Ich sehe die Göttin an. Wut funkelt in meinen Augen. »Findest du nicht, dass du mir schon genug genommen hast? Ich habe gerade erst meine Mutter zu Grabe getragen und jetzt kommst du, um mir meinen Sohn zu nehmen?«

Espen kommt auf mich zu und nimmt mich in den Arm. Seine Wärme spendet mir etwas Ruhe.

»Lass mich das für dich machen, Mutter«, flüstert er an meinem Ohr. »Ich werde ewig leben und wie Vater jetzt über dich wachen. Mae wird an meiner Seite sein. Ich werde nie wieder krank sein oder Schmerzen erleiden und du kannst mit dem Wissen, dass es mir gut geht, dein restliches Leben mit Jesien verbringen.«

Ich schließe die Augen und presse meine Lippen aufeinander.

»Du hast doch keine Ahnung, was es heißt, ewig zu leben«, sage ich und weiche etwas von ihm zurück. »Die Ewigkeit ist etwas, was du nicht begreifen kannst. Im Moment findest du es noch spannend. Die Magie, das Jungsein für immer ... oder endlich deine Onkel und deine Großmutter besser kennenzulernen ... aber wie sieht das in hundert Jahren aus? Oder in tausend? Wenn ich dich mit der Göttin gehen lasse, kannst du nie wieder zu mir kommen.«

Gaia kommt zu uns herüber. Sie lächelt mich gütig an.

»Ich verspreche dir, dass ich Espens Seele beschützen werde«, sagt sie. »Ich habe lange nicht mehr so viel Liebe empfunden wie in dem Moment, in dem ich Espen das erste Mal gegenüberstand.« Sie sieht zu meinem Sohn. »Er ist bei mir in guten Händen.«

»Und Jesien? Er wird so viel jünger sein als ich.« Ich schüttele den Kopf. »Er wird noch viele Jahre einsam hier leben müssen. Das will ich nicht für ihn.«

Gaia lacht und zwinkert mir mit ihren bunten Augen zu. »Lass das mal meine Sorge sein.«

Ich sehe zu Espen und ergreife seine Hände. »Ich kann dich nicht gehen lassen. Nicht mal für ... Jesien. Ich liebe dich. Du bist alles, was ich habe.«

Gaia sieht zu Boden.

»Mutter, bitte«, fleht Espen. »Es ist das, was ich für mich will. Nicht nur für dich.«

»Es fällt mir auch nicht leicht, Jesien sterblich zu machen«, sagt die Mutter aller Dinge und ich sehe die Traurigkeit in ihren Augen. »Auch ich lasse einen Sohn ziehen.«

»Mutter?« Espen nimmt mein Gesicht in seine Hände. Wann ist er so groß und erwachsen geworden? »Du hast mir immer gesagt, dass es wichtig ist, den eigenen Weg zu gehen.«

Ich nicke und Tränen laufen über meine Wangen.

»Das ist meiner.«

Meine Hände sind eiskalt, als ich sie an seine Arme lege.

»Wenn es wirklich das ist, was du willst, dann will ich dir nicht im Weg stehen«, sage ich und ein Aufatmen geht durch den Raum. Selbst die Göttin scheint erleichtert. Während ich Espen an mich drücke, höre ich sie zu Mae sprechen.

»Geh, Kind«, sagt sie. »Verabschiede dich von deiner Mutter. Ich hole dich, sobald du bereit bist.«

»Danke, Mutter aller Dinge«, antwortet Maes zarte Stimme. Ich lasse Espen los und gehe zu ihr.

»Pass auf ihn auf, ja? Für mich«, schluchze ich mehr, als dass ich spreche. Mae nickt unter Tränen. Ich drücke sie fest an mich und gebe ihr einen letzten Kuss. Bevor sie geht, sieht sie zu Espen.

»Bis gleich«, erklingt ihre Stimme ängstlich, aber voller Freude.

»Wir sehen uns in der anderen Welt«, antwortet Espen. Mae nickt lächelnd und läuft dann los. Ich halte mir eine Hand vor den Mund, um nicht laut loszuschluchzen. Gaia legt einen Arm um meine Taille.

»Verabschiede dich jetzt von Espen«, sagt sie leise. »Ich bringe dir Jesien in drei Tagen. Er soll die Gelegenheit haben, Espen alles zu zeigen und ihn kennenzulernen.«

Ich nicke und nehme mein Kind zum letzten Mal in die Arme. Wir sagen nichts mehr. Es ist alles gesagt. Espen verschwindet vor meinen Augen und mein Körper beginnt zu zittern.

»Ich warne dich«, zische ich leise und sehe der Göttin direkt ins Gesicht. »Sei gut zu meinem Jungen.« Ich habe nichts, womit ich einer Göttin drohen könnte, doch ich muss sie einfach wissen lassen, was ich denke. Gaia nickt. Ihre Augen zeigen Verständnis. Dann bin ich plötzlich alleine im Wohnzimmer.

Als später Benji und Zahra nach Hause kommen, breche ich zum Orden auf. Wie es aussieht, hat Mildred die gleiche Idee gehabt. Wir treffen uns auf halbem Wege und fallen uns in die Arme. Meine Freundin hat nichts gewonnen. Nur verloren. Doch sie sieht es anders. Sie ist unendlich stolz auf Mae und dass sie in den Dienst der Göttin gegangen ist. An der Seite eines Gottes. Meines Sohnes. Dem neuen Herbst.

Als ich am dritten Tag morgens aufwache, scheint mein Körper vor meinem Verstand zu verstehen, was heute passieren wird. Er ist voller Adrenalin, schon als ich die Augen aufschlage. Ich stehe sofort auf und gehe aus Gewohnheit zum Spiegel. Was mich dort jedoch erwartet, raubt mir den Atem. Das Gesicht, das mich erstaunt ansieht, ist meins ... und doch wieder nicht. Es hat keine

Narben und ist … jung. Ich sehe auf meine Hände. Jung. Mein Herz beginnt zu rasen und ich renne die Treppen herunter. Benji erblickt mich und stutzt.

»Dahlia? Was? Wie?«, stammelt er, doch ich schenke ihm keine Beachtung. Durch das Fenster hinter ihm kann ich etwas sehen. Rote Haare vor einem lilafarbenen Feld. Ich renne los, so schnell mich meine Füße tragen. Die Haustür fliegt auf und ich laufe barfuß über den Kies, direkt in Jesiens Arme. Ich habe so viel Schwung, dass ich ihn fast umreiße. Sein Lachen steckt mich an und ich schreie vor Freude aus ganzer Seele. Er hebt mich hoch und wirbelt mich im Kreis.

»Hallo, schöne Frau«, sagt er. »Ich bin neu hier und bräuchte ein Heim.«

»Willkommen zu Hause«, entgegne ich. Jesien lässt mich langsam herunter, meine Lippen treffen direkt auf seine.

EPILOG

DAHLIA & JESIEN

»Marissa, Lago, Kendra, hört auf, mit eurem großen Bruder zu spielen, und kommt rein«, rufe ich aus dem Fenster, nachdem ich ihnen eine Zeit lang lächelnd dabei zugesehen habe, wie sie mit dem wirbelnden Laub um sich herum gespielt haben. Ich liebe den Herbst. Mit jeder Faser meines Daseins.

»Hey!«, höre ich Jesiens Stimme. Er kommt gerade vom Feld, ist verschwitzt und dreckig, doch wenn ich ihn ansehe, beginnt mein Herz vor Freude wie wild zu schlagen. »Habt ihr gehört, was eure Mutter gesagt hat? Rein mit euch und Hände waschen!«

Die Kinder gehorchen lachend und machen ein Wettrennen zum Haus. Jesien bleibt stehen und winkt hoch in den Himmel. Er schickt noch eine Kusshand hinterher und sieht dann zu mir. In seinen Augen erkenne ich das, was ich fühle: reines Glück. Er hat die Wildheit in mir gezähmt. Ich brauche nicht mehr weglaufen. In seinen Armen habe ich einen Zufluchtsort.

MAE & ESPEN

Es ist Vollmond und ich lege das Fell der Füchsin ab. Ich strecke meine Glieder und genieße den Duft des frisch gefallenen Laubs mit meiner Menschennase.

»Da ist ja meine Schöne«, sagt Espen hinter mir. Ich drehe mich zu ihm um und lächele ihn vielsagend an.

»Hast du deine Geschwister sehen können?«, frage ich und er nickt. Espen kommt auf mich zu und küsst meinen Hals.

»Ich habe dich vermisst«, raunt er. Mein Herz klopft wild vor lauter Liebe zu ihm. Ich habe ihn immer geliebt. Schon als wir als Kinder über die Felder gerannt sind. Ich habe ihn geliebt, als er weinte, weil er sich das Knie aufschlug, als wir zusammen vor Glück lachten, nachdem wir uns gestanden hatten, dass wir füreinander mehr empfinden als nur Freundschaft, und ich habe ihn geliebt, als ihm plötzlich klar wurde, was seine Bestimmung ist. Und ich werde ihn immer lieben. Komme, was wolle. Er ist und war das Wertvollste, was ich je im Leben besessen habe.

»Ich habe dich auch vermisst.« Ich schiebe ihn sanft von mir. »Später. Familienessen, schon vergessen?«

»Ach ja«, seufzt er, wirkt aber nicht allzu enttäuscht. Er liebt das Essen mit seinen Onkeln und heute dürfen Maya und ich zum ersten Mal mit. Die Göttin hat es so angeordnet. Espen hat mir erzählt, dass Gaia Sol und Aviv bei unserer Ankunft über Maya und mich aufgeklärt hat. Doch nun vermuten wir, dass sie uns noch etwas sagen will.

»Es ist so schön hier«, schwärme ich und sehe zu dem Apfelhain vor uns. Es ist friedlich und still. Nur Espen und ich. »Ich bin so dankbar, dass wir hier sind.«

»Ich auch.« Er schlingt seine Arme von hinten um meine Taille und wiegt mich sanft hin und her. »Gehen wir, bevor wir noch zu spät kommen.«

»Hm«, brumme ich zustimmend.

MAYA & NEVIS

»Es ist eine Schande«, meint Nevis. Wir liegen eng umschlungen im Schnee und sehen hoch zu einem strahlend blauen Himmel. »Da bist du ein Mensch und wir müssen zum Abendessen mit meiner Mutter.«

Ich lache amüsiert über seinen Unterton. »Heute darfst du nicht schwänzen. Was Gaia wohl von uns möchte? Immerhin durften Mae und ich vorher noch nie mit. Ich freue mich schon darauf, mich mit ihr zu unterhalten. Bisher konnten wir uns ja nur durch die magische Wand sehen.«

Nevis setzt sich auf und sieht mit seinen Kristallaugen auf mich nieder. »Meine Gedanken sind woanders«, meint er und ich schubse ihn liebevoll an. »Du, nackt im Schnee ... Das ist zu viel für mich.«

Ich schnappe mir mein Kleid und ziehe es über. »Besser?«, frage ich und zwinkere ihm grinsend zu.

»Nein«, seufzt er.

»Ach, du«, gluckse ich und nehme sein Gesicht in meine Hände.

»Weißt du eigentlich, wie sehr ich dich liebe?«, fragt er mich.

»Ich hoffe doch, genauso sehr wie ich dich.«

Er küsst mich und drängt mich dabei zurück in den Schnee. Sein Gewicht auf meinem Körper lässt mich innerlich verbrennen. Nevis ist alles, was ich brauche. Plötzlich löst er sich jedoch von mir und sieht etwas knurrig aus.

»Ich habe gerade eine mentale Erinnerung meiner Mutter bekommen.« Sein Gesichtsausdruck bringt mich zum Lachen.

»Dann sollten wir gehen«, schlage ich vor.

»Hm«, seufzt er ergeben.

SOL

»Hast du eine Ahnung, was das zu bedeuten hat?«, fragt mich Seth und ich zucke nur mit den Schultern. »Es ist merkwürdig, dass sie sogar die Frauen zum Essen ruft.«

»Ich habe keinen blassen Schimmer. Das alles ist wirklich seltsam. Ich meine, ich freue mich Maya wiederzusehen und diese Mae mal kennenzulernen. Aber es muss etwas passiert sein.« Ich erhebe mich aus dem nassen Sand und klopfe ihn mir von der Kleidung. »Flosse?«

Seth schlägt ein und robbt dann zurück ins Meer. Ich helfe ihm, indem ich die anspülenden Wellen größer mache.

»Ich bin gespannt, was du berichten wirst«, ruft er mir zu.

»Hm«, brumme ich nachdenklich. Das bin ich auch.

AVIV

»Nutty, ernsthaft, du solltest echt aufhören die Nüsse an deinem Kopf zu öffnen.« Ich sehe zu meinem Tiergeist, der schon fast schielt, sich aber weiter die Nüsse gegen den Schädel hämmert. Irgendwann wird er den Verstand verlieren. Wenn das nicht schon geschehen ist.

»Wenn ich aufgeregt bin, muss ich immer essen«, sagt er und beißt auf einer Nuss herum, die sich von seinem Holzkopf nicht öffnen lassen wollte.

»Kann ich dir behilflich sein?«, frage ich amüsiert, doch Nutty reagiert nicht. Vermutlich hat er schon einen Hörschaden davongetragen.

»Was, meinst du, will deine Mutter?«, fragt er und übergeht mein Angebot.

»Ich weiß nicht. Es muss etwas sein, das auch Maya und Mae betrifft.«

»Hm«, überlegt Nutty und ich frage mich, ob er nach den ganzen Schlägen überhaupt noch einen klaren Gedanken fassen kann.

Zu wissen, dass einige von uns nicht mehr alleine sind, und es dann tatsächlich zu sehen, sind zweierlei Dinge. Während des Essens fühle ich mich einsam. Ich sehe zu Sol, doch der lacht fröhlich mit Espen. Eifersucht frisst sich durch meinen Magen und verdirbt mir den Appetit. Ich gönne Jesien sein Glück auf der Erde und ich freue mich auch mit Espen und Nevis, doch sie zu sehen macht mir klar, wie alleine ich mich fühle. In meiner Welt wartet nur ein durchgeknalltes Eichhörnchen auf mich, das sich vermutlich in diesem Moment das letzte bisschen Verstand aus dem Kopf gehauen hat. Ich wünschte, ich hätte die Kraft, gegen Mutter aufzubegehren. Ihr Blick streift mich schon den ganzen Abend, ich befürchte, sie weiß, was ich denke und fühle. Ich schäme mich dafür, doch ich kann es nicht ändern. Tief durchatmend spieße ich eine Kartoffel auf meine Gabel auf, starre sie dann jedoch nur eine halbe Ewigkeit an.

»Alles in Ordnung mit dir, Aviv?«, fragt Maya. Ich sehe sie an. Mit ihren weißen Haaren sieht sie so fremd aus … aber ihre Gesichtszüge sind mir selbst nach den vielen Jahre noch vertraut.

»Alles gut«, antworte ich und lege die Gabel nieder. »Ich bin nur nicht sonderlich hungrig heute.«

»Vielleicht sollte ich dann zum Grund unseres Treffens heute kommen«, sagt Mutter und ich sehe sie erleichtert an. Ich will in meine Welt zurück, weg von den glücklichen Pärchen um mich herum. Mutter erhebt sich und dreht uns den Rücken zu. Sie starrt auf die Wand, die vibrierend bunte Farben zeigt. Nur sie alleine weiß, was sie zu bedeuten haben.

»Ich habe mich entschieden die Regeln zu ändern, auch wenn das denen im Ether nicht gefallen wird«, sagt sie schließlich. Nervös rutsche ich auf meinem Stuhl hin und her und tausche einen Blick mit Sol.

»Nevis hat Maya, Jesien durfte zu Dahlia und Espen ist hier mit seiner Mae eingezogen.« Mutter atmet tief durch. »Es wird keine Wahlen mehr geben.« Sie dreht sich um und sieht erst zu mir und dann zu Sol. »Ihr dürft auf die Erde gehen, um euch ein Mädchen zu suchen.«

»Was?«, platzt es als Erstes aus Sol heraus, da ich noch versuche das Gesagte zu verarbeiten.

»Es wird vermutlich viele, viele Jahre dauern, denn immerhin ist es für die Ewigkeit«, erzählt Mutter und in mir schrillen alle Alarmglocken. »Und ihr könnt natürlich nur gehen, wenn eure Jahreszeit nicht gerade an der Reihe ist. Eure Arbeit darf nicht darunter leiden.«

»Moment mal«, unterbreche ich Mutter. »Was passiert dann mit Nutty?«

»Jeder darf nur einen Tiergeist haben«, sagt sie. »Tut mir leid.«

Sol zischt leise, während mir plötzlich übel wird. Ich kann doch nicht meinen besten Freund einfach so ... töten.

»Tut mir leid«, sage ich beinahe tonlos. »Ich muss gehen.«

»Aviv?« Es ist Nevis' Stimme, die mich ruft, doch ich ignoriere meinen jüngsten Bruder und laufe zurück in meine Welt, wo ich mich zwischen blühenden Kirschbäumen niederlasse und die Augen schließe. Ich kann nicht zulassen, dass Nutty stirbt. Und wenn ich vor Sehnsucht vergehe.

Niemals.

Er ist mein bester Freund.

ENDE

DANKSAGUNG

Dieses Mal geht mein Dank an zwei Personen:

Zum einen an Katja Koesterke, denn das ist längst überfällig. Danke, Katja, für deinen Rat und deinen Zuspruch.

Zum anderen geht mein Dank an C.

Weil sie mir geholfen hat die Dunkelheit in mir anzunehmen. Weil sie mir klar gemacht hat, dass meine Kreativität sich aus der Finsternis nährt und in ihr geboren wurde.

Seither ist es nicht mehr so dunkel wie zuvor.

Es gehört zu mir und es macht mich zu dem, was ich bin.

Tauch ein in romantische Geschichten.
HOL DIR
BITTERSÜSSE
STIMMUNG
AUF DEINEN
E-READER!
E-BOOKS VON IMPRESS HIER:
CARLSEN.DE/IMPRESS
impress IST DAS DIGITALE LABEL DES CARLSEN VERLAGS FÜR GEFÜHLVOLLE UND MITREISSENDE GESCHICHTEN AUS DER GEHEIMNISVOLLEN WELT DER FANTASY.
im.
pres
ss

Cinderella der Zukunft

Marissa Meyer
Die Luna-Chroniken, Band 1:
Wie Monde so silbern
384 Seiten
Taschenbuch
ISBN 978-3-551-31528-1

Cinder lebt mit ihren Stiefschwestern bei ihrer schrecklichen Stiefmutter und versucht verzweifelt, sich nicht unterkriegen zu lassen. Doch als eines Tages niemand anderes als Prinz Kai in ihrer Werkstatt auftaucht, steht Cinders Welt Kopf: Warum braucht der Prinz ihre Hilfe? Und was hat es mit dem plötzlichen Besuch der Königin von Luna auf sich?
Die Ereignisse überschlagen sich, bis sie auf dem großen Schlossball ihren Höhepunkt finden. Cinder schmuggelt sich dort ein und verliert mehr als nur ihren Schuh ...